LE VOYAGE

Né à Nogent-sur-Marne en 1923, François Cavanna grandit dans une famille d'immigrés italiens. Cet univers lui inspirera *Les Ritals*. Il quitte l'école à seize ans et enchaîne les petits boulots ; en 1945, il découvre le journalisme, où il déploie ses talents de dessinateur et d'écrivain. Il fondera *Hara-Kiri*, devenu depuis *Charlie Hebdo*, où se font connaître Gébé, Wolinski, Cabu... Il écrit également des romans, des essais et des récits autobiographiques. *Les Russkoffs*, qui évoque ses souvenirs de guerre en Russie, a remporté le prix Interallié en 1979.

Paru dans Le Livre de Poche :

CŒUR D'ARTICHAUT

MARIA

LES MÉROVINGIENS
1. Le Hun blond
3. Le Dieu de Clotilde
4. Le Sang de Clovis
5. Les Reines rouges
6. L'Adieu aux reines

LES RITALS

LES RUSSKOFFS

CAVANNA

Le Voyage

ROMAN

ALBIN MICHEL

© Éditions Albin Michel, 2006.
ISBN : 978-2-253-12394-1 – 1re publication LGF

Ceci est un roman.
L'auteur d'un roman fait ce qu'il veut.
Il est le maître absolu de son histoire.

> Cavanna.

PREMIÈRE PARTIE

1492

I

J'aime traîner dans un port à la tombée de la nuit. Ça tombe bien, la nuit doucement s'affale sur ce port, et j'y traîne.

La nuit est d'Espagne, le port aussi. Pas moi. Irlandais pur jus, tignasse châtain, yeux tout ce qu'il y a de bleu. Ce que je fais là ? Ce que je ferais ailleurs : je mange ma solde. Ma solde de mercenaire au service de l'émir. Nous sommes en août, Grenade la belle fut prise en janvier, la capitulation signée aussitôt après. L'émir Boabdil quittait l'Espagne, tous ses guerriers sarrasins avec lui, et aussi toute la population mauresque d'Andalousie. Ferdinand d'Aragon et Isabelle de Castille, les « rois catholiques », avaient lavé le dernier lambeau de terre d'Espagne de la souillure mahométane.

Et moi, je me retrouvais sans emploi. Bien heureux encore d'avoir pu arracher ma solde, dans le désordre des fins de guerre, car de butin, évidemment, pas question. Me voilà donc, mains aux poches, dans ce port perdu au bout du monde, rassasié d'amours vénales et de vin noir, rassasié aussi de compagnons de beuverie trop frustes, trop curieux surtout.

Au bas d'une ruelle tortillante, le quai. Très animé, ces temps-ci. Il paraît qu'il se prépare je ne sais quelle expédition juteuse vers les pays du Levant. Débarrassés de la guerre, les rois catholiques, surtout Isabelle, se tournent vers la conquête de l'Océan. Les Portugais se sont taillé la part belle, la route des épices est à eux. Mais il y a encore des terres fabuleuses à découvrir, des terres où ruissellent l'or et le jade. L'Espagne compte bien en prendre sa part.

Depuis un mois, ce petit port de l'extrême Sud bouillonne d'une fièvre bien ordonnée. Trois nefs y sont mouillées. Trois caravelles, disent ceux qui s'y connaissent. Ce n'est pas mon cas. Je regarde en badaud. Toute cette agitation de fourmilière m'amuse.

Je suis gaillard de terre ferme. Pas marin pour un sou. Je n'aime pas la mer, elle ne m'aime pas. D'Irlande en Écosse, puis d'Écosse en France, autant d'agonies.

Il y a de l'embauche, sur ces trois caravelles. Les gars sont réticents. Si j'ai bien compris, le patron prétend aller en Chine en lui tournant le dos, enfin quelque chose comme ça. Une route inconnue. Jamais personne encore... Va savoir si, au bout de l'eau, il n'y a pas que de l'eau, à l'infini. Les matelots disent non. Le temps presse. Alors on complète l'équipage à la bonne franquette. J'ai vu ça. Dans les bouibouis. Les maîtres d'équipage paient le coup. Font boire les gars jusqu'à ce qu'ils s'écroulent, deux costauds surgissent, un par les bras, un par les pattes, et hop, à fond de cale. Le veinard se réveillera au large, un coup de pied dans le cul, un bout de corde à la main, et tire là-dessus, feignant ! Je sais, on ne doit pas dire « corde » en parlant de bateau, mais je ne suis pas marin, je l'ai dit, et je parle comme je veux.

L'eau du bassin est profonde, si bien que les trois caravelles ont pu s'amarrer le long du quai de pierre. Stimulés de la voix et du fouet, des traîne-misère pliés sous le faix vont et viennent sur les frêles passerelles de planches.

Mains au dos, arpentant le quai à pas lents, un bonhomme en manteau lie-de-vin bordé de fourrure blanche au col et aux poignets et négligemment ouvert sur un pourpoint vert bouteille laisse errer sur toutes choses un regard important. Sous une toque à crevés conforme à la mode nouvelle le visage rougeaud accuse une quarantaine fatiguée. Un groupe l'entoure, des personnages importants eux aussi et qui tiennent à ce que nul ne l'ignore. Cela sent l'état-major, les commandants des trois nefs, sans doute, et leurs officiers en second.

Au hasard des conversations de taverne, j'ai pu entendre le nom du chef de l'expédition : Cristóbal Colón. En fait, Cristoforo Colombo, c'est un Italien, un sujet de la république de Gênes venu chercher en Espagne la fortune qu'il ne sut pas trouver dans son pays de pouilleux. Comment a-t-il réussi à se faire confier une flotte, ça...

Les quartiers-maîtres gueulent, les fouets claquent, les trois nefs, peu à peu, s'enfoncent dans l'eau sale du bassin. Tant d'activité me fatigue. Je suis en congé, moi. Et j'y suis tant qu'il me reste en poche une dernière petite pièce. Il n'en reste plus beaucoup, raison de plus pour en profiter. Je tourne le dos, remonte par les ruelles ombreuses vers des lieux moins agités.

Pourquoi suis-je ici ? Pourquoi Palos, vrai trou du cul du monde ? Parce que c'est ici que j'atterris lorsque Fatiha la moricaude, que j'avais un jour arrachée à un brutal qui la battait à mort et voulait la prostituer à son profit, ce qu'elle ne voulait pas, m'avait à son tour fait échapper à la vigilance des soldats de l'armée victorieuse des rois catholiques par le moyen d'un très vieil égout connu d'elle – probablement romain, l'égout – et m'avait amené par la main jusqu'à Palos où, disait-elle, elle avait de la famille. Fatiha, n'étant pas exagérément mauresque de visage, pouvait aisément passer pour chrétienne, d'autant qu'elle ne répugnait pas à faire le signe de croix et parlait à ravir l'espagnol de Castille. J'avais espéré continuer avec elle, à Palos et peut-être plus loin, le charmant commerce qui avait adouci nos nuits à la belle étoile mais, à peine arrivés, elle me lâcha sans recours pour rejoindre sa chère famille, laquelle consistait en un abominable maquereau borgne et musclé qui commença par l'attendrir à coups de trique cloutée puis l'enferma dans un lupanar de bas étage. « On n'échappe pas à son destin », me dis-je.

Palos n'est qu'un port miteux, mais c'est un port. Dans tout port on trouve des tavernes et des tripots. De quoi boire, de quoi jouer. Le tripot se présente le premier. Va pour le jeu !

Tiens, chose inhabituelle, barrant la porte étroite se tient un gaillard, vêtu en matelot mais un peu trop propre sur lui pour un matelot. Un costaud. Jambes écartées, bras croisés sur la poitrine, il semble monter la garde. Et, en effet, il la monte.

Je me plante devant cette vivante statue du devoir,

signifiant par là que j'ai l'intention de passer le seuil afin de m'introduire dans les lieux. Le grand garçon secoue la tête de droite à gauche, l'air de compatir à ma déconvenue sans toutefois se laisser fléchir.

Moi, il suffit qu'on me contrarie pour transformer une vague envie en besoin vital. Je sens tout à coup me mordre l'irrésistible nécessité de franchir cette porte qui, jusqu'à ce jour, me fut accueillante. Le type paraît solide, bon, mais, après tout, je ne suis pas manchot.

Il lit en moi, le coquin. Le voilà qui décroise les bras, les laisse tomber le long du corps, paumes ouvertes, écarte davantage ses mollets massifs, bref, se met en garde. Je suppose qu'un coutelas bien aiguisé se tient prêt, enfoui quelque part dans un repli de la large bande de laine rouge qui lui enserre l'estomac, faisant six fois le tour de la taille comme le veut l'usage.

Il a tout d'un Espagnol, y compris les pattes d'un noir de jais qui lui mangent les joues et le torchon écarlate noué sur la nuque qui emprisonne ses cheveux. C'est donc en espagnol de Castille – je le parle à peu près désormais, moins bien que l'arabe, toutefois – que je lui dis, posément :

– Je dois entrer, laisse-moi passer.

Il ne répond même pas. Se contente de secouer plus énergiquement la tête. Peut-être est-il muet ? C'est son affaire. Moi, je prends mon élan pour lui rentrer dans le lard avant qu'il n'ait le temps de faire jaillir sa lame. J'ai l'air placide, comme ça, mais je suis vif comme une chèvre.

Eh bien, qui l'eût cru, il est plus vif qu'une chèvre.

Je n'ai rien vu. Il a allongé un bras, le gauche, enfin je pense qu'il a fait ça, rien de plus, et il m'a saisi au cou. Ce bras est d'acier, de cet acier qu'on forge à Tolède. Et il est long, ce bras... Où cachait-il tout ça ? Je gigote au bout, mes coups de poing se perdent dans le vide, mes coups de pied aussi.

Dans ma gorge, l'air ne trouve plus son passage, je gargouille et râlouille. Vilain bruit. S'il me lâche, je lui vole droit aux couilles et je tords, sans pitié. Mais voilà : il ne me lâche pas.

J'attends le miracle. Sans prier. Je ne crois ni à dieu ni à diable. Le miracle viendra s'il veut, moi je ne l'appellerai pas. On a sa fierté.

Celui-ci est long à se manifester. Je me résigne à une mort particulièrement humiliante quand enfin une voix tombe du ciel. Voix d'ange. Non, beaucoup mieux : voix de femme. De femme jeune avec la voix d'un ange qui n'aurait pas encore mué. Elle dit, cette voix :

– Celui-là, laisse-le entrer, Esteban.

Esteban est surpris. Mais obéissant. Il hausse les épaules, signe de désapprobation impuissante mais résignée et, sans lâcher mon cou, ouvre derrière lui la porte d'un maître coup de talon.

Je n'aime pas tenir le rôle du rossé, surtout devant une personne du sexe, surtout quand la voix de ladite personne laisse supposer une femme d'éducation, sinon de qualité. C'est donc à ma grande honte que je me sens propulsé à travers ce seuil désormais ouvert. Devant moi cascadent les marches inégales d'un escalier que révèle le reste de jour verdissant tombé de l'imposte en culs de bouteille juchée au-dessus de la porte de la rue.

Cet escalier, je le connais, j'en connais les traîtrises.

Je le gravis sans trébucher. Il mène droit à une porte, une seule, sans palier. Cette porte aussi, je la connais. C'est-à-dire, je la connais bruyante, vivante. Ce soir, elle est muette. Le vacarme excité des joueurs ne la traverse pas. Je vais pour la pousser, quoi que ce soit qui m'attende de l'autre côté, lorsqu'elle s'ouvre d'elle-même. Une femme assez âgée, vêtue de noir, qui se veut imposante mais n'est que renfrognée, m'a devancé. La duègne, sans doute. Il y a toujours une duègne.

Je cherche des yeux la femme à la voix d'ange. Elle n'a pas quitté la fenêtre. Elle me tourne le dos. Sa taille est jeune. Non : jeune encore. Sa sveltesse n'est plus tout à fait celle de l'adolescence. C'est néanmoins d'un mouvement plein de grâce qu'elle me fait face. Une épaisse bougie, sur la table, éclaire son visage par-dessous. Elle porte sur les yeux ce masque dont la mode vient d'Italie. Le peu qu'il me laisse voir de ses traits augure bien du reste. Elle me regarde longuement, m'examine, semble-t-il. J'ai l'impression de passer une revue de détail. Machinalement, je me redresse. Enfin, elle parle. Sa voix...

– Vous veniez pour jouer, señor cavalier ? Hélas, aujourd'hui, pas de jeu. J'en suis navrée, croyez-le bien. Pour la journée – et pour la nuit –, la maison est à moi. Oh, c'est tout simple : il n'y a aucune chambre un peu convenable en ce moment dans la ville. Et moi, il me faut bien dormir quelque part, n'est-ce pas ? Alors, j'ai loué cette maison.

Et moi, je me laisse aller au charme de cette voix. Elle attend une réponse, qui ne vient pas. Que dire ? Je m'incline, afin de lui montrer qu'elle n'a pas parlé dans le vide. J'attends la suite. La voici :

– Señor cavalier, vous êtes venu pour jouer. Vous êtes déçu.

J'ouvre la bouche pour affirmer que la déception est fort supportable, que rendre service à une estimable señorita... Elle me devance :

– Jouons.

Je ne m'attendais pas à celle-là ! Quelque peu ébahi, je ne sais que répondre :

– Señorita, une femme de votre classe est habituée à jouer gros jeu. Je ne dispose que du reste de ma solde. C'est assez peu, et indigne de vous.

Elle sourit.

– Ce sera suffisant. Je joue pour l'amour du jeu. Vous aussi, je pense ?

– Heu... Cela va de soi. Peut-être aussi un petit peu pour prolonger mon congé.

Elle frappe dans ses mains :

– Les cartes, Carmen ! Et de quoi rafraîchir le señor cavalier.

Elle me désigne un siège grossier :

– Si cette place vous convient...

Elle-même s'installe face à moi. Est-ce calcul ? De cet endroit, la lueur dansante de la flamme la rend mystérieusement belle. Plus que belle. Troublante, voilà. Je suis troublé. Pas l'idéal pour commencer le combat.

La duègne emplit deux gobelets de métal ouvragé

qui sont peut-être bien en argent, puis se range le long du mur. Elle restera là, muette, toujours renfrognée.

Tandis qu'elle bat les cartes avant de me les donner à couper, la señorita – au fait, je ne sais toujours pas son nom – entretient la conversation :

– Señor cavalier, votre tournure est celle d'un soldat. Je me trompe ? Un officier, je dirais.

– Je l'étais, en effet, il y a... quelques mois déjà. La fin des combats m'a rendu à la vie civile.

– Et vous mangez votre solde au jeu ?

– Et aussi à la taverne. Et aussi avec les dames.

– Vous appelez « dames » les margotons du port ?

– J'appelle dame tout ce qui pourrait en être une. Il s'en faut parfois de si peu. Un rien de chance...

– Vous avez un terrible accent.

– Je suis d'Irlande.

– D'Irlande ? Ça existe, cela ?

– Suffisamment pour m'avoir donné le jour. Mais vous-même, señorita, parlez le castillan avec je ne sais quoi de doux et de chantant dans la voix...

– Assez bavardé, señor officier. Jouons !

J'ai peine à me rappeler les péripéties de cette partie. Je ne puis que constater que cette femme est d'une adresse vraiment diabolique. Peut-être aussi une tricheuse de haut vol. Je vis, pli après pli, mon reliquat de solde quitter inexorablement mon côté de la table pour aller s'empiler devant elle. Je noyais ma rage dans les rasades d'un vin dont je ne sentais pas le goût. La duègne, impassible, remplissait mon gobelet avant même qu'il fût vide. Et *elle*, buvait-elle ? Je ne sais plus.

De temps à autre, elle me lançait quelque propos badin, pour apaiser l'irritation qu'elle sentait monter en moi, pensais-je. Plutôt pour me tirer les vers du nez car, je m'en rends compte maintenant, sa conversation consistait uniquement en questions : si j'aurais volontiers pris du service sur un de ces trois bateaux prêts à lever l'ancre pour la grande aventure... À quoi je répondais que l'eau salée était mon ennemie intime et que jamais je ne m'embarquerais, plutôt crever. Elle répliqua – cela, je m'en souviens – que c'était grand dommage car elle savait de source sûre que, si les équipages étaient maintenant au complet, il manquait un soldat ayant le sens du commandement pour mener à bien les expéditions à terre...

Toujours est-il que me voilà baignant dans mon vomi, les pieds et les mains pris dans des anneaux de fer que traverse une longue barre cadenassée, tandis qu'autour de moi tout n'est que nuit, tout n'est que puanteur, tout bascule et chavire. Dans un bateau, en pleine mer, eh oui. Et à fond de cale. Et ce mal de crâne...

Elle m'a bien eu. Son vin, surtout. Drogué, bien sûr. Ces Italiennes connaissent des herbes... Car c'est une Italienne, j'en suis maintenant certain. Et me voilà embarqué de force, comme n'importe quelle raclure de quai ! Mais pourquoi moi ? Je l'ai pourtant prévenue ; sur l'eau je ne vaux rien.

J'essaie de relever la tête. Un coup de roulis me

rejette contre la coque. Mon crâne sonne. Je hurle, de male rage autant que de douleur. Un gémissement me fait écho. Tiens, je ne suis pas seul ! Je lève à nouveau la tête, plus prudemment. Il fait noir, là-dedans. Je ne vois rien. Sur ma droite le gémissement reprend, vaguement articulé, cette fois. Je devine plus que je n'entends :

– Señor compagnon, ma mère m'attend. Je suis sorti acheter le lait pour ma petite sœur. Ils m'ont pris. Je ne suis pas marin, pas du tout, je travaille comme apprenti dans le chantier de maître Arrigo, le charpentier de marine. Ils vont me ramener au port, dis ? Ils font juste un petit tour en mer pour essayer le bateau, n'est-ce pas ? C'est une bonne blague, mais maman m'attend avec le lait.

Je demande :

– Tu as quel âge, petit ?

– Douze ans tout ronds, señor compagnon.

– Apparemment, ils n'ont pas trouvé de mousse. Ce sera donc toi.

Je ne juge pas utile de lui dire qu'à bord, les femmes étant interdites comme attirant naufrages, coups de couteau, mutineries et autres calamités, le rôle du mousse va bien au-delà des tâches nautiques. Il s'en apercevra bien assez tôt.

Un pesant martèlement de pieds nus au-dessus de nos têtes, un flot de lumière brutal, un sonore : « Ça pue, là-dedans ! »... Mes yeux douloureux clignotent, finissent par distinguer une écoutille ouverte sur le ciel, une échelle qui en descend, une paire de solides mollets nus sur cette échelle, puis successivement l'apparition d'une large ceinture de laine rouge, d'un dos hâlé, enfin d'un homme en son entier, l'échine courbée car le plafond est bas.

L'enfant implore :

– Señor, nous revenons au port, n'est-ce pas ? Maman doit s'inquiéter... Ma petite sœur... Le lait...

L'homme aux mollets s'accroupit, s'active à libérer de la barre commune les anneaux immobilisant les membres du gosse, qui se met péniblement debout. L'autre lui tend un seau de bois :

– Prends ça et va me laver le pont, garçon ! Ta mère, tu la reverras plus tard. Peut-être. Pour l'instant, tu viens en Chine, avec nous.

Le petit – maintenant que je puis le voir, qu'il est donc menu ! – en oublie le lait et la petite sœur. Il fronce le sourcil :

– En Chine ? Est-ce que ça n'est pas bien loin ?

Le matelot hausse les épaules.

– Si je te dis que je n'en sais rien, tu ne me croiras pas, et pourtant c'est bien vrai. La Chine, vois-tu, on commence par lui tourner le dos, c'est comme ça, cherche pas à comprendre, et il paraît qu'on y arrivera par-derrière. Dans un mois, dans dix ans, va savoir... Allons, ne pleure pas. Ou si tu veux pleurer, pleure en lavant le pont. Passe par la cambuse, fais-toi donner un casse-croûte.

Le gosse empoigne l'anse à deux mains. Penchant de côté et reniflant ses larmes, il gravit l'échelle, levant haut la jambe car les barreaux ne sont pas espacés à ses mesures. Je suppose que mon tour est venu.

En effet. L'homme aux mollets se penche sur moi et se met en mesure de libérer mes membres captifs. Je peux enfin m'asseoir, je masse mes chevilles, sans me presser. L'homme attend, muet. S'il se tait, c'est qu'il ne veut pas parler. Inutile, donc, de l'interroger. Encore moins de l'invectiver. Je me lève, il me fait signe de le suivre, puis gagne le pied de l'échelle et en gravit les degrés. J'en fais autant, m'étant faufilé sans sa souplesse parmi les empilements de caisses, de sacs bourrés à crever et de tonneaux.

Les caravelles ont un château[1] à l'avant et un autre à l'arrière. Entre les deux s'étend un espace, ponté ou non. Celle où ma malchance m'a fait échouer comporte un pont. C'est sous ce pont que se trouve la cale d'où nous émergeons.

---

1. Nous dirions un « gaillard ».

II

Vautrés çà et là sur le pont ou appuyés au bastingage, les matelots se la coulent douce. Les voiles ont été établies au mieux pour capter une brise tranquille et régulière qui ne semble pas devoir changer de sitôt, cela donne des loisirs à l'équipage. Les gars me regardent passer, goguenards, s'essaient à quelques ricanements qui tombent vite à plat, après tout ces gaillards furent recrutés d'une façon qui, je le suppose, ressemble fort à celle qui me vaut ma présence parmi eux.

Suivant le marin taciturne, je passe devant le mousse fraîchement promu. Il traîne un seau plein d'eau qui rejette son maigre torse à l'horizontale du côté opposé. Les larmes et la poussière barbouillent son visage. Il renifle un reste de sanglots tout en mordant à pleines dents dans un énorme quignon d'où dépasse une tranche de lard.

Poussant le nez hors de ma maussaderie, je prends soudain conscience que nous sommes en mer. Je cherche des yeux sur l'horizon un dernier vestige de terre et ne le trouve point. Je note aussi que cette mer s'est faite aimable autant qu'il se peut, que roulis et tangage – ou appelle ça comme tu voudras – me secouent fort supportablement, que ma nausée s'est faite discrète, que de petits nuages pommelés gambadent dans un ciel presque trop bleu et que, ma foi, puisque l'aventure est venue à moi, je ne vais pas lui faire grise mine.

Il n'empêche que je me promets de dire ma façon de penser au maître de ce bord. Car je suppose que c'est à lui que me mène le taciturne.

Un escalier nous hisse sur le château d'arrière, c'est généralement là que réside l'autorité suprême. Le butor frappe à une porte peinte en vert sombre avec des volutes dorées pour faire joli. Un « Avanti ! » bien timbré lui répond. Cet amiral espagnol a le réflexe italien.

La pièce est plus vaste qu'on ne s'y serait attendu. Elle épouse la forme de la poupe – j'espère que c'est bien la poupe, la proue c'est à l'autre bout, ou bien l'inverse ? –, le soleil y entre à flots par deux fenêtres à petits carreaux en culs de bouteille, pour l'instant grandes ouvertes. Par l'une d'elles j'aperçois cette chose nouvellement inventée qu'on nomme « gouvernail » et qui plonge dans l'écume du sillage.

Dans la chambre, un fouillis de cartes, de livres, d'instruments bizarres propres à l'art de naviguer, tout cela jeté pêle-mêle sur de fort beaux tapis de la Perse et de la Chine, amenés là, je suppose, pour exalter le mirage d'Orient qui, me suis-je laissé dire, travaille si fort le capitaine Colón. Le soleil joue sur les cuivrailles, racornit le parchemin des cartes précieuses, qui se recroquevillent et s'enroulent. On ne distingue plus lit, table ni siège sous cet amas.

Le capitaine Colón ne tourne même pas la tête à mon entrée. Toute son attention est captivée par le creux de sa main où repose une boîte ronde, plate, munie d'un couvercle de verre limpide, dans laquelle il me semble voir bouger quelque chose. Il remue la main avec précaution, sourcils froncés, front plissé, image navrante de la perplexité impuissante. Il prend enfin conscience de ma présence, m'interpelle sans lever les yeux :

– Señor officier, vous êtes un type qui a de l'instruction, forcément. Connaissez-vous quelque chose à ce porca la Madonna de machin ?

Non, je n'y connais rien. Mais j'en ai entendu parler. J'ai retenu le nom, c'est toujours ça. Je dis :

– C'est une bossola, non ?

Ça ne le déride pas. Il grogne :

– Per Dio, je le sais bien que c'est une bossola ! Je sais même qu'elle montre où est le nord. Si on sait lui parler. Moi, je ne sais pas. Ils ont enfermé l'étoile Polaire dans une boîte. C'est très fort. Et très utile. Mais comment ça marche, porco Dio, comment ça marche ?

Il me fait pitié. Malgré mon ignorance, je veux l'aider. Je me penche sur sa main, regarde de plus près la chose. Je vois une brindille taillée bien droit qui flotte sur un liquide. Eau ? Huile ? Sur la brindille est fixée une très mince lamelle de ce qui semble être un métal gris, peut-être bien du fer. Cette lamelle est taillée en pointe à chaque bout. L'un des bouts est peint en noir. La brindille s'agite, oscille de droite et de gauche aux sursauts de la main impatiente du bonhomme. Je finis par remarquer que la brindille reprend obstinément la même position dès que l'agitation se calme. Je dis, respectueusement :

– Señor capitaine...

– Amiral, si ça ne vous écorche pas la bouche.

– Señor Amiral, je crois avoir compris quelque chose.

– Ah, oui ? Faites-moi voir un peu ça.

– Voilà. La pointe noire, là, quand on la laisse tranquille, elle reste toujours tournée vers la même direction.

– Ça, je suis capable de le voir tout seul. Et alors ?

– Alors, connaissant cette direction...

– Cette direction, c'est le nord.

– Ah ? Bon. Le nord. Eh bien, si on veut aller droit au nord, on s'arrange pour aligner le bateau bien soigneusement avec la brindille et on maintient la direction...

– Le cap.

– Señor Amiral, je suis un soldat de terre ferme. Je ne suis pas familiarisé avec le langage des marins. Le cap ? Bon, le cap. Il faut donc maintenir le cap indiqué par la bossola.

– Pour aller vers le nord, ça va, j'ai compris. Mais on ne va pas forcément vers le nord. Moi, par exemple, c'est vers l'occident que je veux aller.

Aïe. Évidemment... Mais c'est son problème, qu'il s'en démerde ! Seulement, je me pique au jeu. Je réfléchis tant que je peux. Il me semble entrevoir quelque chose. Je hasarde, prudent :

– Il me semble qu'il suffit de calculer l'angle que fait la dir... euh, le cap choisi avec celle... euh, celui indiqué par la bossola.

– Hé... Il y a quelque chose, là...

Dans les yeux de l'Amiral – puisque Amiral il y a – s'allume une brève admiration. Qui ne dure pas. Il est l'Amiral, non ? D'ailleurs, je ne suis pas sûr qu'il ait compris. Il approche sa tête de la mienne, me confie :

– Je dois vous dire. Cette petite bossola est un cadeau. Un cadeau très précieux. Un cadeau de la reine Isabella.

Il met un genou en terre, se signe, baise la boîte de la bossola comme il eût baisé un crucifix. En regardant mieux, cette boîte m'apparaît faite d'un métal finement ciselé, de l'argent, peut-être bien. L'Amiral se signe encore, se relève, me confie :

– La reine a de l'estime pour moi.

Je m'étonne :

– Si c'est avec ça que vous êtes censé diriger le navire, vous devriez être sur le pont, près du gouvernail.

– La bossola du navire est plus grande. Elle se trouve, cela va de soi, là où se tient l'homme de barre, je veux dire celui qui manœuvre le gouvernail. Vous avez vu mon gouvernail à safran ? Toute dernière nouveauté.

Encadré par une chevelure de petit page qui lui retombe presque aux épaules, ainsi que le veut la mode nouvelle, son visage un peu poupin de quadragénaire déjà grisonnant s'illumine d'une joie naïve. Et puis, tout à trac, il reprend pied dans les nécessités du moment. Mains dans le dos, solidement campé sur ses mollets qui bombent sous la soie des chausses d'un pourpre agressif, il me considère comme s'il me découvrait, me passe en revue de pied en cap. Pour conclure :

— Avez-vous déjà commandé ?

— Pas sur mer. On vous aura trompé.

— Pas du tout. J'entends bien : commandé sur terre, en guerre, à pied ou à cheval.

— Je ne suis pas un officier, si c'est ce que vous voulez dire. Il m'est, bien sûr, arrivé de prendre le commandement d'une petite unité combattante lorsque l'officier en titre se trouvait, par le hasard d'un boulet, mis hors de combat.

L'Amiral fait « Hum, hum... », se passe la main sous le menton, de l'autre main se gratte la tête, hausse les épaules... Je me demande quel va être le mouvement suivant de cette gymnastique dubitative, quand enfin il ouvre la bouche pour constater :

— De toute façon, il est trop tard. Nous sommes en mer. Nous ferons à la fortune du pot. Vous n'êtes pas officier. Tant pis. Du moins êtes-vous soldat.

Voilà qui résume magistralement la situation. Je suis soldat, j'en conviens, tout en me disant que la traîtresse à qui je dois d'être embarqué sur ce rafiot n'a pas manqué de fournir à son client tous les détails concernant le colis qu'elle lui livrait, détails qu'elle tenait du colis lui-même. Sans doute pour faire valoir la marchandise, elle m'a donné du galon.

L'Amiral questionne :

— Sous les ordres de quel capitaine avez-vous combattu ? C'était pendant la dernière campagne, je suppose, celle qui a rejeté à la mer les damnés moricauds ?

Je ne juge pas à propos de lui confier qu'en effet,

si c'est bien dans cette guerre-là que je me suis illustré, ce n'était pas dans l'armée sainte des rois catholiques mais bien sous les étendards verts marqués du croissant du roi maure Boabdil, qui payait mieux et, en matière de religion, n'avait rien d'un fanatique. Je fus l'un des derniers qui protégèrent le roi fugitif. J'étais de ceux qui le virent pleurer sur Grenade du haut de la colline... S'il apprenait cela, l'amiral Colón, ou Colombo, ou Colomb, c'est selon, il me ferait illico jeter à l'eau, ou bien pendre haut et court à la misaine, ou à l'artimon, va savoir lequel est lequel...

Il me faut donc choisir entre les nobles chefs de guerre espagnols que, noyé dans la masse arabe, je combattis de mon mieux. Du diable si je me rappelle un seul nom... J'ouvre la bouche pour lâcher un patronyme de ma façon, long comme un jour sans vin et plein de charnières, tels qu'on les aime à la cour d'Espagne, lorsqu'un coup est frappé à la porte, laquelle se voit en même temps repoussée vivement pour laisser paraître un long personnage au visage sévère, strictement vêtu de noir, qui s'avance dans la cabine, écartant d'un bras sans réplique le matelot qui se préparait à l'introduire selon les règles et ne peut que bafouiller :

– Le señor capitaine Pinzón, señor Amiral.

L'Amiral s'étonne :

– Vous avez quitté votre bord, don Martín Alonzo ?

L'arrivant s'est composé un visage où la hauteur condescend à se teinter d'un soupçon d'excuse, expression que seul un grand d'Espagne peut fignoler. Avec un bref salut, il dit :

– Señor Amiral, j'ai quitté la *Pinta* pour joindre

votre propre bord parce qu'il est des choses qui doivent être dites. Votre *Santa María*, qui est la mieux courante de nos trois nefs, va beaucoup trop lentement. Ma *Pinta* ne demande qu'à tailler de la route. Or je suis obligé d'abattre de la toile si je veux me maintenir à distance, puisque vos ordres sont qu'aucune des deux autres nefs ne doit passer devant la vôtre, ni même approcher de son arrière à moins de trois encablures[1]. Puisque donc la *Santa María* doit tenir la tête, il vous faut donner de la toile et forcer l'allure.

Ceci dit avec respect, mais fermement, le capitaine Pinzón attend. L'Amiral fait la moue. Ses larges joues pendent quelque peu de part et d'autre de sa bouche plissée dans le mauvais sens. Mains au dos, il fait face à Pinzón, mais ses yeux le fuient. Il profère enfin, parlant dans sa collerette :

– Don Martín Alonzo, je suis l'Amiral. Je sais ce que j'ai à faire. Il y avait certains relèvements, certaines observations à exécuter. Ceci est un voyage de découverte. Nul ne s'est, jusqu'à ce jour, aventuré là où nous allons. J'ai déterminé l'allure en fonction des nécessités.

Pinzón sourit, pas convaincu du tout :

– Señor Amiral, nous suivons pour l'instant la vieille route qui mène aux Canaries. Ce n'est pas encore l'inconnu. Un va-et-vient de nefs marchandes fait le trafic, et nous en croisons sans cesse.

Pour le coup, l'Amiral se rebiffe :

– Croyez-vous donc que je ne sache pas cela, don Martín Alonzo Pinzón ? Ce n'est pas quand nous serons en proie aux mirages et aux périls de l'inconnu

---

1. Une encablure : environ 200 mètres.

qu'il sera temps d'apprendre à y faire face. J'aguerris mon équipage en vue des dangers à venir, et je trouverais bon que vous en fassiez autant.

Entendant cela, je pense aux matelots désœuvrés affalés çà et là, à l'Amiral incapable de se servir d'une boussole, et je risque un œil sur Pinzón. Il n'a pas bronché. À peine si son sourire s'est un peu plus accentué dans le mince périmètre de sa barbe. Il va pour se retirer, lorsque l'Amiral, me désignant d'un ample geste du bras, annonce, triomphant :

— Avez-vous songé, don Martín Alonzo, à ce que nous devrons faire quand nous aurons posé le pied sur le sol de la Chine, ou sur celui du Japon, selon que la première terre touchée par nous sera l'une ou l'autre ? Non, n'est-ce pas ? Eh bien, moi, votre Amiral, j'y ai pensé ! Et j'ai cherché. Et j'ai trouvé. J'ai trouvé l'homme que voilà.

Cette péroraison me laisse assez confus. J'essaie de faire bonne contenance, un pied en avant, fièrement campé sur l'autre, lissant ma moustache sans affectation, crois-je, en fait aussi ridicule qu'un coq de village. Le señor Pinzón lève les sourcils :

— Qui est cet homme ? Quand a-t-il embarqué ? Il ne figure pas sur les rôles.

L'Amiral fait son petit cachottier :

— Hé, hé... J'ai mes secrets.

Pinzón se rembrunit. Colomb se hâte d'ajouter :

— Vous voyez ici le capitaine commandant nos futures expéditions à terre.

L'autre n'a décidément pas l'air convaincu. Il hoche la tête de droite à gauche, fait : « Tss, tss... » L'Amiral s'empresse :

– Il a servi en Andalousie. La grande campagne de la Reconquista. Il a commandé sous le feu. C'est un soldat, un vrai. Il formera nos matelots au combat terrestre. Leur apprendra le maniement de l'arquebuse, l'embuscade, la manœuvre, tout, quoi.

Mes états de service n'ont pas l'air d'impressionner don Martín Alonzo. Il dit :

– Tout cela est bel et bon, cependant il n'y a pas de place sur un bateau pour des bras inemployés. Cet homme sera peut-être un brillant chef de guerre quand le moment sera venu. Pour l'instant, il doit faire sa part de travail à bord.

L'Amiral frappe du pied :

– Ceci est mon bord. J'y suis seul maître... Après Dieu, ajoute-t-il, levant son couvre-chef et se signant. De plus, dois-je vous le rappeler, je suis l'Amiral désigné par Leurs Majestés, le seul chef de l'expédition.

Pinzón, muet, se le tient pour dit. Il s'incline brièvement, tourne les talons, va pour quitter les lieux. L'Amiral le rappelle :

– Au fait, j'estime satisfaisantes les observations que j'ai ordonnées. Il n'y a plus de raison de s'attarder. Je vais donc forcer l'allure de la *Santa María*. Soyez prêt à suivre avec la *Pinta*. Faites passer l'ordre à la *Niña*.

Pinzón sort. Son pas décroît dans l'escalier de la dunette. Tandis que l'Amiral arpente la chambre en se frottant le menton, j'observe par la fenêtre l'embarcation qui remmène Pinzón à son bord, soulevée sur la vague par les bras musculeux de six matelots ramant bien en cadence.

L'Amiral arrête enfin sa pérégrination, se campe devant moi, mains au dos, et me sort tout à trac, comme si l'idée venait juste de lui en venir :

– J'ai réfléchi. Tant que nous sommes en mer, il vous faudra vous consacrer à quelque tâche. Pas de bouche inutile sur un bateau, vous comprenez cela.

J'écarte les bras, paumes offertes, doigts écartés, image parlante de la bonne volonté qui ne demande qu'à bien faire sans savoir quoi. Pour être sûr d'être compris, j'ajoute ce commentaire :

– Señor Amiral, je suis un terrien. Je ne connais rien aux travaux qu'exige la manœuvre d'une caravelle ou de tout autre vaisseau. Mais je ne demande qu'à m'instruire.

L'Amiral se remet à se caresser le menton. Je lui pose problème, je le vois bien. Il se décide :

– Señor officier, tout ce que vous êtes apte à faire à bord serait de laver le pont et de porter la soupe aux matelots. Cela est indigne de vous. Vous devez garder un certain prestige sur ces hommes que vous commanderez et de qui vous exigerez, au besoin, qu'ils versent leur sang. Vous m'embarrassez, savez-vous ?

Je compatis fort modérément à son tourment. Après tout, je n'ai pas demandé à y embarquer, moi, sur son fichu rafiot ! Qu'il se dépêtre de ses bévues, l'Amiral d'occasion. Et puis je le prends en pitié. Il est tellement touchant, avec sa lippe boudeuse... Pour dire tout à fait vrai, j'entrevois aussi le moment où, tout bien pesé, la bouche inutile pourrait bien passer par-dessus bord. Je me compose donc le visage de celui que l'illumination vient de frapper, et je dis :

– Si j'ai bien compris, vous voulez, au débarquement dans ces contrées probablement sauvages et à coup sûr hostiles, transformer votre équipage en un bataillon de fantassins bien entraînés au maniement des armes, y compris les armes à feu si traîtresses pour le maladroit, et rompus aux ruses de la guerre sur terre. Très bien. Ceci demande un certain temps. Pourquoi ne pas commencer tout de suite ? En dehors des manœuvres de routine, vos marins n'ont rien à faire, ce qui, en soi, est désastreux pour le moral.

L'Amiral proteste :

— Par beau temps, mer d'huile et vent sans surprise.

— Ce qui est le cas en ce moment.

— Ce qui est le cas en ce moment. Donc...

— Donc, faites sonner le branle-bas. C'est bien ainsi qu'on dit dans la marine ? Eh bien, le branle-bas, illico. Je veux voir tout le monde sur le pont, y compris le mousse et le cuistot.

L'Amiral se rassérène. Il constate :

— Vous êtes homme de décision. J'aime cela. À propos...

— Oui ?

— Je ne connais pas votre nom.

— C'est juste. Kavanagh. À vos ordres.

— Comment avez-vous dit ?

— Kavanagh.

— C'est... exotique.

— C'est irlandais.

Christophe Colomb (ce récit étant originellement relaté en langue française, autant donner à l'Amiral la version française de son nom, quitte, de temps à autre, à revenir à la forme espagnole, pour la couleur locale), Christophe, donc, Colomb laisse son regard errer par les infinis brumeux des mers nordiques peuplées de sirènes séductrices et de léviathans dévoreurs de capitaines. Il a un soupir, et puis il commente :

— L'Irlande, c'est presque l'Hyperborée. J'y fis relâche, jadis, en mes jeunesses, sur ma route vers Thulé, qui est l'extrême bout du monde, un bloc de glace peuplé de géants tout nus, couverts de poils roux, qui montent la garde afin que nul ne s'avise de faire basculer l'axe du monde, lequel ressort là, et se dresse haut en l'air, précisément au lieu que nous nommons pôle Nord.

J'écoute dans un silence respectueux les réminiscences du vieux loup de mer, faisant en mon for intérieur la part des choses plausibles et celle des fantasmes qui, toujours, fleurissent à l'évocation des vertes années. Enfin l'Amiral pousse un autre soupir, son œil remet, si j'ose dire, les pieds sur terre. Il me dit :

— Les Irlandais sont peuple de marins. Ils ont christianisé l'Europe barbare, me suis-je laissé dire, en s'abandonnant à la grâce de Dieu et à la fureur des flots sur des coquilles de noix.

— Et même dans des auges de pur granit.

— De granit ? Croyez-vous ?

— C'est article de foi. Qui le nie blasphème.

— Enfin, bon, un peuple de marins. D'où vient donc que tout ce qui touche à l'océan vous soit étranger ?

— Étranger ? Ennemi, vous voulez dire ! Au moindre clapotis, je suis malade comme un chien, incapable de rien d'autre que rester recroquevillé dans un coin noir, vomissant sur moi et bien pis encore, enfin mourant mille fois pour une.

— Vous voilà pourtant frais et gaillard.

— Attendez seulement que la brise fraîchisse un tant soit peu.

— C'est affaire d'habitude. Vous vous y ferez. Dans quinze jours, foi d'Amiral, vous aurez le pied marin.

L'Amiral se frotte les mains :

— En attendant cet heureux jour, si nous commencions dès à présent la première leçon d'exercice militaire ?

Décidément, ce type-là cultive à la perfection l'art de s'approprier les décisions d'autrui comme provenant de sa propre initiative ! Je commence à me demander si l'idée, à première vue saugrenue, d'aller en Chine en passant par la porte de service est bien de lui...

III

L'équipage, d'abord plutôt rétif à secouer sa sainte paresse pour se livrer à des travaux non prévus par le service à bord, a bientôt pris goût aux jeux martiaux, y apportant même une férocité qui m'oblige à modérer les combattants. L'assaut pour rire se transformerait bien vite en furieux massacre.

Pas question, cela va de soi, de leur faire manier sabres, piques ou haches de guerre. D'arquebuses encore moins. De simples bâtons font l'affaire. Quelques mâchoires n'en sont pas moins déboîtées, quelques côtes fêlées, quelques peaux écorchées.

Mes lascars montrent moins d'ardeur aux exercices de maniement d'armes en décomposant les mouvements. Il faut avouer qu'exécuter le chargement réglementaire de l'arquebuse en seize temps sur un vulgaire bout de bois n'a rien d'exaltant. Je leur promets que, quand ils seront vraiment au point, ils auront droit à une véritable arquebuse, avec laquelle ils pourront même pratiquer le tir à la cible. Il me faut m'arracher la glotte et hurler à pleine gueule comme un sergent de métier si je veux obtenir un semblant de discipline.

Ce sont presque tous de bons gars, joyeux lurons et

francs du collier, même si beaucoup, raflés dans des bouges et enrôlés de force, montrent des gueules de vraies canailles, pas plus gens de mer que moi-même mais terrifiants forbans.

Mes goûts me porteraient à me mêler à eux, à fraterniser, à partager leur gamelle, le cul sur un rouleau de cordages, mais l'Amiral m'a fait comprendre que ce serait perdre tout ascendant sur eux. Cordial, oui. Bon enfant, certes. Mais pas de familiarité. Et ne pas hésiter à punir.

L'Amiral tient, semble-t-il, à ma compagnie. Je prends mes repas à sa table, c'est lui qui m'en a prié, je l'eusse offensé en refusant. J'aurais, pour ma part, préféré moins d'honneurs et plus de liberté. Je suis un solitaire, autant dire un ours mal léché, je ne goûte, en fait de société, que celle des gens de peu, quand l'envie m'en vient, mais je m'en lasse vite, ils sont rarement plaisants, souvent geignards, toujours bêtes à crever. L'ennui est une souffrance. Je n'aime pas souffrir.

Je subis donc avec patience, sans enthousiasme mais, soyons honnête, sans non plus un déplaisir excessif, les propos de table de la société habituelle de l'Amiral, à savoir, par ordre d'importance : don Rodrigo Sanchez, représentant de Leurs Majestés, que l'Amiral, après quelques libations, surnomme « l'œil d'Isabella », propos imprudent, ensuite Juan de la Costa, qui n'a pas droit au « don », vieil ami de Colón faisant fonction de navigateur et de pilote, puis le maître d'équipage, Juan de Lequeirio, surnommé Chachu, va savoir pourquoi, enfin Gil Perez, qui tient les comptes de la flottille. S'y joignent parfois les frères

Pinzón, Martín Alonzo qui commande la *Pinta*, Vincente Yáñez qui commande la *Niña* et un troisième, le benjamin, si discret que je ne connais pas encore son prénom.

Chose étonnante, il n'y a pas de prêtre à bord. Pas non plus sur la *Pinta* ou la *Niña*, car on le verrait ici, ne serait-ce que pour la messe du dimanche. Petit mystère d'autant plus agaçant que l'Amiral manifeste à tout propos les signes d'une piété non feinte et même quelque peu superstitieuse. L'équipage commence la journée par la prière en commun mais il se passe de confesseur, et personne n'est là pour administrer les sacrements.

L'Amiral assiste volontiers au maniement d'armes. Les simulacres de bataille rangée à coups de sabres de bois et de piques garnies de boules d'étoupe l'amusent prodigieusement. Il encourage les combattants, crie, frappe du poing dans le creux de sa main, jette son bonnet à terre et le piétine en grand enthousiasme, bref, perd tout sens de sa dignité. Les matelots, ainsi encouragés, se jettent les uns sur les autres en grande fureur. J'ai toutes les peines du monde à les calmer. Quelques coups de trique y aident bien.

J'ai des loisirs. L'Amiral aussi. Nous nous tenons compagnie. Nous arpentons le pont en discutant sciences hermétiques et philosophie abstruse, tant que le temps se montre clément et la brise aimable ça ne mange pas de pain, comme dirait ma grand'mère irlandaise. L'Amiral ne se sépare pas de sa précieuse bossola (et si nous disions une bonne fois pour toutes « boussole » ? L'exotisme, ça va un temps, mais il ne faut pas abuser), sa, donc, précieuse boussole, qu'il tient au chaud dans son gousset, au bout d'une chaîne, et qu'il compare longuement à celle du navire, le « compas », là-haut, sur la dunette, devant l'homme de barre.

Quand il estime avoir rempli ses devoirs en ce qui concerne la marche de la caravelle, l'Amiral s'enferme dans sa chambre, m'y invite s'il se sent porté aux confidences, et là, adossés à des coussins que nous disposons au mieux pour notre confort, nous nous racontons alternativement nos souvenirs.

C'est-à-dire, c'est surtout moi qui raconte. L'Amiral est avide d'épisodes épiques. Il me pousse à vider mon sac, ce qui n'est pas sans m'embarrasser grandement. Non que j'aie foison de vilenies à me reprocher, mais voilà : dans mes engagements, je ne sais quel méchant diable m'a toujours poussé à choisir le mauvais camp, celui des perdants et, qui pis est, celui des perdants que la morale et l'Histoire condamnent.

C'est ainsi que, poussé par l'esprit d'aventure – et aussi par la faim que ne calmaient pas les brouets de blé noir et de glands –, je quittai l'Irlande en mes adolescences pour m'en aller en Écosse soutenir les gars de par là-bas en guerre contre le roi d'Angleterre. J'y appris le métier des armes à coups de pied dans les fesses et y reçus une blessure au genou qui me fait encore souffrir quand le temps se met à la pluie. Incapable de courir, je tombai aux mains des Anglais, qui sont une race peu tendre aux prisonniers. Ne pouvant compter sur aucune rançon, mon père, humble paysan, et des plus pauvres – qui dit « Irlandais » ne dit-il pas, du même coup, « gueux » ? –, avait huit autres enfants à nourrir. Je décidai de m'évader, et le fis.

Je pus m'embarquer pour la France à bord d'une barque appartenant à un pêcheur de hareng dont je séduisis la fille. J'y allais d'ailleurs de bon cœur, brûlant d'un amour sans calcul – j'étais encore novice –, bien décidé à épouser ma Jenny aussitôt débarqué. La tempête en décida autrement. La barque se brisa, nous fûmes jetés à l'eau, Jenny coula à pic et, malgré mes efforts désespérés, je ne pus la retrouver et faillis moi-même y laisser la vie, ce qui eût sans doute mieux valu.

Quand on n'en meurt pas, il faut bien vivre. Le cœur en peine, je gagnai la Flandre, puis la Lorraine, terres du duc Charles, dit à juste titre le Téméraire, lequel partait en guerre contre le roi de France et, à ce qui se disait, semait l'or à poignées [1].

Là encore, c'était le mauvais choix. Le glorieux duc Charles se fit piteusement battre par les armées du cauteleux Louis XI, lequel avait su soulever contre le duc ses propres sujets. Le Téméraire finit dans un marais gelé, la face dans la fange, dévoré par les loups. Et moi, je me retrouvai sans emploi et sans solde, bien heureux d'en être sorti entier, quoique fort maigre et en haillons.

En sa splendeur, Charles le Téméraire, duc de Bourgogne et autres lieux, ne nourrissait aucun préjugé contre les gens d'autre religion que la sienne. À sa cour voisinaient des seigneurs grecs et moscovites qui

---

[1]. Nous nous voyons forcés de relever ici une vantardise du narrateur. C'est en 1477, comme chacun sait, que le Téméraire reçut une définitive raclée. Le narrateur n'était alors qu'un gamin de six à huit ans. Mais le grand Charles jouissait encore d'un tel prestige en 1492...

abhorraient le pape comme schismatique et imposteur, des cathares descendants des brûlés de Montségur, des Turcs adorateurs de Mahom, qui est une idole païenne, et aussi des seigneurs maures représentant le royaume arabe de Grenade.

L'un de ces Maures d'Espagne, noble combattant qui m'avait vu à l'œuvre sur le champ de bataille, me rencontrant, me reconnut et me prit en pitié. Chassé par la piété bigote de Louis XI qui, vainqueur, ne tolérait en ses États nouvellement conquis que du catholique bon teint, ce seigneur m'emmena dans ses bagages en Andalousie. Peu après, Ferdinand et Isabelle franchissaient la frontière, bien décidés à rendre au Christ la dernière parcelle d'Espagne. C'est ainsi que je fus amené à participer à l'épisode final de la Reconquista, comme toujours du mauvais côté.

Après le désastre, ainsi que je l'ai déjà relaté, la brune et ardente Fatiha me sauva de la fureur homicide des vainqueurs et m'aida à fuir l'Andalousie en proie au viol, au pillage et aux joyeux massacres qui sanctifient la victoire. Il est à noter que, soldat obstinément malheureux, je fus plus d'une fois arraché aux déboires de la défaite par le dévouement – pour ne pas dire l'amour – d'une femme.

Il va sans dire que je ne m'étends pas sur ces détails fâcheux dans les récits de mes hauts faits destinés à l'Amiral. Un gaillard affligé d'une pareille malchance serait de très mauvais augure à bord de n'importe quelle nef, à plus forte raison à bord d'une nef lancée dans une aussi incertaine aventure. Sans tricher sur le lieu des combats, je m'y range dans le camp des vainqueurs et participe de leurs lauriers. Ce qui donne à l'Amiral une haute idée de mes capacités militaires et le confirme dans l'excellence de son choix.

Cependant mon corps s'aguerrit au roulis, au tangage et à tous ces mouvements déconcertants nés de la riposte de la coque à la fantaisie des flots. Je ne souffre du mal de mer que lorsque les vagues exagèrent. J'aimerais que l'Amiral m'initie au maniement des instruments destinés à déterminer où nous nous trouvons précisément sur l'immensité océane et à fixer notre route. Mais celui-ci s'y refuse, ou plutôt esquive mes demandes.

Je l'ai vu faire le point avec le pilote, Juan de la Costa. J'ai l'impression que Juan de la Costa faisait tout le travail tout en laissant respectueusement à l'Amiral l'illusion de lui obéir. J'ai vu l'Amiral jeter à terre l'astrolabe en vitupérant la Madonna puttana... Son esprit, crois-je, est rebelle aux choses pratiques. Mesurer, estimer, reporter sur une carte portulane, prendre la hauteur du soleil sur l'horizon pour en déduire les coordonnées du lieu, tout cela l'exaspère, ses doigts sont trop pataud pour les délicats instruments de visée, son impatience trop rebelle. Les menus tracas matériels de la conduite de la caravelle l'ennuient. Comme dirait ma mère, il voudrait être arrivé avant d'être parti.

Pourtant, quelle tête ! Quelle puissance de pensée ! Quelle audace ! Ce n'est pas à la barre ou sur la dunette qu'il est marin. C'est dans sa chambre, parmi ses cartes et ses portulans[1], devant la mappemonde

---

1. Premiers essais de cartes marines utilisés du XIIIe au XVIe siècle, décrivant les principaux itinéraires avec leurs particularités.

qui fut moulée et peinte tout spécialement pour lui à l'imitation de celle, fameuse, de Behaïm, laquelle ose montrer le globe en son entier, faisant éclater aux yeux l'évidence du grand manque de terres entre l'extrême Occident, qui est France et Espagne, et l'extrême Orient, qui est Chine et Japon. Extrême Orient qui, pris en ce sens, devient extrême Occident. En partant vers l'ouest, on arrive à l'est, puisque la Terre est ronde. Voilà l'idée de Colomb, voilà la passion qui brûle sa vie.

L'Amiral dort assez peu. C'est aussi mon cas. Il nous arrive d'accoupler nos insomnies sur la dunette – je ne sais pas si c'est bien le nom, ces gens de mer mettent un point d'honneur à donner aux choses les plus simples des noms à coucher dehors – enfin, bon, sur l'espèce de petite terrasse au-dessus du château, à l'arrière – non, en poupe ! – où se trouve l'homme de quart, barre en mains. Encore ça : ils appellent « barre » ce qui est en fait une roue !

Je dois reconnaître que l'instant vaut la peine d'être vécu, si vous êtes amateur d'instants. Moi, je le suis. Je goûte à pleins poumons cet air du grand large où traîne déjà je ne sais quelle fragrance d'épices et d'aventure... D'aventure, certainement, mais d'épices ? La passion de l'Amiral serait-elle contagieuse ?

Le plancher oscille mollement sous mes pieds – la mer est amicale, ce soir. L'eau clapote gentiment en glissant le long des flancs de la caravelle, s'attarde à frisotter autour du gouvernail avant de s'évaser en deux traînées de lumière s'étirant au loin sous la lune. Un poète ne manquerait pas de parler de sillage d'argent, et il aurait bien raison parce que c'est exactement ça.

On se laisse captiver comme insectes par la fascinante petite lueur du fanal qui éclaire le compas – c'est comme ça qu'ils appellent la boussole, il faut s'y faire – et qui sculpte par en dessous la gueule de pirate du matelot à la barre. On évoque des choses. Peu à peu, l'Amiral, s'estimant fixé sur mon compte, en vient à se confier à moi, par lambeaux décousus, cueillis au hasard de la marmite.

Bien sûr, il parle d'abord et avant tout de son dada : la Chine, le Japon, les Indes, tout ça à portée de la main en trois ou quatre fois moins de temps qu'il n'en faut aux Arabes et aux Portugais pour les joindre par l'est. Il fait sonner et trébucher devant moi montagnes d'or et fleuves de diamants, entasse pleines cargaisons de poivre, de cannelle, de muscade et de cardamome, épices infiniment plus précieuses, à poids égal, qu'or et que diamants... Cependant quelque chose me sonne creux à l'oreille. Il me récite son prospectus, ce discours qu'il a répété mille et mille fois aux souverains obtus du Portugal, de France, enfin d'Espagne. Ce n'est pas son vrai motif, je le sens bien.

Depuis que c'est lui qui raconte, c'est moi qui questionne. Ça s'est fait tout seul. Ses Golconde et ses illuminations géographiques, ça va quelque temps, c'est même intéressant, mais, une fois que j'ai compris, j'ai soif d'autre chose. Je suis curieux de nature, on ne se refait pas.

J'ai toujours en travers de la gorge la façon déloyale dont j'ai été jeté au fond de cette cale puante. Non que l'aventure ne me convienne. Celle-là où une autre, j'étais disponible. Mais je n'aime pas qu'on me force la main, c'est comme ça. Et en se servant d'une femme, encore ! Celle-là, avec son loup sur le nez et ses façons de marquise en goguette, je la retiens ! Je la retiens même un peu trop pour ma tranquillité d'esprit. Bien sûr, je lui en veux. Elle m'a possédé comme un bébé au sein. Mais il y a autre chose. Elle avait je ne sais quel air de n'être pas très à l'aise dans la comédie qu'elle me jouait. Ou bien je me fais des idées ? Je m'avise de ça après coup, et c'est peut-être bien l'envie qu'il en soit ainsi qui me glisse de pareilles idées en tête ? En tout cas, elle m'intrigue. Elle me... Oui, bon, j'en rêve la nuit ! Ces choses-là, ça vous tombe dessus sans prévenir.

Et, au fait... En quoi est-elle liée à l'Amiral ? Simple rabatteuse payée à l'unité ? Ou quelque chose de plus proche ? Sa femme ? Sa maîtresse ?

Ici, il me faut faire l'effort de me rappeler que je vogue vent arrière vers la Chine pour y cueillir sur branche des diamants et du poivre en grains, que je n'en reviendrai probablement jamais, si même je parviens jusque-là, et que la mystérieuse pourvoyeuse n'était vraisemblablement qu'une putain pas encore trop défraîchie pour pouvoir servir d'appât à un gibier un peu plus relevé qu'un grossier matelot à tout faire.

Je demande à l'Amiral s'il est marié. Cela se fait dans la meilleure société, la question suivante étant : « Avez-vous des enfants ? » Son front se ride, son sourcil se fronce. Tiens donc... J'interprète ces signes comme dénotant le coureur d'aventure qui fuit surtout le foyer conjugal. Il ne serait pas le premier. Voyez

Julius Caesar. Il part conquérir un empire pour fuir une légitime encombrante et il en fait cadeau à une autre. Ah, femmes, femmes !... Mais je me trompe. Les femmes ne sont pas le souci premier de l'Amiral. Il me confie :

– Je l'ai été.

Gros soupir. Mains derrière le dos, nez baissé, il interrompt net la promenade. Je n'ose demander : « Vous ne l'êtes plus ? » La réponse vient d'elle-même :

– Elle doit être morte à l'heure qu'il est. Felipa.

Je risque, prudent :

– Vous ne savez pas si elle vit ?

Il a un geste d'impuissance.

– Non. Je ne le sais pas. Je l'ai laissée dans le monastère. En pleine montagne. L'hiver était terrible. Elle n'en pouvait plus. Mais je devais aller de l'avant. Tous m'avaient repoussé. Tous les rois, toutes les puissances, Portugal, Espagne, Gênes qui est mon pays natal... Il me restait un espoir : on m'avait dit que le roi de France... Charles VIII succédait à Louis XI. Il avait, paraît-il, grand appétit de gloire et de conquêtes. Hélas, c'est l'Italie qu'il convoitait. Je ne le savais pas. Encore un voyage pour rien.

Je questionne :

– Aviez-vous des enfants ?

– Un seul. Un garçon. Tout petit. Je l'ai pris avec moi. Et puis je l'ai laissé dans un monastère. Un autre.

Ayant dit, il a un geste, un geste inattendu, un geste de son bras replié rejetant je ne sais quoi par-dessus son épaule, un geste que, si je devais le traduire en langage parlé, j'interpréterais par « Bof... ».

Ne sachant rien faire à demi, je prends très au sérieux ma fonction de chef de guerre. Il me faut inspecter l'armement. Je demande à l'Amiral s'il se trouve à bord autre chose que nos simulacres. Il m'affirme que oui, que cela doit être soigneusement rangé quelque part, il ne sait pas où. « À mon avis, vers la sainte-barbe », précise-t-il. Me voilà bien avancé. Qu'est-ce qu'une sainte-barbe ? Mon ignorance l'étonne. « Voyons, c'est la chambre où, à bord des vaisseaux, on tient bien closes la poudre à canon, les mèches des arquebuses, enfin toutes ces choses si dangereuses... »

Il charge un matelot de m'y conduire. C'est, sous la poupe, un réduit fermé à triple cadenas, situé, je le remarque, plus bas que la ligne de flottaison. « Ainsi, me dis-je, si par malheur ça vient à sauter, le navire est perdu sans recours... Après tout, s'il faut mourir, autant vaut une mort rapide. »

Comme antichambre à ce réduit s'ouvre un espace resserré où sont rangés, ficelés en bottes, les piques de combat, courtes pour l'abordage, longues pour la bataille rangée à terre, les pertuisanes aux crocs hargneux, les sabres à large lame. À droite et à gauche, deux rangées de râteliers dûment cadenassés portant les arquebuses aux pâles reflets. Je passe le doigt sur le métal, j'y risque l'œil : tout cela est piqué de rouille. Dès demain, corvée d'astiquage.

Il n'est bien sûr pas question de pénétrer dans la sainte-barbe une lanterne à la main, fût-elle sourde et bien close. Je renvoie donc le matelot avec son fanal tout en gardant son trousseau de clefs. L'un après l'autre je débride la collection de cadenas qui pendent aux massives ferrailles et pénètre à pas prudents dans l'antre de la foudre domestiquée.

Il fait moins sombre ici que dans le reste de la cale. C'est que deux de ces lucarnes carrées que les marins nomment « sabords » ont été ménagées dans l'épaisseur de la coque et garnies de ces vitrages en culs de bouteille bien étanches qui laissent passer une lueur verdâtre suffisante pour les manipulations qu'on peut avoir à faire dans ce lieu.

J'aperçois tout d'abord, emmitouflées de grosse toile de chanvre, mais bien reconnaissables à mon œil averti, deux couleuvrines d'un modèle plutôt désuet, quoique déjà munies de roulettes de recul, progrès appréciable. Près d'elles, des caisses pleines de boulets de fonte que j'espère au calibre adéquat. Le long de la coque, empilés avec soin et fixés à la paroi de bois par un solide entremêlement de fortes cordes, les tonnelets de poudre. Une tarière est posée sur l'un d'eux. Je m'en sers pour percer un trou dans le premier tonnelet. La poudre s'écoule par là comme du sable bien fin dans un sablier. Bon signe. Elle est parfaitement sèche. J'y porte le doigt. Je la goûte. C'est de la poudre pour les couleuvrines. Je referme le trou avec un petit cône de bois prévu pour ça. Je recommence plus loin. Là, oui, c'est de la poudre d'arquebuse. Je vérifie les rouleaux de mèche accrochés à des clous. Tout est en ordre, prêt à semer la mort.

J'en sais assez. Je pousse les verrous, fais claquer les cadenas et me mets en devoir, dans le noir absolu de la cale puisque j'ai commis l'inconséquence de laisser repartir le matelot avec son fanal, de retrouver mon chemin vers l'écoutille d'accès, me faufilant à tâtons entre des murailles de caisses, de sacs bourrés à craquer, de tonneaux et d'autres récipients hérissés d'angles agressifs, dans une étouffante odeur de morue séchée, de crottes de rat et d'eau viciée. Il y a toujours un petit fond d'eau sale qui croupit tranquillement au plus bas des bateaux, là où la quille – ou quel que soit le nom qu'ils donnent à ce foutu bout de bois – fait saillie.

Je dois m'arrêter, prendre le temps de me repérer. Et voilà que, tournant la tête, à un certain moment une lueur furtive m'agace l'œil. Je la cherche, parcourant lentement les cent quatre-vingts degrés que me permet la rotation de mes vertèbres cervicales, enfin je la trouve. C'est un bien faible reflet, tout là-bas au bout d'une espèce de fente qui bâille entre deux de ces ballots revêtus de grosse toile où l'on serre les fèves, les lentilles et autres légumes secs, une lueur qui ne se peut apercevoir qu'en plaçant l'œil très exactement dans le prolongement de cette fente. Un reflet sur le cercle de fer d'un tonneau, peut-être bien...

Pas de fumée sans feu, pas de reflet sans lumière. Puisqu'il y a reflet, il faut qu'il y ait lumière. Il m'importe de trouver cette lumière originelle. Je me propulse tant bien que mal jusqu'à la brillance révélatrice. Et là, je retrouve mon reflet. Il fleurit sur un cercle de barrique. Il est jaune. Il provient donc d'une lumière jaune. C'est-à-dire d'une flamme, bougie, chandelle ou lampe à huile. La lumière, nous le savons depuis les Grecs, se propage en ligne droite. Si je tiens à découvrir l'origine de mon reflet, il me faut donc tracer par l'imagination une ligne idéalement droite partant dudit reflet. Ce que je m'attache à faire. Au bout de cette ligne, je ne trouve tout d'abord que l'habituel entassement de caisses et de ballots. Nulle lumière n'en émane.

Et puis mes mains tâtonnantes décèlent le relief d'un huis. Il y a là une porte. Bien close. Enfin mon œil, descendu à bonne hauteur et orienté suivant l'angle propice, reçoit soudain l'illumination d'une irréelle clarté jaune. À y bien regarder, elle affecte le contour capricieusement découpé d'un trou de serrure. Sans le moindre scrupule, les mains aux genoux, je m'installe pour jouir au mieux du spectacle qui, à n'en point douter, se joue derrière cette porte.

Regarder d'un œil oblige à fermer l'autre, ce qui, très vite, devient fatigant. Mon entraînement à l'arquebuse, où le règlement préconise de garder fermé l'œil inemployé, me met à même de guigner par un trou de serrure beaucoup plus longtemps que le commun des indiscrets. Si donc je sursaute, ce n'est pas sous l'effet d'une crampe de la paupière, mais bien sous celui d'une indicible stupéfaction. Que vois-je donc ?

Une dame. Une jolie dame, honnêtement et même élégamment vêtue, assise tout à fait à son aise dans un grand fauteuil à oreilles et fort attentive à mener à bien un travail de tapisserie dont les fils de soie de couleurs diverses pendent, tendus par de mignonnes petites quenouilles, autour de l'espèce de tambour sur lequel les doigts agiles de ses belles longues mains blanches font prestement ce qui doit être fait.

Elle est brune, intensément. Ses cheveux noirs s'échappent en boucles hors d'une diaphane coiffe de dentelle pour remonter sagement de chaque côté et s'amasser sur la nuque en un lourd chignon. Ses cils baissés sur son ouvrage ombrent ses joues au teint délicatement mat des femmes du Sud.

La flamme bien droite d'une grosse bougie de cire blanche plantée dans un lourd candélabre ouvragé est dirigée vers les mains actives par un réflecteur parabolique de cuivre rouge qui, par instants, jette une brève lueur sanglante sur les doigts admirables.

Je ne discerne pas nettement l'alentour. Les ombres qu'effleure la lueur diffuse suggèrent un ameublement confortable, d'élégantes draperies... Que fait ici ce tranquille tableau tracé par le sage pinceau d'un de ces peintres flamands tellement à la mode ?

Je suis vif de caractère. Une première impulsion me pousse à frapper à cet huis. Je suis réfléchi, aussi. Mon index replié reste figé en l'air, bloqué en son élan par la réflexion. Il est impossible, me dis-je, que la présence à bord de cette dame si avenante, ignorée jusqu'ici de quiconque, le soit également de l'Amiral. Si toutefois il la tait, cette présence, il a ses raisons. Et puisqu'il la tait même à moi, qu'il honore apparemment d'une particulière estime, c'est que cette réserve s'applique aussi à moi. Je suis censé ignorer la dame, je l'ignorerai donc.

Voilà, n'empêche, un sacré mystère, lié, sans doute, à la vieille superstition des gens de mer qui redoutent plus que la peste la présence d'une femme à bord. Si cependant l'Amiral a pris le risque d'en embarquer une, il faut bien croire qu'elle lui est absolument indispensable. L'Amiral est un chaud lapin. Qui l'eût cru ?

Quelqu'un crie : « Terre ! » Ce n'est pas encore la Chine, ni le Japon, seulement les îles Canaries, étape ultime avant l'inconnu.

IV

La *Santa María* et les deux autres caravelles se sont embossées – j'espère que c'est bien le mot, mon vocabulaire maritime n'est pas encore très sûr – embossées, donc, dans l'anfractuosité assez malcommode qui sert de port à une petite île nommée Gomera, laquelle est une des Canaries. Elle n'a pas été d'accès facile, étant située tout à fait à l'ouest de l'archipel, si bien qu'il fallut louvoyer entre les autres îles pour parvenir jusqu'à elle, ce qui provoqua des discussions parfois violentes entre l'Amiral et les frères Pinzón, les patrons de la *Pinta* et de la *Niña*. Ces derniers eussent préféré que l'on fît relâche dans l'île de Gran Canaria, qui est en quelque sorte la capitale de cette province nouvellement conquise par l'Espagne et possède une baie profonde et bien abritée.

Mais, malgré toute la déférence qu'il affecte d'habitude envers les Pinzón, qui sont en partie les armateurs ayant financé l'expédition pour la couronne d'Espagne, l'Amiral n'en démordit pas, il voulait absolument que le grand départ se fît à partir de la minuscule Gomera car, paraît-il, cette île serait située exactement sur le vingt-huitième parallèle, qui est aussi celui du

Japon. Ainsi, il suffirait de maintenir sans faillir le cap plein ouest pour arriver tout droit au Japon, qui est comme l'antichambre de la Chine.

En somme, à en croire l'Amiral, on pourrait bloquer le gouvernail une fois pour toutes et foncer droit devant. Je ne suis pas le moins du monde homme de mer, cependant ce raisonnement me paraissait un peu simpliste. C'était celui qu'aurait pu tenir un grossier terrien ignorant comme moi. Je voyais bien, aux mines consternées qu'échangeaient entre eux ces loups de mer de frères Pinzón, que les conceptions nautiques de l'Amiral leur faisaient le même effet qu'à moi. Mais l'Amiral est passé maître en rhétorique, sinon en navigation, et, surtout, quand la discussion se prolonge trop, il la clôt en assénant l'argument suprême : « De par Leurs Majestés, je suis le seul et unique chef de cette escadre. »

Et bon, nous débarquons à Gomera. Vue de la mer, c'est l'image qu'on se fait du paradis terrestre. L'Amiral m'a expliqué que les Canaries sont les îles Fortunées des Anciens. Quels « Anciens » ? Je n'ai pas osé demander.

Ici, le soleil brille à plein. Et quel soleil ! Il doit sans doute pleuvoir pas mal, aussi, car tout est vert, et cette verdure semble se débattre pour hausser vers un ciel presque trop bleu des fleurs énormes aux couleurs extravagantes. J'avais déjà vu des palmiers, les Arabes les aiment, ils en ont parsemé l'Espagne partout où ils ont régné. Mais ici les mêmes arbres prennent des proportions gigantesques et oscillent à la brise dans un grand froissement de palmes entrechoquées. En arrière-plan, une sombre montagne faite en chapeau pointu est sommée de traînées blanches éblouissantes : la neige. De la neige sous ces climats ! C'est dire si elle est haute, la montagne ! L'Amiral m'a dit que c'est un ancien volcan, comme pour toutes les îles de l'archipel. Certains, parfois, se réveillent.

Il m'a expliqué que nous nous trouvons pratiquement sous la ligne du tropique, pour autant que ce mot signifie quelque chose. J'ai dit « Ah, voilà... », histoire de lui faire plaisir, et puis j'ai gardé la bouche ouverte, pour bien lui montrer à quel point j'appréciais cette révélation.

Ces îles, les Canaries, de conquête récente, sont encore traitées en butin de guerre légitimement conquis par la force des armes et placé sous administration militaire. Il paraît que des bandes armées d'insoumis irréductibles tiennent tête à l'occupant, cachées dans les épaisses forêts, sur les flancs des volcans. Il est en conséquence interdit de s'éloigner sans escorte du fort qui protège le port et sans s'être muni d'un sauf-conduit du gouverneur.

Une telle expédition n'est point dans mes intentions. Tandis que l'Amiral se présente au « palais » afin d'y déposer ses hommages aux pieds du gouverneur – en l'occurrence une « gouverneresse », doña Beatriz de Bobadilla, comtesse de la Gomera –, je flâne sur la grève, guettant ce qui me tient l'esprit en alerte depuis quelques nuits : le débarquement, sous un déguisement masculin quelconque, de la mystérieuse dame à la tapisserie.

Une vague nécessité liée à ma fonction justifie ma

vigilante présence. J'avais fait remarquer à l'Amiral que l'équipement en armes manquait totalement de cuirasses et de salades[1]. On devait livrer à bord deux douzaines de chacun de ces utiles accessoires et je me proposais d'en vérifier la qualité.

Une activité morne anime la grève. Un va-et-vient d'embarcations chargées de produits divers la relie à quelques nefs espagnoles de commerce ancrées dans la baie. Une soldatesque arrogante et plus ou moins ivre stimule à coups de fouet une main-d'œuvre indigène réduite à l'esclavage. Ces gens, des « Guanches », m'a dit l'Amiral, sont de grands beaux gaillards à la peau et aux yeux clairs. C'est pitié de voir ces athlètes splendides menés comme bêtes de somme par ces petits Espagnols noirauds crachant la haine.

À la nuit tombante, il me faut bien convenir que mon attente a été vaine. Aucun des matelots qui ont passé et repassé devant mes yeux attentifs ne pouvait être la dame déguisée : je les connais un par un. Peut-être, me suis-je dit, a-t-elle été débarquée cachée dans une caisse, chose, à la réflexion, peu compatible avec la dignité tranquille émanant de sa personne, chose qui, d'autre part, eût supposé des complicités multiples parmi l'équipage, ce qui irait à l'encontre d'un secret aussi minutieusement scellé.

Puisqu'elle n'est pas descendue à terre, il faut bien qu'elle soit restée à bord. Je l'imagine, dans son nid douillet, bien droite en son fauteuil, telle exactement que je l'ai vue – mais l'ai-je vue ? –, ses longs cils

---

1. Salade : casque d'infanterie utilisé aux XVᵉ et XVIᵉ siècles.

baissés sur son ouvrage, ses longs doigts agiles affairés à parfaire un interminable ouvrage.

J'attends le retour de l'Amiral pour profiter de sa barque afin de regagner le bord. Justement, le voici, flanqué de l'aîné des Pinzón et escorté par deux matelots. Il fait maussade figure. Il m'apprend, en trois phrases, que doña Beatriz de Bobadilla ne se trouve pas de présent à la Gomera. Elle séjourne à la Gran Canaria, chez le gouverneur général des îles. Son retour est prévu pour dans quelques jours. L'Amiral grommelle qu'on l'attendra. J'ai cru discerner, en queue de phrase, les mots « ... la foutue femelle ! », mais je n'en jurerais pas.

Nous voilà donc bloqués ici pour un temps indéterminé.

Je n'ai nulle envie d'aller à terre. Les exotiques charmes de la nature, quand je les ai savourés une fois j'en ai mon compte. Comme il est imprudent de s'éloigner de l'ensemble des baraquements frileusement tassés dans l'ombre du fort et comme, d'autre part, les plaisirs qu'offre cette « ville » supposent un entrain que je n'ai guère et un argent que je n'ai pas, je fuis tavernes, tripots et putains. Mon office touchant la fourniture des cuirasses et salades mené à bien, je ne quitte plus la nef. J'organise des corvées d'astiquage des armes récompensées par des séances de tir à la cible, histoire de maintenir les hommes dans une saine activité.

Tandis que mes gaillards s'escriment à la pâte de Tripoli et à l'huile d'arquebuse, je me livre à l'occupation qui, tout doucement, est devenue chez moi une obsession : retrouver la porte à l'indiscrète serrure.

La cachette est excellente. J'en viens à douter de ce que j'ai vu. Je m'efforce de recréer les circonstances du hasard qui me mit sur la voie. Partant de la saintebarbe, je guette le reflet propice qui fut mon premier repère. Mais sans doute la cargaison subit-elle quelques modifications à l'occasion du chargement d'un complément de fret. Je ne retrouve plus la fente miraculeuse, désormais resserrée, peut-être, et j'erre longtemps, à tâtons, le moindre lumignon risquant d'être aperçu de l'Amiral si par hasard il passait par là, chose après tout pas tellement invraisemblable puisqu'il s'agit de ce que je suppose être ses amours et qu'il doit, lui, connaître sur le bout du doigt l'itinéraire secret qui y mène.

Enfin, sur le même cercle de futaille, le même reflet d'or m'accueille, me dit à l'oreille que je suis sur la bonne voie. La même idéale ligne droite me conduit par la main jusqu'au même trou de la même serrure et, le cœur battant – pourquoi, battant ? Il n'est en rien concerné par cette paisible dame et sa tapisserie... C'est vrai. Mais il bat –, je me mets en position d'espion, c'est le mot juste.

Le fauteuil est là. L'ouvrage délaissé aussi. Mais pas la dame. Le fauteuil tend en vain les bras. L'ouvrage repose sur la table basse. Pourtant, la bougie darde sa flamme immobile dont un mince rayon vient droit à mon œil. La chaude lumière blonde baigne la scène vide. Ah, voici que la flamme vacille... Quelque mouvement, dans la chambre, a ému l'air. Eh oui :

une clarté s'avance, se détache des ombres lointaines : elle.

Une clarté, oui. Car elle est nue. Des épaules à la taille. Pâle de cette pâleur des brunes préservées du soleil. Ses cheveux dénoués ruissellent sur ses épaules, cascadent sur ses seins. Pleins et fermes, ses seins. Une fermeté qui est un refus de fléchir. Elle a passé l'âge des juvéniles arrogances pour celui des maturités épanouies. L'âge qui lui va. Son corps jusqu'ici a été une attente, l'attente de la plénitude. Ses bras parfaits font de ses gestes des moments de grâce. Son cou élancé porte haut sa tête au fin menton. Du visage, que la bougie éclaire par en dessous, je ne puis que deviner les traits, que je veux imaginer tout à la fois altiers et prompts au sourire.

Elle secoue la tête, jette les yeux sur son image dans le miroir qu'elle tient à la main. Ce mouvement de la tête fait surgir en moi je ne sais quelle furtive réminiscence. Et puis elle empoigne sa chevelure à pleines mains, de ses deux bras symétriques élève la sombre masse haut au-dessus de sa tête, dévoilant aux regards le noir mystère de ses aisselles, et c'est comme si elle ouvrait à deux battants l'accès à son intimité.

Et moi, de ce moment, je sais au plus profond de mon être que j'aime cette femme comme je n'ai jamais aimé, comme je n'aimerai jamais plus.

Je n'aurais pas dû. Bien sûr, je n'aurais pas dû. Mais qui aurait pu me retenir ? J'ai frappé à cette porte. Comme un imbécile, j'ai frappé. Qu'espérais-je ? Semer la peur, la panique, pis encore ? J'ai frappé.

Pour exister, je pense. Pour n'être pas tenu hors de la vie. Ma seule possibilité d'être là, d'agir, de participer, était de semer la peur. J'ai frappé.

Elle a, c'était à prévoir, sursauté. Pâli. Porté vivement les mains à ses seins, comme si elle pouvait savoir que je la voyais. S'est sauvée. S'est réfugiée au profond de l'ombre, là où la lueur de la bougie se meurt dans des masses informes de nuit. Elle n'a pas dit : « Qui est là ? » Elle n'a rien dit. J'imagine la terreur sur son visage. Je l'imagine cueillant au hasard quelques nippes pour en vêtir à la diable sa nudité...

Ayant frappé, je ne sais plus que faire. Frapper encore ? Entasser stupidité sur stupidité ? Je frappe. Et refrappe. Ils doivent avoir un code. L'Amiral et elle. Elle ne répondra pas. Peut-être même a-t-elle un moyen de le prévenir, une ficelle courant à ras de plafond, une sonnette au bout ? Je devrais m'enfuir. Au lieu de cela, j'arrondis mes mains en porte-voix autour de ma bouche collée au panneau de bois et je crie à voix contenue : « Ami ! » Et j'attends. Quelques froissements d'étoffe, c'est tout. Elle se recroqueville, elle attend aussi. Que cela finisse, quoi que ce puisse être.

L'attente porte conseil. En moi s'éveille la conscience de ma goujaterie, de ma méchanceté gratuite. On m'ignore, on me dissimule des choses, on est heureux sans moi, peut-être, voilà que naissent dépit et frustration ! J'ai honte. Je tourne les talons.

Bêtement, je fonce droit devant moi, oubliant les traîtrises du parcours. Ma tête heurte je ne sais quel coin de caisse avec un bruit qui me paraît tonner en coup de canon. Mes fesses, en frappant le sol, font sourdement écho, et me voilà le cul par terre, pestant à voix haute, la discrétion n'est plus de mise.

Soudain je vois une ombre se profiler sur la pile de caisses devant moi, et je me rends compte que cette ombre est la mienne, l'ombre d'un cul-de-jatte puisque ma verticalité commence à la taille. S'il y a ombre, il y a lumière, et lumière située derrière moi. Mais alors... Je saute sur mes pieds, me retourne. C'est elle. Qui pourrait-ce être d'autre ? Elle porte à deux mains le lourd chandelier. Cette fois, je vois son visage. Et tout me revient.

Ce n'est pas la peur que je lis sur ce visage. Seulement l'inquiétude. L'inquiétude à mon sujet. Elle demande :

– Vous êtes-vous fait mal ?

Je la rassure. Ma voix a du mal à passer. Je dis :

– C'est donc vous ?

Elle en convient, sans gêne aucune :

– C'est moi.

Elle a même un sourire. Furtif, mais, bon, un sourire. Il est vrai que je dois avoir bonne mine, le front bosselé, couvert de poussière et de crottes de rat.

Elle lève le bougeoir, examine le bobo.

– Ce ne sera rien. Ça ne saigne même pas.

Je fanfaronne :

– J'en ai vu d'autres !

Un silence. L'embarras est palpable. Enfin, elle hausse les épaules, m'invite, s'efface :

– Entrez donc.

J'objecte :

– L'Amiral... ?

– L'Amiral a ses heures. Ce ne sera pas avant un

bon bout de temps. Et puisque vous voilà, le secret, de toute façon...

Je l'interromps :

— S'il n'y a que moi pour le trahir, votre secret est en de bonnes mains.

Elle ne répond que par une ébauche de sourire qui peut vouloir dire n'importe quoi, pose son candélabre, s'assied posément dans le grand fauteuil, arrange sa jupe en corolle, m'invite de la main à m'accommoder d'un tabouret sur lequel, sans doute, elle a coutume de surélever ses pieds. Je m'accroupis sur l'inconfortable siège, me situant ainsi très au-dessous d'elle. Je me sens tout bête ainsi, acroppetonné comme un canard qu'on va mettre à la broche. Elle semble attendre. C'est à moi de commencer. Je commence donc :

— Pensiez-vous vraiment qu'un loup de velours noir vous mettait à l'abri de toute reconnaissance ?

Elle palpite des cils. Il y manque l'éventail.

— Un loup aurait dû suffire. Nous n'étions pas censés nous revoir.

— Vous m'avez empoisonné.

— Endormi, seulement.

— Vous m'avez vendu.

— Non. Je n'y ai rien gagné.

— Vous m'avez livré.

— Pour la bonne cause.

— Tout cela, je vous le pardonne. Pour vos beaux yeux. Car ils sont beaux. Mais vous avez triché aux cartes. Cela, je ne puis le pardonner.

Coquette, elle badine :

— Et quelle sentence rendez-vous, monsieur mon juge ?

— Votre punition ? Voici. Vous me raconterez par le menu ce que vous êtes pour l'Amiral, ce qui vous a amenée à jouer pour lui les sergents recruteurs et, enfin, ce qui vous force à vous cacher ici, en ce fond de cale qui sent la morue avariée.

L'éventail manque vraiment, l'éventail replié dont elle se tapoterait les dents, qu'elle a, c'est rare, fort belles. Elle ramène gracieusement en avant sa coiffe de dentelle, c'est un geste qui peut tenir lieu. Elle dit, soudain grave :

— Jeune homme – voilà un « jeune homme » qui me replace dans ma tranche d'âge : du haut de ses trente-trente-cinq ans, elle me tance, ma parole ! –, jeune homme, c'est là justement mon secret, ce secret que vous venez de m'assurer enfoui en vous.

— Enfoui, il l'est, et dès avant que je le connaisse. Il le sera d'autant plus quand je le connaîtrai.

— Quel besoin, alors, de le connaître ?

— Parce qu'il touche à vous. À vous que...

Elle a senti poindre la déclaration. Elle avance la main pour me donner de l'éventail sur les doigts. Mais, d'éventail, toujours point ! Contrariée du geste manqué mais sensible à l'aveu imminent, elle se donne l'air outragé-indulgent qui convient à l'honnête épouse qu'un muguet courtise à la sortie de la messe.

Je n'ai pas l'intention de lui faire grâce. J'insiste :

— Commençons donc.

Elle ne joue plus :

— Je peux vous faire jeter à la mer, savez-vous bien ?

— Avant de faire le plongeon, j'aurai le temps de hurler qu'il y a une femme à bord, que l'Amiral est un fornicateur et un fourbe, que vous êtes une sorcière, n'importe quoi, et ce serait la grande mutinerie, et l'expédition serait fichue.

Elle frissonne.

— Vous en seriez bien capable.

— Donc, voyez...

Elle objecte :

— C'est une bien longue histoire.

Elle en est aux arguments pratiques. C'est gagné ! Je dis :

— Nous avons tout notre temps. Je viendrai vous voir chaque jour aux heures propices. Indiquez-les-moi. Cela fera passer agréablement le temps, qui menace d'être fort long d'ici à la Chine.

Elle fronce le nez, l'air, sinon convaincu, du moins résigné. Toutefois, pour ne pas me faire la victoire trop belle, elle assène, le doigt levé :

— Une condition.

— Laquelle ?

— Moitié-moitié.

— C'est-à-dire ?

— Je vous raconte ma vie, soit, mais vous me racontez la vôtre.

Oh, oh... Voilà qui mérite réflexion. Je me dis que ma vie comporte certain épisode guerrier où je combattis dans les rangs de l'armée moresque contre celle des rois alliés d'Aragon et de Castille, ce qui pourrait bien me valoir d'être pendu haut et court à l'artimon ou à la misaine, selon que la coutume consacre tel ou tel de ces honorables mâts à cette cérémonie, et puis je m'avise que l'Espagne est loin, que l'Amiral est seul maître à bord, qu'il a besoin d'un

expert en combats terrestres et que, oui, bon, elle a vraiment de bien beaux yeux. Je réponds donc, tout sourire :
– Marché conclu.

Pas plus que d'éventail elle n'a de camériste. Elle doit donc se servir seule, ce qu'aucune dame espagnole ne saurait faire. Toujours est-il que, lorsque je me présente à l'heure convenue, la table basse est couverte d'un napperon fraîchement repassé sur lequel un récipient de forme bizarre exhale, par une espèce de bec, une vapeur odorante. Une carafe d'un vin que je suppose sirupeux, comme l'aiment les dames espagnoles de qualité, voisine avec un gobelet ouvragé qui pourrait bien être d'argent niellé d'or. Carafe et gobelet sont placés devant le siège incommode qui m'est destiné. Devant le fauteuil, une tasse de porcelaine transparente avec sa soucoupe, le tout originaire, à mon avis, de Chine ou du Japon et provenant, sans doute aucun, du joyeux pillage du palais d'un seigneur sarrasin après reconquête. Je me dis que si l'Amiral ne s'est pas trompé, si la Terre qui nous porte est réellement faite comme un boulet de canon, alors nous n'aurons plus besoin des intermédiaires arabes pour nous procurer de telles merveilles.

Repoussant le hargneux tabouret, je m'assieds à même le tapis, croisant mes jambes à la turque ainsi que j'appris à le faire dans mes pérégrinations en pays moresque.

Ayant, de son côté, pris place en son fauteuil, la dame incline au-dessus de la tasse l'espèce de petite bouilloire à bec. Dans un nuage de vapeur, il en coule un liquide ambré, au parfum étrange, qui ne ressemble à rien de connu, pas désagréable, ma foi. Voyant ma curiosité, elle explique :

— C'est du thé. Une herbe qui vient d'Orient. J'ai pensé que vous préféreriez le vin. Servez-vous.

Très justement pensé. Je me sers.

S'ensuit un silence. Qu'il faut bien finir par rompre. Elle semble attendre. Je me décide :

— D'accord, je commence. Mais je ne sais pas par quel bout m'y prendre. Posez-moi des questions, ce sera plus facile.

— Fort bien. Voici la première. Quel est votre nom ?

— Kavanagh. Mais je suppose que vous le saviez.

— Vous supposez bien. C'était une épreuve. Voilà un nom bien sauvage !

— C'est le mien. Chez moi, on ne le trouve pas sauvage du tout.

— J'imagine ! S'ils sont tous de même rocaille ! C'est un nom de famille, je suppose, ou de tribu. N'y a-t-il pas des tribus, par chez vous ? En tout cas, vous avez bien un nom de baptême, mais peut-être ne baptise-t-on pas, en ces contrées ?

— Si fait, on y baptise, et fort bien. N'oubliez pas que l'Irlande a évangélisé l'Europe.

— Eh bien, ce nom de baptême, quel est-il ?

— Konogan, ne vous déplaise.

Les yeux mi-clos, elle fait des essais :

— Konogan Kavanagh... Konogan Kavanagh... Cela sonne comme le galop d'un cheval fou... *Pataclop, pataclop...*

Un peu piqué, tout de même, je remarque :

– Heureux que cela vous amuse. Vous le trouviez sauvage...

– Je le trouve... stimulant. Voilà, stimulant. Maintenant, vos parents, Konogan ?

Tiens, elle n'a pas été longue à s'accoutumer à la sauvagerie stimulante ! Je note cela et je réponds :

– De pauvres paysans. Des serfs soumis à un monastère. Leurs noms ne vous seraient de rien. Sachez que nous étions neuf frères et sœurs, tous grouillants de vie. Une vraie malédiction.

– Une malédiction, dites-vous ? De beaux enfants pleins de santé ? Vous blasphémez !

– Madame – dont je ne connais pas encore le nom –, sachez qu'en Irlande la terre est si pauvre, les moines si rapaces et le roi si assoiffé d'hommes pour ses guerres qu'avoir des enfants est malédiction car, figurez-vous, ils mangent. Heureusement, le bon Dieu y a pourvu : ils meurent en général dans leurs tout premiers mois, au pis avant leur troisième année. Les parents comptent là-dessus, pauvres gens. Aussi, quelle catastrophe lorsqu'ils mettent au monde de la marmaille bâtie à chaux et à sable, qui pousse dru comme chiendent et dévore comme tous les diables !

– C'était votre cas ?

– À moi et à mes frères et sœurs, oui, Madame. J'étais l'aîné. J'eus l'occasion de faire quelques commissions pour le couvent. Le supérieur remarqua mon air éveillé. Il me demanda à mes parents qui, trop heureux, me donnèrent aux moines. Je fus moinillon à tout faire, le pénible et le salissant, l'avouable et le reste. Le père prieur, à qui je plaisais décidément, eut dessein de m'apprendre à lire et à écrire, en latin et en vulgaire, si bien que j'eusse possédé cette science que bien des seigneurs ignorent. Hélas, il n'en eut pas le temps, mon tempérament devait m'emporter bientôt vers d'autres destins.

— Pourtant vous aviez tout pour faire un moine accompli, voire un prieur.

— Un moine, peut-être. Un prieur, certainement pas. Il y faut de la fortune et de la naissance. Or voici qu'avec les premiers poils de barbe me vinrent des idées d'autre chose.

— Quelque accorte paysanne qui blanchissait le linge...

— Non. Elle livrait la farine. C'était la fille du meunier. Le pain se faisait au monastère. Elle menait ses ânes, assise de biais sur le dernier de la file, une baguette de noisetier à la main.

— Je la vois ! L'innocence même.

— Le diable incarné. J'abrège. Je m'enfuis, avec elle bien entendu. Elle m'abandonna dès le lendemain pour un homme d'armes qui me rossa, la jeta par le travers de l'encolure de son cheval et – je le sus plus tard – en fit, contre deniers, la putain du régiment.

« Je souffris toutes les douleurs de l'amour trahi. Mais j'en avais connu toutes les ivresses et je me promis, à travers mon tourment, que ce qu'elle m'avait révélé, toute femme pouvait me le refaire découvrir, la douleur en moins pourvu que je me fortifie l'âme. Cela me revigora. Je me jurai d'en essayer la recette sur le premier cotillon qui traverserait mon chemin.

« Cependant, il fallait manger. Problème cuisant partout, insoluble en Irlande. Un trio d'arsouilles en uniforme recrutaient pour le roi d'Écosse qui voulait faire la guerre à son cousin d'Angleterre. Ils n'eurent pas à déployer des masses d'éloquence : un repas solide dans une auberge, quelques clinquailles au fond de la poche, je signai tout ce qu'on voulut.

« Et voilà comment je devins soldat et appris, durant la traversée d'Irlande en Écosse, que la mer ne m'aime pas. À vous.

V

Elle se donne le temps de verser du « thé » dans sa tasse, puis d'allumer une espèce de bougie très courte qu'elle glisse sous la bouilloire, laquelle repose sur un petit trépied prévu pour ça. Parler m'a donné soif. Je bois une lampée de ce vin trop doux qui ne fait que m'emmieller la langue et redoubler ma soif, mais bon... Je décroise et recroise mes jambes que des armées de fourmis parcourent en tous sens et prends l'air gourmand de l'auditeur se préparant à entendre un récit certainement riche en surprises. Elle commence enfin :

– Señor cavalier...

Je l'interromps, galant :

– Vous connaissez mon prénom. Nous sommes entre nous. Pourquoi ne l'employez-vous pas ?

Elle rougit. Je n'en attendais pas moins d'elle. Et puis :

– Si je vous appelle... euh... Konogan – c'est bien cela ? –, ce sera pour vous être agréable. Cela ne vous autorise pas pour autant à me rendre la pareille.

Un peu dépité, je fais cependant bonne figure. J'acquiesce :

— C'est entendu, señora. D'autant plus que, votre prénom, je ne le connais pas.

Elle boit une gorgée de thé, repose la tasse, y met son temps. À croire qu'elle va m'annoncer qu'elle est la Vierge Marie redescendue sur terre.

— Je me nomme Felipa. Felipa Muniz de Perestrello.

Elle marque un nouveau temps.

— Je suis l'épouse légitime devant Dieu de l'Amiral.

Encore un silence. Pour bien me laisser digérer la nouvelle, je pense.

— Pour tout le monde, je suis morte.

Bon. Pourquoi pas ? J'en ai vu d'autres. Je suppose que la courtoisie exige de moi que j'extériorise un étonnement suprême. J'arrondis donc les lèvres et les yeux pour composer l'image de la pure stupéfaction et, muet, j'attends la suite. La voici :

— Je suis née dans une famille italienne originaire d'une petite cité de l'Émilie voisine de Piacenza. Mon père, en sa jeunesse, choisit de se faire marin. Il entra bientôt au service de la famille royale de Portugal, très friande, comme chacun sait, de découvertes lointaines. Il a, entre autres, exploré la petite île de Porto Santo, au large de Madère. En récompense de ses services, l'infant don Enrique a fait don de l'île à mon père en toute seigneurie et propriété.

Elle marque un temps. Histoire de lui montrer que je m'intéresse à son récit, je remarque :

— Voilà qui était une excellente affaire et couronnait noblement une carrière ! Je me souviens avoir entendu dire, ou peut-être l'ai-je lu, que le sol de cet archipel est quasiment vierge de culture et prodigieusement fertile, que le climat y est favorable, les indigènes dociles et ne rechignant pas au travail.

Elle a un soupir.

— Ç'aurait dû être.

— Ce ne fut pas ?

— Dans les premiers temps, si. Mon père, qui ne s'était fait marin que pour fuir la misère des cadets de petite noblesse terrienne, se révéla fort avisé en l'art de diriger les travaux de la terre. Sa gestion intelligente nous apporta bientôt l'aisance, sinon l'opulence. Une initiative malheureuse réduisit tout cela à rien.

Elle extrait de sa manche un fin mouchoir bordé de dentelle et s'en tamponne les yeux. Je m'attends au pire. Elle reprend, non sans quelque solennité :

— Señor Konogan, ce que je vais vous révéler maintenant est un grand malheur. Or, considéré d'un certain point de vue, son récit peut prêter à rire. Si cela doit être votre cas, je vous serai obligée d'attendre de vous trouver hors de ma présence pour donner libre cours à votre hilarité.

Je l'assure avec force de ce que je ne saurais me réjouir, devant elle ou loin de ses yeux, d'une circonstance qui fut pour elle source de chagrin. Ma curiosité, cependant, est poussée au plus haut point.

Guettant sur mon visage les prémices du rire, prête à s'arrêter tout net, elle raconte :

— L'île de Porto Santo regorgeait de tous les dons du ciel, sauf de gibier. Mon père était un chasseur enragé. Il eut l'idée de repeupler l'île. Pour commencer, il fit venir du continent un couple de lapins de garenne, qu'on lâcha dans la verte nature en espérant qu'ils s'y plairaient assez pour se reproduire. Ils s'y plurent si bien qu'en trois ans l'île était couverte de lapins, ils pullulaient comme rats en fromage, dévoraient tout, de préférence les cultures. Mon père eut beau brûler des tonnes de poudre et cribler l'île de tonnes de petit plomb, inviter à la chasse des gens de Madère, placer des pièges un peu partout, rien n'y fit, la prodigieuse force copulatoire des lapins fut la plus puissante, l'île ne fut bientôt qu'un désert tapissé de lapins, lapins, lapins et lapins. C'est bien simple, on marchait dessus. Tout fut dévasté.

Elle a raison. Il faut se cramponner pour ne pas rire. Mais, à moi, il suffit de regarder son visage bouleversé et j'oublie lapins et lapines pour être tout à cet amour qui me happa à l'improviste, et se fortifie, et m'emplit tout. Mais de quelle contrariante matière suis-je fait ? Je l'aime de toutes mes forces et en même temps, voyez-vous ça, je l'asticoterais volontiers. Par exemple en lui demandant ce qu'il advint des lapins, une fois l'île tondue à ras. Je m'abstiens, et bien fais-je. Elle sanglote :

– Mon père n'a pas supporté. Il en est mort.

Sanglots. Je la prendrais bien dans mes bras, et peut-être devrais-je, peut-être n'attend-elle que ça... Et puis l'instant est passé.

Prenant sur elle, elle continue cependant :

– J'étais fort jeune, alors. Mon frère, qui succéda à mon père au gouvernement de cette île maudite, ne pouvant assurer la charge de mon éducation, je partis pour Lisbonne où je fus mise dans une institution pieuse réservée aux filles pauvres dont le père s'était distingué au service de Sa Majesté portugaise.

« La chapelle du couvent était ouverte aux fidèles de l'extérieur. La vigilance des religieuses ne put si bien faire que je ne puisse remarquer, à travers mes cils baissés, un jeune seigneur qui, chaque matin à la même place, venait y entendre la messe. Bientôt, je ne pus me cacher que, de son côté, il avait noté ma constance à le suivre des yeux.

« Je n'espérais rien. Je savourais l'étrange plaisir que je prenais à le voir, à admirer son maintien, ses gestes, bientôt ses regards, qui me troublèrent infiniment. Comment connut-il mon nom et ma parenté, je ne sais. Toujours est-il qu'on vint me prévenir, dans la chambre que je partageais avec une autre glorieuse pauvresse, qu'un mien cousin désirait me parler.

« J'étais fort intriguée. Jusque-là, aucun membre proche ou éloigné de ma famille ne s'était soucié de rendre visite à l'orpheline sans le sou enterrée dans son couvent. En même temps, je ne pouvais m'empêcher de rêver que, par je ne sais quel miracle, j'allais me trouver face à l'inconnu de la chapelle.

« Et c'était lui ! Tant d'audace me terrorisa et me ravit. Je vivais un roman, un roman d'amour et de chevalerie, et j'en étais l'héroïne !

« Notre premier entretien, sous l'œil soupçonneux mais à demi clos d'une religieuse somnolente, fut très protocolaire. Il me donnait de la "cousine", je lui répondais "cousin" en réprimant une envie de pouffer. J'étais encore assez enfant pour que le jeu m'amuse, nous faisions quelque chose de très mal, il semblait aussi peu à son aise que moi-même. Puis il me parla de mon père, de ses voyages, de ses exploits, de Porto Santo, des idées de mon père sur la forme de la Terre, des notes, des croquis et des cartes qu'il n'avait pu manquer d'amasser. Cela aurait dû me mettre, comme on dit, la puce à l'oreille. Mais l'amour n'a ni puce ni oreille, et le mien était tout spécialement démuni en ces deux éléments. Car j'en étais là, à l'amour, un amour galopant, éblouissant, impérieux, un amour d'emblée total, dont vous ne pouvez pas avoir idée.

Dont je ne peux pas avoir idée... Ô ironie ! Alors que j'en crève, là, à ses pieds ! Elle poursuit :

– J'abrège. Vous décrire les élans d'une âme d'enfant délaissée se donnant tout entière à l'adoration d'un être qui lui semble unique au monde serait hors de mes possibilités. Je me suis vouée à lui pour toujours.

Je dis, pour dire quelque chose :

– L'Amiral.

– L'Amiral, oui. Qui n'était alors que Cristóbal Colón, ou plutôt Cristoforo Colombo, car il est, comme moi-même, italien, et – circonstance qui me parut providentielle – né dans la même région que moi, presque dans la même bourgade.

– Vous êtes génoise ?

– Non, émilienne.

– L'Amiral est de Gênes.

– Il s'est fait génois par la suite, mais il est né dans le village de Bettola, près de Piacenza, tout près de la frontière de la république de Gênes, c'est vrai, cependant au-delà.

– Bref, il vous épousa.

– Il m'épousa. Cela fait, il décida que nous irions

rendre visite à mon frère dans l'île de Porto Santo. Je trouvai cela étrange, d'autant que la traversée était onéreuse et que, je m'en étais bien vite aperçue, Cristoforo n'était pas riche.

« Là-bas, il s'enquit auprès de mon frère des documents et instruments laissés par mon père. Mon frère les avait pieusement rangés et n'était pas enclin à laisser quiconque en approcher, fût-ce son beau-frère. Mais Cristoforo est un charmeur. Il sut convaincre mon frère et plongea, ravi, dans le fatras de paperasses, de portulans, de livres de bord, de liasses de notes brutes, d'astrolabes et d'autres instruments de navigation qui constituaient l'héritage de mon père.

« Le séjour devait durer le temps d'une visite. Il se prolongea pendant trois ans. Trois années durant lesquelles Cristoforo n'émergea que pour prendre hâtivement quelque nourriture ou pour s'abattre, abruti de fatigue, sur la couche conjugale. Très peu conjugale, d'ailleurs.

Elle rougit. Je demande :

– Et vous ?

– Moi ? J'étais à son côté. Je lui expliquais les grimoires. Il ne connaissait rien de rien aux choses de la mer, savez-vous bien ? Pour être tout à fait franche, il n'en connaît guère plus aujourd'hui. Moi, j'avais toujours été gourmande de savoir, et surtout de comprendre. Quand mon père, entre deux expéditions, restait quelque temps à terre, je grimpais sur ses genoux et me faisais tout expliquer par le menu, la latitude et la longitude, la Grande Ourse, l'étoile Polaire, la boussole, la façon de faire le point sur le soleil ou sur les étoiles, comment sonder les fonds marins, comment utiliser le vent... Tout.

« Si peu assidu qu'ait été Cristoforo à l'accomplissement du devoir conjugal, il le fut cependant assez pour que je misse au monde un fils, Diego.

« Nous eûmes plusieurs fois l'occasion de prendre place sur des nefs portugaises qui faisaient le commerce de cabotage le long des côtes de l'Afrique. Ainsi Cristoforo put-il s'initier "en vrai" à l'art nautique.

– Secondé par vous, j'imagine.

– Disons que, de mon côté, j'en fis mon profit. J'ai même pu rectifier certaines erreurs qui figuraient sur les cartes de mon père.

Ayant dit, elle se lève, écarte une tenture qui dissimulait une ouverture vitrée donnant sur la mer et, se tournant vers moi avec un sourire d'excuse :

– Señor Konogan, d'après la hauteur du soleil dans le ciel, je déduis que le señor Amiral ne tardera plus à me venir faire sa visite accoutumée.

On me congédie. Je m'incline devant les droits imprescriptibles de l'Amiral. J'essaie de ne pas mettre trop d'amertume dans mon salut :

– L'Amiral a bien du bonheur, señora.

Elle a un sourire sans joie :

– Je ne sais s'il l'apprécie.

Et puis, comme voulant rattraper une inconséquence qui lui aurait échappé, elle lance, dans un sourire cette fois radieux :

– L'essentiel est que moi, je l'aime, n'est-ce pas ?

Que répondre ? Rien ne me vient. Sourire à mon

tour, en tirant sur les lèvres on y arrive très bien, et puis saluer, et puis sortir.

N'ayant rien de mieux à faire, je regagne ma tanière, une niche que je me suis aménagée dans une encoignure, là où la charpente du château de poupe fait un angle aigu avec le plancher, car, m'a fait remarquer l'Amiral, il serait fâcheux pour mon prestige de chef de guerre de dormir avec le gros de l'équipage, et comme, d'autre part, nulle place digne de mon statut n'est disponible, ma présence n'ayant pas été prévue initialement, il m'a bien fallu me débrouiller.

Tant de choses se bousculent dans ma tête ! Devrais-je dire dans mon cœur ? Si cet organe est bien, ainsi que l'affirment les médicastres, le siège de nos affections, il en a reçu plus que son content. Je le sens en moi, dilaté à l'extrême, battant la chamade, poussant à grands coups dans mes veines des brassées de jubilation qui m'illuminent tout l'intérieur. Même la maussade pensée que cette femme appartient corps et âme à un autre ne peut ternir mon allégresse. C'est donc cela, aimer ? Je me dis qu'alors je n'ai jamais aimé encore. Il me vient furtivement à l'idée que peut-être j'ai déjà connu un tel ravissement et que j'en ai perdu le souvenir, mais je repousse bien vite cette insinuation, mon amour présent est premier-né, mon amour présent est unique, mon amour présent est le seul amour qui soit et qui fût jamais au monde.

La constance de son affection pour l'Amiral la grandit encore à mes yeux, pour autant que cela soit possible. Quelle femme ! Et cette intelligence souveraine qu'on ne peut pas ne pas deviner à travers la modestie qui lui fait sans cesse minimiser son rôle et ses capacités...

Je galope, je galope... C'est elle, l'homme du couple. L'Amiral est un rêveur, un chimérique, un obstiné qui, lorsqu'il croit avoir compris quelque chose, n'en démord jamais, un ambitieux aux yeux plus grands que le ventre qui pousse jusqu'au délire son désir que les choses soient telles qu'il veut qu'elles soient. Je soupçonne que, sans les partager peut-être, elle nourrit ses chimères et lui a bien souvent facilité l'accès des grands et des cours car, elle, elle est noble de naissance.

Plus j'y pense et plus j'entrevois comme décisive l'action de Felipa – nom adorable ! L'Amiral est un obsédé de navigation qui ne connaît rien – ou si peu ! – à la navigation. Même moi, le profane absolu, je prends conscience de ses lacunes. Certains regards chargés de dédain des frères Pinzón s'éclairent soudain, certains sourires contenus, certains ricanements parmi l'équipage...

Continuant sur ma lancée, j'en viens à me demander pourquoi l'Amiral a pris le risque de dissimuler une femme à bord, lui qui, à en croire Felipa, n'est guère ardent aux plaisirs amoureux. Et pourquoi justement cette femme-là, réputée morte ? Je ne puis que conjecturer qu'elle lui est certainement nécessaire, et pour tout autre chose qu'apaiser ses ardeurs modérées de quadragénaire fatigué. Serait-elle la navigatrice occulte de l'expédition ? Son inspiratrice, peut-être ? Je compte l'apprendre de sa bouche même. Car nous nous reverrons.

VI

L'Amiral semble avoir pris goût à ma conversation. Je dois avoir, à mon insu, je ne sais quelle bienveillance dans les façons qui incite aux confidences. Car c'est surtout lui qui parle. Certes, il lui arrive de me poser des questions quant aux pérégrinations guerrières qui me mirent à même d'observer et de comparer les façons de combattre des divers peuples qu'il m'a été donné de rencontrer d'un côté ou de l'autre d'un champ de bataille, mais il n'écoute jamais les réponses et, l'œil perdu dans un rêve, il enchaîne bientôt sur l'unique sujet qui emplit ses pensées, à savoir l'Orient et ses richesses fabuleuses.

Le séjour à la Gomera se prolonge, bien que l'approvisionnement des caravelles en eau et en vivres frais soit terminé depuis longtemps. L'équipage désœuvré tue le temps dans les plaisirs frelatés du port et ne se prête qu'en maugréant aux exercices guerriers que je lui impose. Les frères Pinzón s'impatientent.

Que fait donc l'Amiral ? Eh bien, il attend le retour de la dame de ces lieux, doña Beatriz de Bobadilla, dont il espère je ne sais trop quoi, la vente d'un bateau en bon état, peut-être, pour remplacer la *Niña*, qu'une erreur de manœuvre en entrant au mouillage a endommagée. Mais cette considérable personne s'attarde à la Grande Canarie. Quinze jours passent. Qu'à cela ne tienne, l'Amiral, obstiné, lève l'ancre et fait voile, sur la seule *Santa María*, vers la Grande Canarie. Quand il y accoste, c'est pour apprendre que la gouverneresse de la Gomera vient tout juste de regagner son île. Il fait donc demi-tour et peut enfin déposer ses hommages aux pieds augustes de doña Beatriz.

Le bateau convoité n'est pas à vendre, il faudra donc faire route vers l'inconnu avec une *Niña* diminuée, qu'heureusement le calfat du bord a pu tant bien que mal réparer entre-temps. Plus rien ne s'oppose au grand départ. Ce sera pour demain. L'Amiral me confie :

– Cette doña Beatriz, une femme de tête. Et quelle allure ! Une reine, non ?

J'en conviens, bien qu'il ne m'ait été donné de l'apercevoir que de loin. Je note que l'Amiral arbore un petit air satisfait de soi qui donne à penser. Serait-ce un coureur de jupons ? Sa... réserve quant aux plaisirs du sexe se bornerait-elle à son épouse ? Peut-être n'aime-t-il pas les brunes ? Doña Beatriz est ensoleillée de blondeur, tandis que Felipa luit, astre pâle, dans les ténèbres de sa chevelure.

L'Amiral en personne me donne la clef :

– Elle est veuve, vous savez ? Et de bonne noblesse. Sa famille est proche du trône.

Il soupire :

– Ah, avec une telle épouse, c'est une flotte de trente vaisseaux que j'emmènerais à la Chine !

Voici un cri du cœur qui jaillit bien près de la tête...

Nous sommes en mer. Cette fois, c'est la bonne. Le départ fut empreint d'une certaine solennité. Doña Beatriz de Bobadilla nous fit l'honneur d'y assister, entourée de la garnison du fort, bannières au vent, sonnez trompettes. Un gentilhomme de haut parage lui offrait le bras. « Le gouverneur général des îles Canaries, don Alonzo de Lugo », m'expliqua l'Amiral. « On les dit fiancés, ou tout comme », ajouta-t-il avec une grimace.

Doña Beatriz tint à saluer l'aurore de la grande aventure de six coups de canon tirés par l'unique pièce du fort. « Douze coups n'auraient pas été trop pour la majesté de la circonstance », commenta l'Amiral, « mais cela aurait vidé la réserve de poudre de la garnison. »

Et moi, je pensais à la brune Felipa que j'imaginais, embusquée derrière son rideau à peine soulevé et regardant fuir la côte, cette côte que nous ne reverrions peut-être plus.

L'Amiral veut à toute force me convaincre. Comme si vraiment j'avais osé élever je ne sais quelle objection. Moi qui suis d'avance d'accord, toujours, pauvre ignorant que je suis ! Mais il a besoin de contradiction, cet homme. Il lance les arguments à démolir et les place dans ma bouche. Et puis il les réfute, me prend au collet, il faut voir avec quelle fougue ! Le voilà qui tire de sous un amas de paperasses chenues et de parchemins fatigués une sphère d'un pied de diamètre montée sur un socle lui permettant de tourner sur elle-même. Cette sphère est d'un métal jaune, du laiton, peut-être bien. Des choses sont gravées dessus.

L'Amiral me colle cette sphère sous le nez, maintenant de son autre main ses bésicles devant ses yeux.

– Señor Konogan, ceci est la copie exacte du véritable globe terrestre de Martin Behaïm. La Terre est ronde comme une boule, une grosse boule, cela nous le savons depuis les Grecs d'autrefois, des temps du paganisme, et même un nommé Ératosthène avait calculé la mesure de sa circonférence, mais passons... Puisque, dis-je, la Terre est ronde, il est stupide d'essayer de s'en faire une idée sur un morceau de papier plat, vous en êtes bien d'accord ? Behaïm a eu l'idée véritablement géniale de tracer les contours des continents et des îles sur une sphère. À vrai dire, d'autres l'ont eue avant lui, mais lui, il a tenu compte des distances.

« Alors, voyez : l'Europe et l'Asie sont un seul bloc, qui court sur près de la moitié de la sphère. Le bout extrême de l'Europe, c'est l'Espagne et le Portugal. Le bout de l'Asie, c'est-à-dire le bout opposé du bloc, c'est la Chine, qui s'appelle ici "Cathay", et le Japon, ici "Cipangu". Or, que voyons-nous ? Qu'est-ce qui, tout de suite, nous saute aux yeux ? Hein ? Hein ?

Tout en me postillonnant ses « Hein ? Hein ? » à la figure, il fait tourner sa sacrée sphère. Je dis, à tout hasard :

– Il y a un trou... Heu... Un vide.

Il bondit :

– Voilà ! Il y a un vide. Entre la pointe de l'Europe et la pointe de l'Asie, il n'y a rien ! Que l'océan. Donc, on peut aller d'Europe en Asie par voie d'eau.

Il repose sa sphère, exhibe une carte sur parchemin.

– Ceci est la carte dressée par l'illustre Torricelli,

de Florence. On y voit nettement, à l'est, l'Europe et l'Afrique, à l'ouest Cathay et Cipangu. Rien dans l'entre-deux. Que la mer, que Torricelli a nommée océan Indien puisque c'est le droit chemin pour aller aux Indes. Notez que les distances y sont minutieusement indiquées. Nous voyons tout de suite qu'en suivant le vingt-huitième parallèle nous avons tout au plus sept cents lieues à couvrir.

J'ironise :

– Une paille !

Imperméable à la raillerie, l'Amiral prophétise, l'index levé :

– Une paille, vous avez raison ! Que sont sept cents lieues de mer sur une bonne nef gentiment poussée par les vents alizés, comparées aux mille et même deux mille lieues de déserts horribles, de montagnes formidables et de fleuves larges comme des océans franchies au pas traînard des chameaux ainsi que font les marchands turcs et chinois et que fit le gentil chevalier Marco Polo, lequel en relata force merveilles ? Les Portugais prétendent joindre les Indes et la Chine en faisant le tour de l'Afrique par le sud, voyez – il empoigne derechef le socle de la sphère mirifique et, du doigt, parcourt l'itinéraire –, voyez l'énormité du détour ! Et c'est moi qu'on traite de fou !

Il se caresse le menton, rêveur :

– Ah, si seulement le grand sultan des Turcs qui règne sur l'Égypte daignait se soucier de retrouver et de creuser à nouveau le tracé du merveilleux canal que, nous dit Hérodote, firent établir les Pharaons, jadis, pour joindre les eaux de la Méditerranée à celles de la mer Rouge qui ouvre sur le grand océan, quelle

économie de temps et de fatigues aurions-nous là !
Mais bon...

Nous venons, mes « soldats » et moi, de terminer l'exercice à l'arme blanche. Le soleil donne, la sueur coule. Je hèle le mousse :

— Ho, Pedrito, tire-moi un seau d'eau !

Le gosse s'empresse, plonge un seau dans la mer, le hisse au bout d'une corde, le pose à mes pieds. J'ôte ma chemise, plonge ma tête dans l'eau, m'asperge avec délices le torse et les bras. Le petit m'observe. Il nous a regardés tout au long de l'exercice agitant nos sabres et nos piques, bouche bée, l'œil étincelant. Il veut dire quelque chose, je le sens, mais il n'ose. Je viens à son aide :

— Tu veux me parler, Pedrito ?

Il rougit comme une pucelle, tortille ses doigts, et puis se lance :

— Señor chef, je veux faire l'exercice avec vous autres.

Il est minuscule. Tout autour, ce n'est qu'un éclat de rire :

— Ho, Pedrito, tu veux tuer les Chinois ?
— Le sabre est plus haut que toi, Pedrito !

Le gosse hausse les épaules.

— Je savais qu'ils diraient ça. Mais vous, qu'est-ce que vous en pensez, chef ?

À vrai dire, je n'en pense rien de particulier. L'idée ne m'aurait même pas effleuré. Pedrito est le mousse, est-ce qu'on remarque le mousse ? Il fait son travail, il est l'esclave et le souffre-douleur, il est aussi le petit animal attendrissant pour les heures de vague à l'âme. Lui mettre en main une pique de six pieds serait comme armer en guerre le chat de la maison. Il m'intrigue, ce gosse.

Je m'accroupis, le regarde visage à visage. Il serre les mâchoires, fermé comme une huître.

Je sens qu'il y a là quelque chose que je ne comprends pas. Plus qu'un caprice d'enfant qui veut jouer à l'homme. Je lui demande :

– Qu'est-ce qu'il y a, Pedrito ?

Il hésite, se passe la langue sur les lèvres, se décide :

– Je vous le dirai, señor chef, à vous tout seul.

– Alors, si tu n'as rien à faire pour l'instant, rejoins-moi là où je dors, tu sais où.

– Si, señor chef.

Ce qu'il a à dire, il le lâche d'abord à regret, puis il le crache avec rage, barbouillé de larmes :

– C'est les hommes. Moi, je ne voulais pas. Alors ils se sont mis à plusieurs, ils m'ont ôté le pantalon, à moitié en rigolant, vous voyez. Et puis ils m'ont fait des caresses, des choses qu'on fait aux filles, ils ont pris mon truc dans la bouche, ils m'ont léché le trou du cul, ils s'excitaient, ils ne rigolaient plus, et puis ils m'ont fait comme à une femme, tous l'un après l'autre, mais dans mon cul, parce que, naturellement, je n'ai pas ce que les femmes ont. Ça m'a fait mal, très mal. Et chaque soir ils recommencent. Je pleure, je crie, mais ils me mettent la main sur la bouche, et puis ils me battent.

Je suis abasourdi. Moi qui ne voyais rien, ne me doutais de rien... Pourtant c'est bien là le sort des mousses sur les nefs de haute mer, tout le monde est au courant. Je me souviens même y avoir brièvement pensé, en plaisantant, la première fois où je rencontrai Pedrito.

Il n'en a pas fini. Comme je m'étonne : « Il ne s'en est pas trouvé un pour te défendre ? », il s'empresse de répondre, amer :

— Si. Il y en a eu un. Celui qu'on appelle El Loco. C'est le plus fort de tous. Il s'est mis devant moi et il a dit : « Celui qui veut le petit charmant, il paie à moi. Tu paies, tu es avec lui le temps que le sablier se vide. Si tu le fais derrière mon dos, sans payer, je te casse la tête. Allons, par ici la monnaie ! » Et il a retourné le sablier.

Je découvre, effaré, avec quelle spontanéité, avec quel naturel le vice et l'exploitation du faible par le fort ont vite fait de gangrener une petite société comme la nôtre. Il y a l'Amiral et son état-major, il y a les gens ordinaires — pour ne pas dire les dupes — comme moi-même, et puis il y a tout un monde souterrain insoupçonné, un double crapuleux de la société « normale » qui s'est organisé à une vitesse stupéfiante. Je dis au garçon :

— Et c'est pour te défendre contre ces brutes que tu veux apprendre le maniement d'armes, Pedrito ?

— C'est ça.

— Mais tu n'auras pas toujours un sabre ou une pique à portée de main, encore moins une arquebuse !

Je me garde de lui faire remarquer qu'il est bien trop menu.

— Je sais. Mais ça me donnera confiance en moi. Je les regarde faire l'exercice. Ils ont alors la face du lion. Et après, ils gardent la face du lion. Je veux avoir la face du lion pour tenir tête au Loco.

— Mais lui aussi, il manie les armes. Et il est tellement fort !

Pedrito a une moue de suprême mépris.

— Il manie, oui, mais il n'a pas la face du lion. Il croit que sa force suffit. Il ne sait pas qu'il est lent et mou. Et lâche, aussi.

Il me vient à l'esprit que cet état de choses hautement malsain devrait être porté à la connaissance de l'autorité suprême, c'est-à-dire de l'Amiral, afin qu'il prenne les mesures qui s'imposent. Il est de mon devoir de l'avertir. Cependant mon expérience de la vie militaire m'a inculqué l'horreur de la délation. En même temps j'y ai pris le sens de l'honneur du troupier qui veut qu'un conflit se règle d'homme à homme, loin de l'œil de l'autorité, et que le meilleur, ou le plus malin, impose sa loi. L'autre reste sur le pavé, regardant son sang couler.

Le gosse m'amuse. Après tout, à moi de veiller à ne rien laisser traîner qui ressemble à une arme en dehors des heures d'exercice. Je lui dis donc :

— D'accord. Apprendre à te défendre ne peut pas te faire de mal, d'autant que nous ne serons peut-être pas trop de combattants pour mettre à raison ces Chinois, qui doivent être de très féroces sauvages, à mon avis. Raccourcis la hampe d'une pique pour l'accommoder à ta taille. Tu manieras, au lieu du grand sabre, le sabre d'abordage des marins, beaucoup plus court.

La première leçon du mousse ne manque pas, comme prévu, de faire fuser les railleries. Mais, après tout, pourquoi pas lui, puisque tout homme de l'équipage, y compris le cuisinier, doit y passer ? Je puis observer quel sérieux Pedrito apporte à parfaire les gestes meurtriers, combien vif il est à la parade. L'application ride son front, son ardeur lui fait la fameuse « face du lion ».

Je peux constater aussi combien aigu est son sens de l'observation. El Loco, orgueilleux de sa carrure et de ses muscles saillants, consent tout juste à esquisser les mouvements prescrits, un petit sourire suffisant au coin des lèvres. Il se trouve souvent, par inattention, en déséquilibre, garde ouverte, une légère poussée appliquée là où il faut l'enverrait à terre. Je me dis que Pedrito, lui aussi, a noté cela.

Ce qu'il doit en advenir, je ne veux pas m'en mêler. Je forme le vœu qu'il n'y ait pas mort d'homme.

Les choses vont vite. Pedrito a certainement acquis un début d'assurance dans le maniement des armes et, surtout, appris à surmonter sa peur, mais je doute qu'il eût réussi à faire ce qu'il a fait s'il n'avait su s'assurer la complicité d'une partie de l'équipage. Cela, je ne l'ai pas vu, bien sûr, mais par la suite certains regards fuyants, certains airs goguenards...

L'Amiral m'apprend la chose. Il est soucieux. Un marin, surnommé El Loco (le fou), dont le véritable nom est inconnu, est passé par-dessus bord, dans la nuit. L'homme de barre, entendant le plongeon, a crié, à tout hasard, mais sans y croire : « Un homme à la mer ! » Il pensait plutôt à un paquet d'immondices, le contenu des poubelles, jeté par le cuisinier. Toujours est-il qu'El Loco manque à l'appel, ce qui fait que sa part de tâche à bord retombe sur les autres. L'Amiral n'aime pas cela :

— Je suis responsable de ces hommes devant Dieu. D'autant plus responsable que la plupart n'ont pas embarqué de bon cœur. Ce voyage vers l'inconnu plein de menaces ne leur convenait nullement. J'ai dû leur faire violence. Ils n'ont donc pas choisi leur sort, je le leur ai imposé. Cet El Loco était un paysan épais, il ne connaissait rien à la mer. Ah, je suis bien coupable !

Le véritable coupable ne présente pas les signes d'un tel tourment. Je croise le mousse sur le pont, un seau d'eau sale pendu à son bras. Il a pour moi un franc sourire. Je lui dis :

— Te voilà délivré.

Il prend le temps de poser son seau, m'envoie, de bas en haut, la lumineuse candeur de ses yeux d'enfant :

— Si, señor chef, je suis mon propre maître.

Je ne veux rien approfondir. Je me contente de lui tapoter la joue en remarquant :

— Cela aurait pu se faire moins... sauvagement.

— Vous voulez parler du malheureux accident, señor chef ? C'est bien triste, mais...

— Mais tu es libre.

— Voilà.

Il semble se demander si je suis digne de confiance au point de connaître la suite. Il se décide :

— Maintenant, señor chef, c'est moi qui retourne le sablier. Celui qui veut faire avec le petit mignon ce qu'il ne peut pas faire avec une femme, il paie à moi. C'est plus honnête, non ?

Eh bien, s'il me restait des illusions... Tandis que je m'éloigne, remuant des pensées saumâtres, il me semble entendre le gosse marmonner quelque chose, quelque chose que mon oreille capte mais que mon cerveau repousse et qui ressemble à : « Pour vous, señor chef, il n'y aura pas de sablier. »

Il me faut ici me donner le loisir de jeter un œil sur ces hommes frustes, tous illettrés, partant, sans même s'en douter, pour la plus grandiose, la plus incertaine des aventures qu'il y eût jamais depuis l'expédition d'Alexandre de Macédoine, pour une aventure plus terrifiante même que celle du Macédonien puisque les contrées lointaines parcourues et conquises par lui, pour difficiles d'accès qu'elles fussent, n'en étaient pas moins connues depuis toujours, alors que les trois nefs minuscules s'enfoncent dans un inconnu total grondant de terreurs et de monstres, un gouffre que nul n'a osé affronter et où les lois communes qui gouvernent le monde n'ont peut-être plus cours. Tout cela sur le pari fou d'un rêveur obstiné dans sa foi rationnelle.

Ce sont, pour la plupart, de l'écume de ports, des Espagnols ramassés dans les rues et les bouges de Palos. Certains sont marins, plus ou moins. Tous sont bandits. Devant le peu de succès du recrutement volontaire, l'Amiral avait exhibé l'ordre de la reine et mis la garnison en chasse.

On rafla large. Un premier tri avait éliminé le pire, mais le reste a tout d'un équipage de forbans. Plusieurs ont été extraits des geôles royales où ils attendaient leur embarquement sur une galère.

J'ai su par la suite que cet équipage au rabais est

surtout le lot de la *Santa María*, dont l'Amiral n'avait pu surveiller d'assez près le recrutement. Ceux de la *Niña* et de la *Pinta*, assemblés par les frères Pinzón, enfants du pays où leur famille est hautement estimée, ont une tout autre allure.

Cependant, contrairement à ce qu'on eût pu craindre, une certaine discipline règne, les manœuvres ne se passent pas trop mal, grâces en soient rendues à la poigne et à la science nautique du maître d'équipage, Juan de Lequeirio, un vieux de la vieille qui a couru les mers du Sud sur des nefs portugaises et fait marcher son monde au sifflet.

VII

Les devoirs de ma charge – puisque charge il y a – me laissent, ai-je dit, des loisirs que les conversations avec l'Amiral ne suffisent pas à combler. J'ai donc du temps à consacrer à Felipa, que je retrouve toujours avec le même émoi. J'ai soigneusement noté les moments où j'ai chance de lui pouvoir rendre visite sans risquer de me trouver nez à nez avec l'Amiral. J'ai épié les échappées nocturnes du grand homme lorsque, ayant abandonné tout souci du décorum, il descend à pas feutrés dans les ténébreuses entrailles de la nef, parfois en madras de nuit à double corne, portant à pleins bras quelques grimoires ou un faisceau de cartes marines roulées sur elles-mêmes.

Car j'ai depuis réussi à persuader Felipa de me permettre de revenir la voir. Ce ne fut pas tellement difficile, à vrai dire. Elle ne semble guère éprouver de crainte pour elle-même. J'en déduis qu'elle se sait indispensable, et aussi que l'Amiral n'a pas intérêt à ce que sa présence à bord soit découverte. Je suis moins tranquille en ce qui me concerne.

Je ne sais vraiment pas pourquoi je m'obstine, mais le fait est que cette femme m'attire de plus en plus, et que si ce qui me fait battre le cœur si impétueusement n'est pas de l'amour, c'est quelque chose qui y ressemble fort.

Amour sans espoir. Ce qui n'est guère mon genre. Comme on se connaît mal ! Voilà que j'aime une femme qui ne m'aimera jamais. Parce qu'elle en aime un autre. C'est peu dire : elle est pleine de lui. Dès que l'Amiral est en cause, elle s'illumine, elle rayonne, elle n'est que sourires et confusion. Tout en lui la ravit, même ses défauts, dont elle parle avec une maternelle indulgence, même ses ridicules, signe suprême de l'amour... Et puis, ridicules ou travers, tout cela n'est-il pas effacé, renvoyé au néant par cette qualité suprême : le génie ? Son Cristoforo est un génie, il plane loin au-dessus du vulgaire, il peut se permettre toutes les faiblesses insupportables chez quiconque. Il est, comme disait ma sainte femme de mère, au-dessus de ça.

L'amour est aveugle, dit-on. Mais, de temps en temps, il ouvre un œil. Cet œil entrouvert me fait voir des choses. Par exemple, que la chair si suave, si immatérielle dont est faite Felipa l'enchanteresse n'en est pas moins chair et soumise bien certainement aux sujétions liées à toute chair en ce bas monde. J'imagine – quel est alors mon trouble ! – qu'elle épanche ses mignons trop-pleins dans quelque vase d'argent repoussé dont elle vide le contenu par l'étroite ouverture aux heures nocturnes. Fort bien. Mais pour l'opération inverse ? Pour – si j'ose dire – le remplissage ?

Je vois mal l'aristocratique Felipa cuisiner sur un

réchaud à charbon de bois que, d'ailleurs, nulle fragrance graillonneuse ne décèle. Il faut donc bien que sa pitance quotidienne lui soit apportée, blanc de fin chapon, œufs de caille parfumés aux épices rares, entremets légers... Eh, parbleu : l'Amiral ! Puisque nul autre à bord n'est censé connaître l'existence de la très belle, il faut bien que ce soit son illustre personne qui joue les ravitailleurs furtifs. Il me revient alors que, lorsqu'il rejoint doña Felipa dans les profondeurs, il s'enveloppe d'une ample houppelande d'allure fort peu maritime dont les vastes poches peuvent aisément dissimuler pâtés en croûte et autres munitions de bouche.

Une chose me tracasse, un mot échappé à Felipa lors de notre première rencontre. « Je suis morte », a-t-elle dit, sans emphase comme sans regret, une banale constatation. Alors, non seulement elle est clandestine, mais elle n'existe pas, ou plus ? Voici de quoi déconcerter de moins curieux que moi. Pourtant ces yeux sont bien vivants, ces courbes que ma main impatiente se retient à grand'peine d'effleurer chantent le triomphe de la vie...

Je lui pose la question. Surprise, elle se tait. Son visage se ferme, j'ai mis le doigt sur quelque chose de douloureux. Je m'empresse :

– Señora, pardonnez-moi mon indiscrétion. Je n'ai pas voulu vous peiner. Oublions cela.

Elle relève la tête, a un mouvement crâne du menton :

– Et puis, non. Ne l'oublions pas. Ne le déplorons

pas non plus. Le passé est le passé. Je puis avoir confiance en vous, je le sens. Accordez-moi quelques instants de patience, je vais tout vous dire.

Elle se tait, emplit nos tasses de ce « thé » brûlant auquel je ne me ferai jamais, et puis se lance :

– Je vous ai conté notre séjour chez mon frère, à Porto Santo, vous n'avez pas oublié ? C'est alors que je mis au monde notre fils, Diego. Puis nous sommes rentrés au Portugal.

« Bien avant de quitter l'île, j'avais connu le grand chagrin de ma vie. L'homme que j'aimais plus que tout au monde était prêt, lui, à aimer toutes les femmes du monde, pourvu qu'elles fussent jolies ou, tout au moins, utiles à ses projets. Et elles le lui rendaient bien. Beau ? Certes, pour moi, il l'est ! L'est-il pour d'autres, je ne sais, mais il a en lui, dans son regard, son allure, ses propos, un je-ne-sais-quoi qu'il me faut bien appeler le charme, un charme irrésistible que vous n'avez pas été sans subir vous-même.

« Pour faire bref, il abandonnait sur l'île quelques idylles en suspens et aussi quelques maris dont la perspicacité tardive commençait à s'éveiller.

« À Lisbonne, hélas, les occasions multipliées s'offrant à sa rage de plaire me jetèrent au fond du désespoir. Je tombai malade. Une épidémie de peste, ou de choléra, je ne sais trop, s'abattit sur la ville. On me crut morte. Les médecins n'y regardaient pas de si près. Entre-temps, Cristoforo s'en était allé, emportant notre fils Diego, à la poursuite de sa chimère dans les cours d'Europe.

« Un mouvement que je fis dans mon agonie fut remarqué par les fossoyeurs alors qu'ils allaient me jeter dans la fosse commune. On me tira de là. L'infirmerie d'un couvent me recueillit. J'étais inconsciente, je le restai quelque temps. On me guérit. Par l'effet de je ne sais quelle stupidité dans les écritures, mon nom n'a pas été effacé de la liste des morts. Je n'ai pas jugé bon de faire rectifier la chose, d'autant plus que, dans le même instant, j'avais appris que mon mari était en pourparlers de mariage avec une jeune fille qu'il avait compromise. Une certaine Beatriz.

Je sursaute :

– ... de Bobadilla !

– Non. Pas celle-là. Une autre. Beatriz Enriquez de Arana, si je me souviens bien. Figurez-vous – vous allez sourire – que je l'aimais toujours avec la même ferveur. Mais, puisque je ne lui suffisais pas, je n'allais pas m'imposer. En restant « morte », je lui évitais le crime de bigamie.

– Et alors, cette Beatriz, il l'a épousée ?

– Non. Elle est de petite naissance et lui aurait causé du tort dans ses démarches. Elle ne lui en a pas moins donné un fils.

– Ce qui, avec le vôtre, lui en fait deux.

Elle me toise de son haut. Qu'ai-je osé dire ?

– Mon Diego est enfant légitime, conçu dans les saintes lois du mariage. Et il est, comme moi-même, apparenté à la famille royale de Portugal.

Je salue. Et m'enquiers :

– Cette Beatriz, qu'est-elle devenue ?

– C'est bien le cadet de mes soucis ! Tout ce que je peux dire, c'est qu'elle n'est pas ici. C'est moi qui y suis.

— À propos. Comment êtes-vous réapparue dans la vie de l'Amiral ?

— Quand il fut nommé amiral, justement ! Voyez-vous, je savais tout de lui. Je suivais, dans l'ombre, ses démarches pas à pas. Quand enfin la reine Isabelle décida de lui confier une flottille pour aller à la recherche de sa fameuse route de l'Orient par l'occident — en partie grâce à mes manœuvres occultes, mais cela, il ne le saura jamais —, j'ai, avec beaucoup de précautions — il a peur des fantômes, le cher homme —, fait ma rentrée. Après quelques minutes consacrées à l'épouvante, puis quelques jours à la reprise des vieilles habitudes, il s'est fort bien adapté à la situation. Marié à une femme qui n'existe pas tout en offrant la totalité des avantages d'une bien en vie, n'est-ce pas le rêve ?

Je ne peux me tenir d'exprimer mon état d'âme :

— Et quels avantages ! Et quel rêve !

Elle rougit, me donne sur l'avant-bras un coup d'éventail.

— Je connaissais ses faiblesses en la science des choses de la mer. Son imagination est vive, son intelligence ardente, mais sa patience est courte. L'étude l'insupporte. Il s'embarquait d'enthousiasme pour une aventure qu'il eût été bien incapable de mener à bonne fin. Les frères Pinzón s'en rendent parfaitement compte, eux qui sont de vrais marins. Alors...

Elle hésite. Cherche l'expression la moins blessante. Je viens à son secours :

— Alors, vous compensez les manques.

— On peut dire ça comme ça.

— Et, au besoin, vous participez au recrutement.

Elle fait sa coquette :

— Vous m'en voulez encore ?

Moi, galant jusqu'au bout des ongles :

— Vous en vouloir ? Pour m'avoir procuré le plaisir de voyager avec vous ?

On badine. Je trempe mes lèvres dans le thé, ça s'impose, entre gens du monde.

Les trois caravelles taillent vaillamment leur route d'écume sur le grand pré, pour parler comme les galériens, compte tenu qu'ici le vent et les voiles tiennent lieu des muscles et du fouet, et que le « grand pré » n'est pas fauché par les longues rames galériennes. Le temps se maintient au beau, l'aimable fraîcheur d'un vent imperturbable soufflant du nord-est atténue la brûlure du tropique. L'Amiral m'a expliqué :

— Ces vents sont les « alizés ». Ils nous poussent gentiment au cul et nous pousseront tant que nous serons au nord de l'équateur, qui est la grande ligne invisible partageant la Terre en deux : les chrétiens au nord, les païens tout noirs au sud.

Je demande :

— Alors, pour revenir, il suffira de franchir cet équateur que vous dites, et les alizés de par là, tout au contraire de ceux d'ici, nous pousseront gentiment vers le nord-ouest.

Je suis content d'avoir déduit cela tout seul. L'Amiral tousse. Il tousse quand il est embarrassé, j'ai remarqué. Il me dit, à voix prudente :

— Ce n'est pas aussi simple. Si je me souviens bien, de l'autre côté de l'équateur les alizés soufflent encore vers l'ouest. Exactement sud-ouest. Je n'ai plus tout à fait en tête la théorie de la chose.

Il griffonne quelques mots sur un petit carré de ce « papier » venu de Chine qui a remplacé le parchemin. Je me dis qu'il va soumettre cette note à Felipa cette nuit même et que demain, triomphant, il s'écriera : « J'y ai pensé. Cela m'est revenu. La théorie des vents alizés est comme ceci-comme cela. » Et il s'emmêlera les pieds, je le parierais !

Je prends une collation en compagnie de Felipa. Je prête une attention assez relâchée à des propos un peu trop féminins pour mon goût. Si mon attention est peu gourmande du contenu du discours, elle est par contre fort vive en ce qui touche à la voix aimée, dont la céleste musique me transporte. C'est pourquoi je me sens agacé jusqu'à l'irritation quand il me semble qu'un bruit parasite, à peine perceptible sauf à mes oreilles amoureuses, se permet de gâter mon plaisir.

Tendant l'ouïe au maximum de la tension, je crois discerner comme un lointain roucoulement. Doña Felipa, prenant conscience de ma distraction, me fait remarquer, assez pincée :

— Señor Konogan, vous n'écoutez pas.

— Señora, pardonnez-moi, je crois entendre, ici, quelque part, un bruit fâcheux qui me trouble et m'empêche de goûter pleinement le plaisir de votre voix si pure.

— Un bruit, dites-vous ?

— Un bruit. Comme un roucoulement de pigeon.

Elle rit.

— Mais, señor, c'est un roucoulement. Et même deux.

Elle se lève, soulève un épais velours. La lourde tenture découvre une cage assez grande, en fils dorés. Dans la cage, un couple de pigeons blancs se font des mamours comme s'en font les pigeons, espèce toujours prompte à l'acte de chair et aimant y préluder par de mélodieux roucoulements. Me voilà bien étonné. Je le dis :

— Vous élevez donc des pigeons pour les manger ?

Elle s'indigne :

— Comment pouvez-vous penser cela ? J'élève ces pigeons pour raffermir le moral de l'équipage.

Je dois avoir l'air plutôt ahuri. Elle daigne expliquer :

— Quand les marins sont trop longtemps sans voir la terre, ils prennent peur, ils s'excitent les uns les autres, ils veulent retourner, ils se mutinent, ils tuent l'Amiral. Très mauvais, cela, vous en êtes d'accord ? Alors, moi, quand je vois les choses prendre cette tournure, qu'est-ce que je fais ? J'ouvre ma fenêtre et je lâche un pigeon. Un seul. Les pigeons sont des amants très fidèles, savez-vous cela ? Pas comme vous autres les hommes, oh non ! Le pigeon, la liberté, il n'en veut pas. Il veut rester auprès de sa bien-aimée. Il vole autour du bateau, il se pose sur une vergue. Les marins le voient. Ils disent, tout joyeux : « Un pigeon ! La terre n'est pas loin ! » Et ils reprennent courage et confiance. Voilà.

Je m'incline :

— Comme fit Noé sur l'arche, s'il m'en souvient bien.

Elle bat des mains.
— Tout à fait !

La vague pousse la vague, l'horizon succède à l'horizon. Le voyage commence à avoir trop duré. L'équipage laisse paraître quelques signes de nervosité. Oh, rien encore d'inquiétant, et je n'y aurais sans doute pas pris garde si je n'avais à l'esprit les propos de Felipa et ses pigeons.

Les hommes s'ennuient. Le vent bien établi une fois pour toutes dans une aimable routine, il n'y a pas assez de manœuvres pour les occuper. Deux ou trois grains pas trop méchants ont à peine troublé la sérénité de jours trop semblables. Quant à mes exercices militaires, ces gaillards-là en savent désormais autant que moi.

La nuit est criblée d'étoiles. Je trompe mon insomnie en compagnie de l'homme de barre, un Catalan taciturne au poil gris et à la gueule de bourlingueur. Son silence convient à mon état d'âme. Je m'efforce d'évoquer les femmes que j'ai connues, je veux dire celles pour qui, sur le moment, j'aurais pu tuer. À ma grande confusion elles ont toutes le même visage, la même voix, la même tournure : le visage, la voix, la tournure de Felipa. Ainsi, m'étonné-je, une nouvelle surgit, les voilà toutes renvoyées au néant ? Et je me prends à philosopher sur un thème qui ne peut vous venir en tête que perdu sous les étoiles, sur un océan qui n'existe peut-être pas.

Je suis arraché à mes vagabondages mentaux par un

son. Un son qui semble bien provenir de l'homme de barre. C'est bref, mais articulé. Ça grommelle :
– Il y a du diable, là-dessous.
M'estimant interpellé, je demande :
– Pardon ?
Il s'explique, sans gaspiller les mots :
– La boussole, là, elle dit que le nord est par là.
Il tend le bras. J'écarquille les yeux. Au bout de ce bras, il y a une main, et puis la nuit. Je dis :
– Alors ?
Il crache dans l'eau, fait décrire à son bras un quart de cercle qui l'amène à la verticale, index levé :
– L'étoile Polaire, elle dit que le nord, c'est par là qu'il est.
Moi, je veux bien. Je redis :
– Alors ?
Il s'énerve :
– Alors, il faudrait voir à ce que la boussole et l'étoile Polaire se mettent d'accord. Parce que moi, je sais plus où il est, le cap, moi.
Évidemment, si l'on perd le cap... Je suggère :
– Qu'en dit l'Amiral ?
Le Catalan hausse les épaules :
– L'Amiral, il veut pas le montrer, mais il est aussi emmerdé que moi, sauf respect. Bon, tenez, justement, le voilà. Demandez-y donc, vous, ce qui se passe.
En effet, l'Amiral surgit, mains au dos, le front soucieux. Il m'agrippe par le col et, de but en blanc :
– Cette puta la Madonna di bossola, je vous l'avais bien dit : conneries et compagnie. Oser contredire l'étoile Polaire ! Autant dire l'ordre voulu par Dieu.

Il me lâche. Il me semble entrevoir quelque chose. Je demande, timide comme un écolier :

– L'étoile Polaire montre le nord absolu ?

Il me toise comme il toiserait une merde de chien qui se serait mise à parler.

– C'est ce qu'elle était censée faire jusqu'à ce jour.

Puisque je suis lancé, je continue :

– L'aiguille aimantée de la boussole pointe toujours vers l'étoile Polaire ?

– Plus maintenant !

– Mais quand on lui présente un aimant, elle pointe vers l'aimant ?

– D'habitude, oui. Mais je n'ose plus jurer de rien.

Imperturbable, je poursuis :

– Si on lui présente deux aimants, un gros et un petit, vers lequel pointera-t-elle ?

Il hausse les épaules.

– Vers le plus fort, évidemment.

J'arrive à la péroraison :

– Donc, si l'aiguille de la boussole pointe vers l'étoile Polaire, c'est parce que l'étoile est elle-même une pierre d'aimant, une énorme pierre d'aimant.

L'Amiral se campe devant moi, l'air de me voir pour la première fois.

– Vous avez trouvé ça tout seul ?

Je fais le modeste.

– Pas que ça. Écoutez. Pas loin d'ici, au fond de la mer ou bien au-dessus, se trouve une pierre d'aimant encore plus forte que l'étoile Polaire, ou bien tellement plus proche qu'elle prend le dessus sur elle. Voilà pourquoi l'aiguille ne pointe plus sur l'étoile, mais sur ce gros aimant.

L'Amiral pèse tout cela dans sa grosse tête ronde. Je grimpe à toute vitesse dans son estime. Pour mettre la dernière touche à ma démonstration, je conclus :

– C'est peut-être un gros caillou de minerai de fer posé sur le fond de la mer, c'est peut-être une montagne de fer, pas très loin d'ici.

L'homme de barre a écouté sans rien dire. Il nous rappelle soudain aux réalités de la vie :

– Qu'est-ce que je fais, moi ?

L'Amiral a pris son parti.

– Tant que la Petite Ourse restera accrochée à la Grande Ourse et tant que la Polaire brillera au bout de sa queue, fie-toi à la Polaire.

Il n'empêche qu'on a, littéralement, perdu le nord, et que, trompés par la boussole folle, nous avons délaissé le droit chemin du vingt-huitième parallèle pour nous établir sur une route nord-ouest assez éloignée de notre idéale trajectoire vers le cœur de l'empire du Milieu – c'est ainsi que l'Amiral désigne la Chine. L'équipage a pris note de ces errements. Les mines se sont allongées. Le petit Pedrito, qui semble décidément me vouer une estime particulière – à laquelle je redoute qu'il ne se mêle un sentiment plus tendre –, m'avise :

– Señor chef, les hommes ont peur.

Je feins l'étonnement :

– Peur ? De quoi donc ?

– Cette diablerie, là. La boussole. Ils n'ont pas confiance. Quand les nuages cachent le soleil et les étoiles, ils ne se repèrent plus. Ils disent que nous tournons en rond et que nous tournerons en rond éternellement, nous serons tous morts depuis longtemps que nos os tourneront encore sur l'Océan. Nous serons des marins fantômes sur un vaisseau fantôme. Voilà ce qu'ils disent.

N'étant moi-même, marin d'occasion, pas plus assuré que ça que ces loups de mer n'aient pas raison, je ne sais quoi répondre au gamin. Ma théorie de la montagne d'aimant, c'était juste pour épater l'Amiral. Le marin catalan, qui passe par là, laissant traîner une oreille, s'approche, l'index levé, et, se penchant vers moi, sur un ton de confidence :

– Matelot, ta montagne de fer, elle existe. Elle se dresse maintenant quelque part au fond de la mer. C'est tout un pays, dame, un grand pays que la mer a englouti par une nuit terrible. D'un seul coup, comme je te le dis. Les Anciens l'appelaient l'Atlantide. Ce que je te dis là est vrai, tout ce qu'il y a de plus vrai. C'est même écrit dans les livres, alors...

Il hoche la tête, les yeux pleins de visions.

– C'est parce que, vois-tu, les gens de ce pays-là étaient de grands pécheurs. Ils vivaient dans un vrai paradis, tout y poussait sans qu'on se crève le tempérament à labourer. Il n'y avait qu'à tendre la main. Alors les gens, au lieu de louer le Seigneur pour Ses dons, se livraient à tous les vices possibles et même ils en inventaient de jamais vus. Les femmes surtout. De vraies putains. Le feu au cul. Alors le Seigneur a fait monter Sa grande vague du fond de la mer. Il a fait descendre Son grand tonnerre du haut du ciel, et tout le fourbi a été englouti comme tu goberais une noisette, les fornicateurs et les fornicatrices, pas de détail.

Pedrito s'indigne :

— Les bêtes aussi ? Elles n'avaient rien fait de mal, les bêtes.

C'est pourtant vrai... Le Catalan se gratte la tête. Mais son embarras ne dure pas. Il arrive droit à la parade :

— Tu as tout à fait raison, petit. Les bêtes n'avaient pas à être punies. Elles ne l'ont pas été.

— Et quand la grande vague a tout englouti ?

— Eh, pardi, elles se sont mises à nager ! Et elles ont si bien nagé que leurs petits, à force à force, d'une génération à l'autre, sont devenus des animaux marins. Tu as peut-être vu ce qu'on appelle des veaux marins, que les savants appellent des phoques ? En tout cas tu en as entendu parler. Eh bien, voilà. S'il y a des veaux marins, c'est qu'il y a des vaches marines, forcément. Et aussi des taureaux. Et des chèvres, pourquoi pas ? Et des chevaux. Tu peux le croire.

Pedrito ouvre grandes ses oreilles. Il dit :

— Et les sirènes, que tout le monde à bord en parle et voudrait bien les voir, d'où elles viennent, les sirènes ?

Le vieux marin devient grave :

— Celles-là, petit, moi je préfère ne jamais les voir. Ce sont justement ces femmes perdues de l'Atlantide, ou bien leurs filles. À force de nager, elles sont devenues à moitié poissons par le bas. Oh, la mauvaise graine a la vie dure !

— On dit qu'elles chantent comme les anges du paradis. Mieux, même. À ce qu'on dit.

— C'est tout à fait vrai. Elles chantent comme ça pour attirer les marins. Le pauvre gars qui les entend, c'est plus fort que lui, il plonge dans la mer pour les rejoindre. Elles sont contentes, car il faut que tu saches qu'elles ont une grande faim de l'homme, vois-tu. Mais comme elles n'ont pas ce qu'il faut pour accueillir l'homme en elles, vu qu'une queue de poisson ça ne s'ouvre pas comme une paire de cuisses, elles sont déçues, faut les comprendre, très très déçues, et alors elles déchirent les hommes avec leurs griffes et elles les dévorent. Ça fait une petite tache rouge sur l'eau, et puis plus rien.

La nuit lentement s'est faite, une nuit sans lune mais pleine d'étoiles. Pedrito m'agrippe par le bras.

– Señor chef, vous entendez ?

Oui, j'entends. Une voix plane sur la mer. Un chant merveilleux s'élève, indiciblement suave, un chant sans paroles, comme modulé à bouche fermée. À bien écouter, plusieurs voix se répondent, ou bien se mêlent en des accords célestes. Ma peau se hérisse, je crois en ce moment à tout ce qu'on veut.

Nous nous taisons. À quoi bon parler ? Nous avons tous trois une seule chose en tête, une seule vision : des torses de femmes adorables jaillissant de l'écume, torses flexibles de jeunes filles tout juste pubères dressant leurs pointes insolentes vers le ciel dans la clarté fantomatique des étoiles qui ruisselle sur leurs cheveux épars. Leur chant nous serre le cœur, nous fait pleurer d'un bonheur inconnu, de l'envie de nous sentir mourir en l'écoutant nous couler dans les membres.

Un « Flop ! » nous arrache à cette extase. Un cri : « Un homme à la mer ! » Le Catalan bondit : « Ça devait arriver ! » Sur la caravelle, c'est le branle-bas.

Des lueurs de lanternes courent le long des plats-bords. Impossible de mettre en panne à temps, il faudrait abattre toute la voilure. L'Amiral, accouru, déjà en bonnet de nuit, fait mettre une barque à l'eau. Mais nul cri de détresse, nul geste d'appel ne vient guider les recherches. Le gars n'est pas tombé à la mer, il a plongé, de son plein gré, et maintenant il nage à force de bras vers les voix enchanteresses. L'Amiral crie :

– Qu'on se bouche les oreilles ! Un de perdu, ça suffit !

J'empoigne Pedrito à pleins bras. Il est tremblant. Il me confie :

– Vous faites bien. Si vous saviez combien l'envie me démange d'y aller !

Et moi, donc ! Moi dont le désir inassouvi pour Felipa enflamme les sens, moi que l'abstinence forcée rend semblable à une bête en rut... Heureusement, le récit macabre du Catalan est venu à point pour m'armer contre l'impulsion de plonger, l'impulsion de mort.

Pedrito se fait attentif. Le doigt dressé, il me dit :

– Écoutez. On dirait que ça se rapproche. Le chant, je veux dire. Elles nous veulent. Elles ont flairé la chair fraîche. La chair d'homme.

En effet, les voix se sont faites plus fortes. Plus émouvantes, aussi. L'Amiral crie, d'une voix de sourd :

– Bouchez-vous les oreilles ! Faites comme moi : bourrez-les d'étoupe !

Les voix sont maintenant toutes proches. Une, surtout. Et voici que la caravelle se met à sauter sous nos pieds, le pont s'élève et puis se dérobe, le roulis nous couche de bâbord à tribord, une vague énorme nous balaie, Pedrito, que je n'ai pas lâché, crie sa terreur :

– Là ! Là !

Son doigt désigne la nuit. Elle est très noire, la nuit, en cet endroit. La lueur des étoiles n'y parvient pas. Mes yeux s'habituant, cette nuit plus noire que la nuit prend des contours. Une masse se dessine, écrasante. C'est plus gros que la caravelle. Ça donne dans l'eau de grands coups de quelque chose d'aussi vaste que la grand'voile déployée, quelque chose que je n'ose appeler une queue... Et voilà qu'il pleut ! Cette fois, j'y suis. Je dis à l'Amiral, que j'ai rejoint sur le château de poupe :

– N'avons-nous pas là le véritable Léviathan de la Bible ? Le poisson gigantesque qui avala le prophète Jonas comme vous feriez d'une tartelette aux cerises ? Je me suis laissé dire, en mes enfances, par le curé de notre village, que ce monstre souffle par ses naseaux de l'eau qui retombe alentour en pluie. Ça l'amuse beaucoup, paraît-il.

Ayant pris le temps de s'ôter l'étoupe des oreilles afin de m'ouïr, l'Amiral grogne je ne sais quoi qui se perd dans le bris des objets divers s'écrasant contre les mâts et les rambardes au gré des sursauts du navire. Enfin une accalmie s'annonce, la bête-montagne qui s'éloigne, sans doute, et je puis entendre ces mots :

– La Bible ne le dit pas, mais certains marins-pêcheurs malouins m'ont conté que ces monstres – qu'ils appellent, eux, des « baleines » – chantent comme des anges lorsque les tourmente le mal d'amour.

Que ne suis-je baleine, pensé-je ! Je chanterais ma peine avec la voix de douze archanges.

– En attendant, dit l'Amiral, nous avons encore perdu un homme. Ce qui fait deux.

VIII

Doña Felipa s'est mis en tête de m'apprendre à lire. Je vous demande un peu ! Comme si un pousse-caillou de ma sorte avait besoin de savoir autre chose que les seize temps du chargement de l'arquebuse et la manière de planter le pied de la pique en terre face à une charge de cavalerie ! Mais doña Felipa sait ce qu'elle veut, et après tout cela donne du piquant à nos conversations. Car, chose curieuse, plutôt réticent au début, je m'aperçois avec une surprise charmée que, peu à peu, j'y prends goût.

Elle se sert d'une grosse bible aux pages taillées non dans le parchemin, mais bien dans ce « papier » qui est fait, m'a-t-elle expliqué, de charpie de vieux chiffons réduits en bouillie et puis étalés en une mince couche qui est mise à sécher. Ce sont les Chinois, ceux-là mêmes que nous allons visiter présentement pourvu que Dieu nous prête vie, qui ont découvert cette façon de faire, paraît-il, ainsi que maintes autres industries merveilleuses.

Décidément, ce voyage promet d'être riche en merveilles autant qu'en enseignements, si seulement nous le menons à bon port et en revenons.

Et donc, m'expliqua doña Felipa, l'écriture, sur ce dit papier, n'est pas, comme à l'accoutumée, tracée par un calame trempé dans l'encre et tenu entre le pouce et l'index de l'écrivant, mais pressée en une machine qui la force sur le papier autant de fois qu'on le veut, ce qui est chose bien admirable. Un Allemand, dit-on, aurait mis au point le procédé, mais, dit-on aussi, les Chinois – toujours eux ! – l'auraient inventé quelques siècles plus tôt.

Je sais déjà épeler le « Notre-Père », et aussi les lettres de mon nom. Felipa me récompense d'un sourire.

Il se passe quelque chose d'étrange. La mer, peu à peu, s'est couverte d'espèces d'herbasses, d'abord clairsemées, puis serrées et compactes comme une soupe aux épinards, une soupe très épaisse. Les nefs peinent à fendre cet emmêlement de tiges, parfois grosses comme le poignet, de feuilles onduleuses dont on ne voit pas le bout, qui flottent mollement et forment un barrage menaçant de nous réduire à l'immobilité.

– Ce sont des algues, me dit le Catalan, des algues que chez nous on appelle des sargasses. Mais je n'en ai jamais vu autant à la fois, ni si tassées, ni si vivaces.

Comme chaque fois qu'une décision s'impose, il y a réunion des capitaines à bord de la caravelle amirale. Les Pinzón sont réticents. L'Amiral, puisque les éléments lui sont contraires, prend le mors aux dents, piaffe et tape du pied. On ira de l'avant, dût-on transformer les nefs en galères et faire ramer l'équipage. Il fait remarquer, l'œil rayonnant :

— L'abondance même de ces herbasses marines nous dit quelque chose. Elle nous dit que la terre n'est pas loin, la terre du littoral de laquelle elles ont été arrachées. Qu'en dites-vous, messieurs les pisse-froid ?

Pinzón l'aîné ne se déride pas pour autant. Il répond :

— Ces herbasses, comme vous dites, ne sont pas des herbes fixées au sol d'un littoral. Ce sont des algues, elles croissent et voyagent sur l'eau, sans racines comme sans attaches. Elles couvrent l'océan et ne sont de nulle utilité quant à nous faire savoir si une terre est proche ou non.

L'Amiral ne répond pas. Il agit. Il plonge sous la table, en ramène un de ces grossiers paniers faits de canisses refendues dans lesquels on transporte les huîtres, y puise des deux mains, en tire à poignées de petits crabes effarés, de grosses crevettes grises, des tas de bêtes pleines de pattes et de pinces qui se mettent à courir sur les précieux portulans et sur les pages de calculs. Il triomphe :

— Et ça, hein ? Ce n'est pas de la bête de terre ferme, ça, peut-être ? Ça n'a pas besoin de sable pour y creuser des trous et de rochers pour s'y blottir ? La terre est proche mes amis, toute proche, moi je vous le dis !

Pinzón l'aîné tord sa laide face en un sourire de pitié :

— Tout marin ayant un tant soit peu voyagé sait que de telles bestioles naissent, vivent et se reproduisent sur les paquets d'algues ballottés au gré des vents comme des îles flottantes sans jamais approcher d'une terre. Vous divaguez, compère...

– Amiral, s'il vous plaît.

Pinzón hausse les épaules :

– Amiral tant que vous voudrez, señor Amiral. N'empêche...

– Pas de « n'empêche ». La séance est levée.

Les divagations de la boussole continuent à tracasser l'Amiral et à semer l'inquiétude dans l'équipage. La chose est d'autant plus troublante que les boussoles de la *Niña* et de la *Pinta*, selon leurs commandants, sont, elles, en accord avec les indications que l'on peut tirer de l'examen du ciel. La rumeur d'une malédiction fait son chemin parmi les hommes. Qu'en serait-il s'ils connaissaient la présence d'une femme à bord ?

Nous discutons de la chose, l'Amiral et moi, dans la lueur du fanal de poupe, près de l'homme de barre, les yeux fixés sur l'aiguille folle qui s'obstine à indiquer tout ce qu'on veut, sauf le nord. Appuyé à la rambarde, mains aux poches et pieds calés contre le socle rivé au plancher qui porte l'habitacle de la boussole, j'écoute, résigné, le grand homme élucubrer théorie sur théorie pour expliquer l'inexplicable.

– Je commence à penser qu'il y a de la diablerie là-dessous. Mon bateau serait-il ensorcelé ? Me voilà forcé de me mettre à la remorque des Pinzón au lieu de naviguer fièrement à la tête de l'escadre, ainsi qu'il convient à mon rang.

Il se signe, baise la médaille de la Vierge qui lui

pend au cou. Je l'observe du coin de l'œil. Il pense à ce que je pense, bien sûr, et cela lui trouble l'esprit. Il n'est pas loin de croire à la malédiction de la femme à bord. Il se sent coupable. Je m'avise soudain avec terreur qu'il est capable de la jeter à l'eau après l'avoir empoisonnée, telle est la puissance de son idée fixe d'arriver en Chine...

Mes pieds s'ankylosent. Je change de position.

Je sens une légère résistance dans mon pied gauche. Comme s'il voulait rester collé au bronze du socle. Amusant. Je n'ai pourtant pas marché dans la confiture. J'examine mon soulier. C'est un brave godillot de fantassin, abondamment clouté sous la semelle. J'aperçois alors le fin contour d'une petite trappe ménagée dans le bas du socle, sans doute pour permettre d'aller voir ce qui se passe dans cette colonne creuse. Je glisse la lame de mon couteau dans la fente, je tire à moi la trappe, qui se laisse faire sans protester, et j'avise, dans l'ombre, quelques reflets qu'allume le fanal sur je ne sais quoi de sombre et d'anguleux. J'avance la main, je saisis ce je-ne-sais-quoi et le tire dehors.

C'est un bloc de pierre noir et brillant, gros comme un pavé. L'Amiral questionne :

– Qu'avez-vous là ?

Je ne réponds pas. J'ai mon idée. Je présente la lame de mon couteau à environ deux pouces de la pierre. Le manche échappe à ma main quand la lame saute brutalement et vient se coller à la pierre noire. L'Amiral a compris. Je dis :

– De la pierre d'aimant.

Il fait chorus :

— C'est cela ! De la pierre d'aimant. Que l'on nomme aussi magnétite.

Il est tout content d'avoir enfin percé le mystère. Et puis il se rend compte. Il m'agrippe par le devant de ma chemise :

— Mais... Mais c'est du sabotage ! On a trafiqué mon bateau ! Le sabotage en mer est puni de mort ! Haut et court ! À la grande vergue du grand mât ! Qui a pu faire ça ? Comment ? Pourquoi ?

Ça fait beaucoup de questions à la fois. Je voudrais bien avoir autant de réponses. Il est évident que la — comment a-t-il dit, déjà ? — ah, oui : la magnétite n'est pas venue là toute seule. Quelqu'un l'y a placée. Qui ? Un membre de l'équipage, forcément. Pourquoi ? Là...

Il y a donc à bord un salopard qui travaille, sinon à la perte du vaisseau — il y passerait aussi — du moins à l'échec de l'expédition. Je me propose de voir ça d'un peu près. Je vais, pour commencer, interroger Pedrito, le mousse. Il va partout, voit tout, connaît tout le monde intimement — trop intimement à mon gré, mais bon...

Comme entrée en matière, je lui demande des nouvelles de son petit commerce clandestin. Il ne s'en plaint pas. Et puis :

— Señor chef, je peux vous demander un service ?
— Demande toujours.
— Voyez-vous, j'ai des économies.
— Bravo, Pedrito.

– Oui, mais je ne suis pas tranquille. Le monde, il est tellement malhonnête.

– Ne m'en parle pas !

– Alors, voilà. Mes économies, je voudrais les confier à quelqu'un de sûr.

Je le vois venir. Je dis :

– Comme moi, par exemple ?

Il rayonne.

– Voilà. Alors, vous êtes d'accord ? Vous voulez bien ?

– Mais oui, Pedrito. Seulement, si tu permets, une petite question.

– Je vous écoute, señor chef.

– Ces beaux maravédis d'Espagne que tu amasses, que comptes-tu en faire, une fois que nous serons en Chine ?

– Je vais vous dire, señor chef. Je me suis laissé dire que là-bas, en Chine, les femmes s'achètent au marché, comme chez nous les poulets ou les fromages. Alors, moi, voilà, je veux m'acheter des femmes. Plein de femmes. Parce que, écoutez voir, ce que je fais avec les hommes, eh bien, je n'aime pas. Pas du tout. (Il crache.) J'ai idée qu'avec les femmes j'aimerai. Alors, je veux essayer. Peut-être que je n'aimerai pas non plus, mais au moins j'aurai essayé.

Je ne puis qu'encourager cet effort de retour à la normale. Je n'y vois qu'une objection :

– Mais, Pedrito, tes maravédis, es-tu sûr qu'ils auront cours chez les Chinois ?

Il se redresse, vrai petit coq d'Estrémadure :

– La monnaie du roi d'Espagne a cours partout, jusque dans la Lune.

Puis, pensif, il demande :

— Les Chinoises, elles sont belles ? À quoi elles peuvent bien ressembler ?

J'étale ma science, ramassée autour des feux de bivouac et dans les tavernes :

— On dit qu'elles sont petites, jaunes comme des citrons, que leurs yeux sont toujours fermés mais qu'elles voient à travers les paupières, qu'elles n'ont pas de nez, qu'elles tressent leurs cheveux en une longue queue et qu'elles ont en bas du dos une autre queue, comme les singes, dont elles ont honte, c'est pourquoi elles se présentent toujours de face.

Pedrito a écouté distraitement. Il me coupe :

— Et pour la chose de l'amour, elles sont faites comment ? Ramon m'a assuré qu'elles font ça par-derrière, dans le trou du caca, vu qu'elles n'ont pas de fente par-devant comme sont les chrétiennes. Même leur bébé sort par là. Si c'est ça, je n'en veux pas.

J'essaie de le rassurer :

— Ramon s'est moqué de toi. Je suis sûr que, de ce point de vue, les Chinoises sont faites comme les Espagnoles, un peu plus étroites, peut-être, et beaucoup plus douces de manières.

Il m'écoute avidement.

— Vous ne dites pas ça pour me faire plaisir ? De toute façon, j'en achèterai une, pour commencer. Je verrai bien si ça vaut le coup.

IX

Voici maintenant huit semaines que nous traçons nos sillages entre ciel et eau, autant dire dans le vide – ce vide dont la nature a horreur, me suis-je laissé dire autrefois par un sergent qui avait étudié pour être prêtre et puis, par la faute d'une garce ou d'une paire de dés, je ne me rappelle plus nettement, avait pris du service sous les glorieuses bannières de feu le duc de Bourgogne, tant pis pour lui... – enfin, pour faire bref, sur ce point précis je ne suis pas loin de partager l'avis de la nature.

Il n'y a plus ni haut ni bas, on flotte dans une grisaille morne, une lassitude me fait des jambes de plomb, une vague angoisse me serre les entrailles, je ne puis m'empêcher de penser que nous sommes figés là pour l'éternité. Après tout, les Anciens avaient peut-être raison, qui enseignaient qu'au-delà des Colonnes d'Hercule il n'y a que l'Océan, à l'infini. Qui dit le contraire ? Un certain Ptolémée – ça, je le tiens de l'Amiral –, lequel Ptolémée prétend que la Terre est ronde et que, par conséquent, rien de ce qui se trouve à sa surface ne saurait être infini. Ouais... Ce Ptolémée n'est pas allé y voir.

Un même découragement a gagné l'équipage, qui grogne, donne des coups de pied au mousse et réclame une terre, comme si une terre pouvait jaillir sur un claquement de doigts de l'Amiral. À défaut de la Chine, ils se contenteraient du Japon. Moi aussi.

Je suggère à Felipa qu'il serait peut-être temps de faire le coup du pigeon. Elle sourit : « Pas encore. Ils ne sont pas vraiment méchants. Le pigeon ne sert qu'une fois. Il faut le garder pour quand il y aura danger imminent. »

Tout ce qui pourrait secouer la routine serait le bienvenu.

Un coup de vent un peu nerveux, par exemple, ce que les gens de mer appellent un « grain ». Pas trop nerveux, quand même... Justement, en voici un qui se prépare. Tandis que les gabiers abattent de la toile, que le mousse court çà et là pour ranger tout ce qui pourrait passer par-dessus bord, que les ordres claquent et que le sifflet siffle, le gris du ciel vire au noir, un gros nuage nous rejoint, lourd de menaces, qui enfin crève en une violente mitraille. De furieuses rafales envoient se coucher l'alizé pépère, arrachent à la mer et projettent en l'air des vagues qui se prennent pour des montagnes, et tout cela secoue la caravelle comme salade en panier. Sauvagement beau, mais pas de quoi s'affoler.

Et pourtant, si. Il y a affolement. C'est l'homme de barre. Il interpelle l'Amiral, lequel, debout face à l'ouragan, jambes écartées, mains au dos, menton dressé, défie les éléments déchaînés, c'est ainsi qu'il se voit. L'homme de barre tire l'Amiral par la manche.

Une telle désinvolture ne peut s'expliquer que par un grand désarroi. L'homme de barre parle :

– Señor Amiral, le bateau, il ne gouverne plus !

L'Amiral fronce le sourcil :

– C'est donc cela. Il me semblait bien qu'il s'abandonnait un peu trop à la vague.

– Señor Amiral, c'est le safran.

– Le safran ?

Visiblement, l'Amiral a une lacune. Je viens à son secours, sur la pointe des pieds. Surtout, ne pas le vexer...

– Le machin du gouvernail, vous savez bien, c'est vous que me l'avez appris.

Il se frappe le front.

– Mais bien sûr ! Cette pièce de bois qui plonge dans l'eau. Moi et ces inventions nouvelles... Bon. Qu'est-ce qu'il a, le safran ?

– Il est cassé, señor Amiral.

– Cassé ? Il est tout neuf !

– Quand la vague l'a saisi par le travers, il a cassé.

– Tu t'y seras mal pris.

Juste ce qu'il ne fallait pas dire. Le gars lâche la barre, qui se met à tourner comme folle, et il s'en va, lâchant au passage :

– Puisque vous vous y connaissez mieux que moi, je vous laisse la place.

Il fait comme il a dit.

Décidément, la discipline en prend un coup. L'Amiral serre les poings... Mais l'heure n'est pas à ces vétilles. L'Amiral, s'il est piètre marin, sait se montrer homme de ressources et faire front à l'adversité. En l'occurrence, il développe un talent de bricoleur qu'on n'eût pas soupçonné. Il hurle les ordres qu'il faut et, en un rien de temps, avec un aviron et un bout de planche, un gouvernail de fortune est mis en place, un gouvernail à l'ancienne, le long du flanc de la caravelle. J'y participe de bon cœur, trop heureux de m'activer à quelque chose d'utile.

Le grain retombé, le calme revenu, l'Amiral se laisse aller à son souci :

— Ce nom de Dieu de safran (il se signe) ne s'est quand même pas cassé tout seul ! J'y ai jeté un œil. Le bois était entamé. On voit la morsure de la scie. Quelqu'un en veut à ma *Santa María*. Qui ?

Pertinente question. À laquelle je vais m'efforcer d'apporter la réponse.

L'avarie du gouvernail, survenue en pleine tempête, a eu pour conséquence que la grand'voile, n'ayant pu être carguée à temps, s'est trouvée prise à contresens par une rafale et, avec un claquement de tonnerre, s'est carrément fendue du haut en bas. L'Amiral, après avoir quelque peu conchié le nom de la Vierge et de quelques saints voués à la protection des gens de mer, ne montre cependant pas l'air consterné auquel on serait en droit de s'attendre. Il me confie :

— Heureusement, j'ai été prévoyant. Il y a deux grand'voiles toutes neuves dans la réserve. Holà, gabiers ! Qu'on aille m'en chercher une !

C'est promptement fait. La voile est amarrée à la vergue et hissée en chantant à pleine gueule un de ces chants faits tout exprès pour scander l'effort commun... Pas bien haut. L'ascension s'arrête net. Une clameur horrifiée éclate à la face du ciel. La belle voile toute neuve n'est que lambeaux. La toile a été lacérée au couteau sur toute sa longueur. Les lanières pendent, piteuses, faseyant au vent.

Cette fois, le doute n'est pas permis. Il y a un saboteur à bord. Certainement soudoyé par les Portugais, il n'y a qu'eux pour s'offusquer de ce que des vaisseaux espagnols ouvrent sur mer des routes nouvelles, des routes peut-être plus courtes ou plus commodes que les leurs. C'est ce qui vient tout de suite à l'esprit. C'est ce que pense l'Amiral, pour une fois muet dans sa colère et d'autant plus effrayant. Pour moi qui crois bien le connaître, plus que la rage devant le forfait c'est la stupeur qu'on puisse lui vouloir du mal, à lui, qui le bouleverse. Quoi qu'il en soit, on doit démasquer cette vermine.

Ainsi qu'il fallait s'y attendre, la deuxième voile de rechange est trouvée pareillement lacérée, inutilisable. Mortifié, l'Amiral se résigne à demander de l'aide. Le pavillon de détresse est hissé. La *Pinta* et la *Niña* viennent se ranger flanc à flanc le long de la *Santa María*. Les Pinzón montent à bord. Tout en mesurant l'étendue du désastre, Pinzón l'aîné se fait tirer l'oreille quand il s'agit d'y porter remède. Il a bien à son bord une grand'voile de rechange, mais s'il la cède il ne l'aura plus, ce qui est l'évidence même. Son frère, quant à lui, en dit autant. L'Amiral, blême de colère et d'humiliation, doit user de son autorité de chef suprême choisi par Leurs Majestés pour que les Pinzón cèdent enfin, de fort mauvaise grâce.

Je tournaille dans le réduit qui sert de magasin pour les voiles et le matériel d'accastillage. À quatre pattes, une lanterne sous le nez, je scrute la poussière, au cas où elle aurait gardé je ne sais quelle trace de je ne sais quoi de révélateur. Je n'y trouve guère que des empreintes enchevêtrées de pieds nus laissées par les matelots venus quérir les voiles sabotées. Décourageant. Je finis quand même par discerner quelque chose qui me donne à penser. Je mets ça dans un recoin de ma tête.

Voici maintenant que la maladie s'en mêle. Les gars se mettent à saigner des gencives, à enfler des jambes, à traîner leur carcasse comme un fardeau. Ils sont mous et maussades à la manœuvre, signe de mauvaise santé, leurs regards fuient les miens, signe de mauvaise conscience.

J'ai connu cela, jadis, quand je servais dans les armées du roi, peu importe quel roi. Le diagnostic est aisé : manque de verdure, de nourriture fraîche. Le bœuf salé et le biscuit de mer, ça va un temps. J'en parle à l'Amiral, qui n'a rien remarqué. Il s'étonne :

— J'ai pourtant fait embarquer foison de citrons, lors de l'escale aux Canaries, et aussi grande quantité d'oignons. S'ils mangeaient leurs citrons et croquaient leurs oignons crus, ils seraient joyeux et gaillards. Enfin, quoi !

— Señor Amiral, les citrons ont pourri. Les oignons aussi. Les hommes n'en veulent pas.

— Pourri ? Si vite ?

— Pourri. Si vite.

— Ce n'est pas normal.
— Il se passe tant de choses anormales, sur ce bateau...
— L'anormal, señor Konogan, c'est l'inexplicable tant qu'il n'est pas expliqué. Trouvez l'explication, il n'y a plus d'anormal.
— Señor Amiral, vous parlez d'or. Je vais chercher l'explication.
— Chercher est bien. Trouver est mieux.

Quand un amiral se met à parler par aphorismes à l'emporte-pièce, le mieux est de se taire, de saluer et de filer. Ce que je fais.

Je vais droit à Pedrito, à cette heure il fait la sieste. Je le jette à bas du hamac. Tandis qu'il se frotte les yeux :
— Pedrito, tu vas tout de suite descendre trier les citrons et les oignons. Les pourris, tu les jettes par-dessus bord. Les sains, tu les rinces, tu les essuies et tu les ranges bien au sec. Dépêche-toi.

Il marmonne un « Si, señor » languissant et, traînant la patte, se dirige vers la cambuse.

L'idée me vient, un peu plus tard, d'aller voir comment il s'en tire. En approchant, j'entends comme le murmure d'une source sur les cailloux d'un frais ruisseau. Très bucolique. Mais assez surprenant en ces lieux. J'avance sur la pointe des pieds. Et je vois bien à mon aise mon Pedrito, fièrement planté sur ses jambes écartées, le dos noblement arqué vers l'arrière, les deux mains à la braguette, compissant d'un jet triomphal le tas de citrons, non sans veiller à ce qu'aucun d'entre eux n'échappe à la douche, puis, tournant légèrement sur sa droite, arrosant d'un jet tout aussi généreux le tas d'oignons.

Je retiens mon envie de rire. C'est qu'il y va de choses gravissimes. Je dis, sans élever la voix :

– Ainsi donc, Pedrito, le saboteur, c'est toi ?

Son sursaut est si violent qu'il heurte de la tête une pièce de charpente saillante, qui l'envoie rebondir sur le tas de citrons dégoulinant de pissat. Il est aussitôt sur ses jambes, bondit pour prendre sa course – vers quel horizon ? L'espace, à bord d'un bateau de quarante pieds de long, n'ouvre pas de vastes perspectives à la fuite –, mais j'étais sur mes gardes, je bondis à mon tour, l'enserre à pleins bras et l'immobilise sous mon poids malgré ses ruades désespérées.

Ce n'est pas gagné. Sans un mot, sans un cri, il se débat, serpent insaisissable, dans une telle rage qu'il va échapper à ma poigne pourtant puissante. Une seule parade : l'assommer. Ce que je fais, en mettant toute la sauce, comme disait le Téméraire. Il se fait tout mou dans mes bras, s'abandonne, yeux fermés. Je crains d'être allé un peu au-delà de ce qu'envisageait le grand Charles. Si je l'ai tué, je n'en saurai pas davantage quant aux tenants et aboutissants de ses actes. Je l'allonge au sol, écoute si son cœur a renoncé. Il bat. Bon.

Je trouve ici et là de quoi ficeler ma proie. Les cordes, cordages et cordillons, ce n'est pas ce qui manque à bord d'un rafiot, même si l'on n'a pas le droit d'en prononcer le nom sous peine de grands malheurs.

Maintenant que le voilà immobilisé, il me faut le

faire parler. Je ne puis croire que ce soient là enfantillages de gosse vicieux. L'avarie préméditée du gouvernail, la lacération des voiles, la condamnation de l'équipage à la maladie par destruction des vivres salutaires, tout cela converge vers un but : le sabotage de la mission.

Il tarde à ouvrir les yeux, le petit salopard. Je me dis qu'il y met du sien : il diffère la minute de vérité. Une solide paire de gifles devrait y remédier. J'y vais de tout mon cœur. Sans résultat. Le gosse est coriace. Un seau d'eau devrait faire l'affaire. C'est étonnant comme le contact soudain de l'eau froide sur la figure a raison des comas les plus profonds. Effectivement, ça marche. L'enfant espion sursaute, ouvre grands les yeux et pousse un cri. Qu'il regrette aussitôt, mais le mal est fait.

Il essaie de gigoter, s'aperçoit que c'est inutile, referme les yeux. Pas de ça ! Pas question de s'isoler. La réalité est là, mon petit gars, il faut l'affronter. Je lui tords le nez. Les larmes lui coulent. Et aussi la morve, j'en ai plein les doigts. Je les essuie sur ses tendres joues de pêche, plus vertes que roses à cette heure. Je demande, aussi calmement qu'il est possible à quelqu'un que taraude l'envie de tuer :

– Qui ?

Il se tait. J'avais prévu. Je tire mon couteau, en pose la lame sur son cou. J'explique :

– Non, je ne vais pas t'égorger, ce serait trop doux, trop vite fait. Je veux que tu le sentes passer. Si tu ne veux rien dire, je te fais une petite découpure, pas grand'chose, juste pour que ça saigne bien bien. Et je te fous à l'eau. C'est plein de requins, par ici, tu les as vus, c'est même toi qui me les as fait remarquer. Tu sais comment sont ces petites bêtes. Dès qu'elles sentent l'odeur du sang, même à des lieues de là, elles accourent à toute allure et dévorent joyeusement tout ce qu'il y a à dévorer. Elles arrachent une jambe, un bras... Ça peut durer assez longtemps pour que tu aies le loisir de bien en profiter.

Efficace, l'image du requin. Si je m'étais contenté de le menacer de la noyade ou de la pendaison, il aurait peut-être tenu le coup. Mais l'idée de la curée cannibale, de son tendre corps partant en morceaux, là nous sommes dans l'insoutenable. Je le sens frissonner. Je guette son visage. Il était vert. Le voilà blanc-bleu. Ça signifie qu'il est à point. J'appuie un peu sur la lame. Une petite fontaine rouge jaillit. Je dis, froid comme la glace – enfin, c'est comme ça que je me vois :

– Alors ? Qui ?

La morsure de l'acier a agi. Il me balance en pleine figure un regard brûlant de haine :

– Quoi, qui ?

Oh, oh... Il n'est pas encore tout à fait à point. J'appuie encore un rien plus fort sur la lame, je la fais glisser légèrement de la gauche vers la droite. La petite fontaine maintenant alimente un petit ruisseau écarlate qui court se perdre dans l'échancrure de la chemise. Fort sale, la chemise, remarqué-je en passant. Je prends la peine de préciser, afin qu'on n'aille pas dire que je n'ai pas été suffisamment clair :

– Qui t'a payé, vermine ?

Il a un hoquet. Il va parler, c'est sûr. Il hésite encore. Oui, mais moi, je suis pressé. Une petite pression sur la lame. Cette fois, il sent son sang tiède couler sur sa peau. Il le voit se diluer dans l'eau et s'étaler, nuage odorant, jusqu'aux narines des requins, en admettant que ces monstres aient des narines et que ce soit bien par ces organes qu'ils perçoivent l'intéressante présence d'un chrétien sanguinolent.

Il se résigne :
– Bon. C'est Pinzón.

Je ne m'attendais pas à celle-là. Plutôt secoué, je demande :
– Lequel ? Ils sont trois.
– L'aîné... Mais je suppose qu'ils sont tous de mèche. Attention, je dis : je suppose. J'en sais pas plus, moi.
– Mais pourquoi Pinzón, ou les Pinzón iraient-ils saboter une expédition dans laquelle ils ont placé, me suis-je laissé dire, beaucoup d'argent ? Sans compter la gloire d'être les premiers.
– Justement. Les premiers. Si j'ai bien compris, ils n'aiment pas l'Amiral. Ils le trouvent prétentieux, trop beau parleur, autoritaire et, surtout, mauvais marin. Ils veulent mener l'expédition jusqu'en Chine mais que la gloire leur en revienne, et aussi les montagnes d'or que, paraît-il, il y a là-bas.

Tout ça me donne à penser. Je me dis ce que j'aurais pu me dire plus tôt, à savoir que des histoires genre compas saboté, gouvernail scié, voiles découpées en rubans et vivres compissés se sont produites, autant que je sache, seulement sur la *Santa María*. Je revois la tronche de Pinzón l'aîné toisant l'Amiral quand celui-ci a le dos tourné.

Un soupçon me vient.

– Combien êtes-vous de salopards dans ton genre, à bord ?

Il a un sursaut de, ma foi, de fierté :

– Qu'est-ce que vous croyez ? Je suis tout seul. Ça suffit bien. Et maintenant, señor chef, qu'est-ce que vous faites de moi ?

Au fait... Ma grosse colère est tombée. À vrai dire, je suis assez embarrassé. Si je le livre, avec explications détaillées, à la justice de l'Amiral, le gosse ira gigoter au bout d'une vergue, entre ciel et mer. Entre nous, il l'a bien cherché. Cependant, je ne sais quelle mansuétude me gagne – je ne sais quelle faiblesse, disons le mot. Je n'ai pas envie qu'il meure, voilà. Ça ne s'explique pas... Il sent que j'hésite, la petite crapule. Il lit en moi, c'est sûr. Voilà qu'il parle, et sa voix ne faiblit pas :

– Señor chef, vous n'allez pas me jeter aux requins. Puisque j'ai parlé. Vous avez promis.

J'en conviens :

– J'ai promis. Tu n'iras pas nourrir les requins. Je vais simplement faire mon devoir.

– Votre devoir ?

– Qui est de te livrer à la justice de l'Amiral, devant qui tu répéteras ce que tu m'as avoué.

– Mais il va me faire pendre, l'Amiral !

– Ça...

– Mais je ne veux pas être pendu, moi !

– Il fallait y penser plus tôt.

– Señor chef.

– Je t'écoute.

– Si je vous révèle un secret énorme, un secret terrible, quelque chose qui vous fera plus grand, plus puissant que le señor Amiral lui-même...

— Eh bien ?
— Si je vous fais ce cadeau-là...
— Oui ?
— En échange, vous ne parlez pas de moi à l'Amiral, malgré tous vos efforts vous n'avez pas trouvé le coupable, ou plutôt il n'y a pas de coupable, rien que des malheurs naturels, pour ça vous vous débrouillerez, vous êtes dans les petits papiers de l'Amiral, et vous déficelez Pedrito, et Pedrito ne sera pas becqueté là-haut par les goélands, ce sont de sales bêtes qui commencent par gober les yeux.

Je prends mon air le plus sévère. L'intégrité même.
— Tu te rends compte de ce que tu me proposes ? Il faudrait que ton secret soit en effet un bien considérable secret.
— Il l'est, señor chef ! Et puis d'abord, si vous vous estimez déçu, il sera toujours temps de livrer Pedrito à l'Amiral. Mais je suis bien tranquille...

C'est pourtant vrai. Me voilà tout intrigué. Au fond, ce marché va dans le sens de cette bizarre mansuétude déjà évoquée... Allons, je me laisse faire.

Sans ajouter un mot — les actes parlent d'eux-mêmes —, je défais les innombrables nœuds qui font de Pedrito un saucisson — j'ai été initié, pendant mes trop longs loisirs à bord, à l'art subtil des nœuds marins —, le gosse s'étire, se frotte les endroits sensibles, enfin me regarde, sérieux comme un archevêque portant le saint sacrement. J'attends.

Il se lève, me fait signe de le suivre. Nous parcourons, parmi les sacs ventrus et les tonneaux entassés, un dédale dont il semble connaître à la perfection toutes les subtilités. Et voilà que certains indices me sont familiers. Plus de doute, il me guide sur un parcours que je ne connais que trop bien. Il s'arrête enfin devant une cloison faite de planches de pin.

Il se tourne vers moi, l'index aux lèvres. Il me souffle à l'oreille, d'une voix à peine audible :

— Señor chef, pas un bruit. Vous allez avoir un choc, moi je vous le dis. Alors préparez-vous à ne pas vous exclamer, à ne pas sursauter, à ne pas avoir de geste bruyant.

J'acquiesce d'un hochement de tête. Son secret, je crois l'avoir deviné. Néanmoins, je joue le jeu. Je fais comme si.

Il s'agenouille devant un certain endroit de la paroi, tâtonne du doigt, trouve ce qu'il cherche, c'est un petit tampon de bois qui dépasse, fiché dans un trou de la planche. Il tire à lui ce tampon. Un filiforme rai de lumière file dans l'obscurité, qu'il strie d'un trait décisif. Cela me rappelle des choses. Pedrito colle son œil au minuscule trou ainsi démasqué. La lueur dorée éclaire son visage, un visage en pleine extase.

Je sais trop bien ce qu'il voit. J'enrage, je bous, je l'empoigne et le tire violemment en arrière. Il se méprend :

— Ne soyez pas si pressé, señor chef. Je voulais d'abord être sûr que vous ne seriez pas déçu. Tout est bien. Il y a un autre trou à côté. Tenez, regardez.

Que faire ? Je m'agenouille, je colle mon œil au trou. Je vois.

Je m'attends à trouver Felipa, doña Felipa, ma Felipa, telle que je la trouve toujours, assise à son ouvrage, bien sûr ne m'attendant pas, ce n'est pas mon heure. Je ne l'imagine pas dans une autre attitude. Or je ne vois que blancheur. Blancheur lumineuse d'un corps de femme qui ose s'épanouir, loin de tout regard, dans sa splendeur innocente.

Elle procède à ses ablutions, les pieds dans une cuvette, une éponge à la main, qu'elle presse sur ses seins. L'eau ruisselle en cascade sur son corps merveilleux. Ces gestes qui seraient triviaux chez toute autre, elle en fait des moments de grâce. Fasciné, j'en oublie le sale gosse qui, de son côté, se rince l'œil, comme dit l'infante de Castille.

Or voici qu'ayant lavé le haut, la divine s'accroupit dans l'eau de la bassine où trempent ses pieds adorables, écarte ses cuisses de déesse – Diane chasseresse – et passe consciencieusement l'éponge dans l'intimité de ces replis multiples dont la présence cachée incite les poètes à chanter les purs matins et les élans de l'âme éblouie.

Je note que la toison pubienne de doña Felipa est prodigieusement brune et prodigieusement exubérante. Ce m'est un attrait de plus. J'en imagine la fragrance puissante. Oh, Dieu !

L'impression, dans le coin de mon œil, d'un mouvement saccadé sur ma gauche me fait tourner la tête. C'est Pedrito. Ce cochon-là se branle, ma parole !

Profanation ! Sacrilège des sacrilèges ! Je bondis, le poing dressé, je vais le tuer, l'insecte obscène, le gnome malfaisant... Juste à temps, j'imagine le vacarme des coups, j'entends les glapissements du petit chacal, je vois l'émoi de Felipa. Je retiens mon geste. Lui, l'œil collé à son trou, du coin de la prunelle me voit lui fondre dessus, mais, lancé au grand galop dans sa course à l'extase, il ne peut plus retenir l'ouragan qui l'emporte et soudain explose en un spasme d'une violence qui me replonge dans ma propre douzième année, quand Fanny la vachère se lavait consciencieusement l'intimité à la source du petit bois tandis que, caché derrière un buisson de sureau, je me livrais frénétiquement à des transports fort semblables à ceux que connaît présentement Pedrito. C'était bien un sureau, il était en fleur, j'en hume encore l'entêtant parfum.

Ma main s'abat, non sur la tête du profanateur, mais sur sa bouche d'où va jaillir le râle de la volupté. De l'autre main, je lui enserre le cou, l'étranglant plus qu'à moitié. Je l'entraîne au loin, le jette sur un amas de ballots. Il a l'air offusqué. À peine ai-je ôté ma main, il proteste :

— Vous aviez promis...

Là où nous sommes, nul ne peut entendre. Je lui colle une maîtresse gifle, puis une autre, et je prends de l'élan pour une troisième quand il fait signe que ça va comme ça, il a compris qui est le maître. C'est donc à moi de parler. Ce que je fais :

— C'est ça, ton fameux secret ?

— Et alors ? C'est pas un beau secret, peut-être ?

— Secret de Polichinelle.

— Polichinelle, c'est vous ?

— On dirait.

Son front se plisse. Il réfléchit :

— Alors, la dame, elle est à vous ?

— De quoi je me mêle ? Réponds-moi, plutôt. Il y a longtemps que tu sais cela ?

Il ne dit rien. Une pensée vient de lui venir, qui le fait grimacer. Il énonce, comme une évidence :

— Maintenant, oui, vous allez me jeter aux requins. J'en sais trop long sur vos manigances.

— Reconnais que tu ne me laisses pas le choix. Que ferais-tu, à ma place ?

Il me regarde par en dessous, l'air de tâter le terrain :

— Ben... Je réfléchirais, avant de m'emballer. Je pèserais le pour et le contre.

— C'est que, dans ton cas, je ne vois guère de pour.

— En cherchant bien... Tenez, par exemple, je peux continuer, avec les Pinzón, mais je vous dirai tout, à vous.

— Tu es vraiment une crapule dans l'âme.

— Je serai une crapule à votre service. Ça peut être utile. Tenez, je vais vous révéler quelque chose. Pour rien, comme ça. Vous verrez si ça vaut la peine. Après, vous faites ce que vous voulez. Seulement, avant les requins, étranglez-moi, je ne vous demande rien de plus.

— Je t'écoute.

— Une mutinerie se prépare, une grosse, sur la *Santa María*.

— Facile à dire. Tu as des preuves ?

— C'est moi qui dois ouvrir le cadenas de l'armoire aux arquebuses et faire la distribution. J'ai la clef.

Il plonge sa main dans sa poche.

— La voilà.

— Les hommes sont tranquilles. Ils ne marcheront pas.

— Les hommes en ont assez. Ils veulent rentrer à la

maison. Vous ne voyez rien, vous. Ça chauffe en douce. Il y a des meneurs.

— Les noms.

— Ça, sûrement pas. Je vous ai averti. À vous de jouer.

Je suis d'autant plus enclin à croire le gamin que, loin d'être aussi confiant qu'il le pense, je suis attentif à certains faits récents qui trahissent l'état d'âme de l'équipage. J'empoche la clef, c'est toujours ça de pris sur l'ennemi, quoique, à bord, l'espace exigu réduit une arquebuse à être beaucoup moins efficace qu'un sabre d'abordage, mais j'ai pu remarquer en mes campagnes guerrières que la présence, dans son camp, de quelques armes à feu fait monter l'ardeur du combattant à son plus haut niveau.

Pedrito me tire par la manche. Timidement :

— Ça vaut le coup, ça, non ?

Je tourne les talons sans répondre. Qu'il cuise un peu dans son jus, le petit sagouin, ça ne peut pas lui faire de mal. D'ailleurs, voici l'Amiral qui vient à ma rencontre.

X

En mer, tout projet de mutinerie doit être mûrement pesé et mis au point. Car la mutinerie, crime suprême, est condamnée à réussir. C'est-à-dire à prendre le commandement du bateau. Et, cela va de soi, à jeter à la mer le capitaine et son état-major. En cas d'échec, les mutins se voient punis de la même façon extrême, avec en plus l'agrément, pour le spectateur, d'un grand pavois de pendus se balançant dans les hautes vergues.

Je ne me sens pas l'âme assez sanguinaire pour envisager un tel dénouement, malgré son aspect décoratif. Et puis, une fois l'équipage pendu comme saucisses et jambons dans les haubans, qui manœuvrerait la caravelle ? Je réfléchis à la chose et en viens à la conclusion qu'il vaut mieux, premièrement tenir l'Amiral en dehors de ces menus soucis, et deuxièmement, puisque la longueur du voyage et l'absence de tout espoir de terre en vue sont à l'origine de l'état déplorable de découragement et de terreur des marins, faire en sorte qu'ils reprennent courage, fût-ce pour un temps, le temps, espérons-le, d'aborder enfin à la côte de cette Chine qui semble fuir devant nous.

Peut-être me laisserais-je gagner moi aussi par les

pensées saumâtres si l'Amiral en personne ne m'affirmait jour après jour que le terme du voyage est imminent, s'il ne me collait sous le nez cette mirifique boule sur laquelle un savant très calé a dessiné fort joliment et gravé dans le métal la configuration des mers et des continents. Or, il faut bien le reconnaître, il n'y a pas plus loin du lieu où nous sommes présentement à la Chine, ou plutôt au Japon, puisqu'il se trouve juste avant, que la largeur de mon petit doigt, ce qui fait tout de même, il est vrai, quelques centaines de lieues marines.

Je sais ce que je vais faire. Pour cela, il me faut tout d'abord m'assurer une certaine collaboration.

Il est l'heure de ma visite à doña Felipa. Je constate de jour en jour que son sourire se fait à mon égard plus confiant, plus – comment dire ? – plus fraternel. J'accède au rang d'ami fidèle. Je devrais y prendre plaisir si je ne savais, d'expérience, que, de tous les chemins qu'un homme peut emprunter pour amener une femme à partager cette violente amour du cœur et des sens qui enflamme son âme, l'amitié est le pire, celui qui se perd irrémédiablement dans les marécages de l'innocente indifférence. Sois ami, tu ne seras jamais amant. Pis : tu seras le confident d'amours qui te déchireront les entrailles.

J'ai donc droit à l'accueil souriant, à l'abandon plein de confiance, et même – surprise ! – à un baiser sur la joue qui marque bien les limites dont il me faudra me contenter. Je coupe court aux propos badins et je mets au courant, à mots prudents, doña Felipa du danger qui menace. Je m'abstiens toutefois, va savoir pourquoi, de mentionner le rôle des Pinzón dans l'affaire. Elle m'écoute sans émoi apparent et conclut :

– Cela devait arriver. L'étonnant est que cela ait tant tardé.

Je vais droit au but :

– Ne pensez-vous pas qu'il serait temps de lâcher le pigeon ?

Elle sourit :

– J'y songeais.

– Eh bien, le moment n'est-il pas venu ?

– Il est nécessaire que le vent se maintienne sans violence. Une colombe n'est pas une mouette. L'ouragan lui casserait les ailes, même un vent un peu vif risquerait de la désorienter et de l'empêcher de retrouver le bateau, ce qui serait dommage, puisque c'est là le but de l'opération.

– L'Amiral se dit assuré que l'actuelle petite brise se maintiendra.

– En ce cas... Je lâcherai mon pigeon blanc cette nuit même.

Dès le matin suivant, je suis sur le pont, guettant sans en avoir l'air les vergues, les haubans et tout ce grouillement de ficelles qu'il y a en haut des mâts. Pas plus de pigeon que sur la tiare du pape. Fatigué de regarder en l'air, je décide de mettre dans le coup cette crapule de Pedrito. Après tout, au point où l'on en est, autant s'en faire un allié, et même un complice. Je ne lui parle pas du rôle de doña Felipa, bien entendu.

Le truc du pigeon et de la pigeonne l'amuse beaucoup. De toute façon, un rien le fait rire depuis qu'il a, d'extrême justesse, sauvé sa peau. Le soulagement, je pense. Pedrito prend donc le relais, tout en vaquant à d'indolentes occupations.

L'équipage a l'œil fuyant. Je sens les regards s'attarder sur mes épaules. Les rapports humains se font pesants. L'Amiral, sur sa dunette, ne remarque rien. Il serait temps que le pigeon fasse son entrée en scène.

Un peu plus tard dans la journée. Toujours rien. Je vais relayer Pedrito, comme si ça servait à quelque chose. Quand le pigeon se posera – s'il se pose ! –, le hurlement de joie des hommes me le dira assez.

Un gabier, un gars d'Andalousie au teint de pain d'épices, sûrement un de ces demi-Mauresques, soldats de l'émir vaincu échappés de justesse au carnage d'après la défaite, un sournois rase-muraille, me regarde, sans lever les yeux, m'approcher et vide sa gamelle sur mes pieds en grommelant :

– Du poisson, toujours du poisson, et pas du bon. À la table des huiles, on mange des poulets de grain.

Je me fige. Ce pourrait être un signal convenu. Le signal du massacre. Mais non, juste le geste du gars qui n'en peut plus, qui se fout des conséquences. N'empêche, je ne peux pas laisser passer ça. Je ne fais pas partie des officiers du bateau, ce n'est pas à moi de punir. Je me contente donc d'attraper le bonhomme à la nuque, je l'aplatis au sol et lui fais lécher mes chaussures, et tant pis pour lui s'il n'aime pas le poisson.

Les trois ou quatre matelots qui traînent par là ne disent rien, mais leurs yeux parlent. Il serait vraiment temps que ce bordel de Dieu de pigeon rapplique !

Je questionne Felipa :

— Votre idée était excellente, señora, mais, à mon avis, il s'est passé quelque chose qui ne figurait pas au programme. Peut-être l'amour conjugal de votre pigeon n'était-il pas à la hauteur de nos espoirs ? Peut-être, pris de nostalgie, a-t-il fui à tire-d'aile vers sa terre natale ? Les Anciens, à ce que je me suis laissé dire, n'utilisaient-ils pas à des fins militaires cette intéressante aptitude qu'ont les volatiles de son espèce pour retrouver infailliblement le chemin de leur pigeonnier, se trouvassent-ils transportés à l'autre bout du monde ?

Elle hausse sa blanche épaule, me toise du haut de ses beaux yeux (je suis accroupi sur le tabouret) :

— Vous accablez à loisir ce pauvre pigeon et lui attribuez sans preuve les pires sentiments. Vous n'envisagez même pas cette possibilité, hélas beaucoup plus probable, qu'un oiseau de proie l'ait capturé, puis dévoré !

Ce disant, elle verse un pleur, une larme coule le long de sa joue, larme que je cueillerais volontiers du bout de ma langue, mais bon...

Je lui fais remarquer :

— Ah, señora ! Si cela pouvait être ! Cela signifierait que la terre est proche, car les oiseaux de proie eux-mêmes ne s'aventurent guère loin de la côte.

Elle hausse les épaules encore plus haut, réprime un sanglot :

— Et mon chagrin ? Il compte pour rien, mon chagrin ? Cet oiseau, je l'aime. C'est mon pigeon blanc, ma douce colombe, le compagnon de ma solitude, le confident de mes peines... Et sa compagne, qui l'attend dans sa cage et ne comprend pas ? L'entendez-vous s'agiter et faire vacarme ?

En effet, derrière la lourde tenture s'entendent de furieux battements d'ailes, des chocs contre les barreaux et des roucoulades qui n'ont rien d'amoureux. C'est à ce moment que des coups véhéments ébranlent la porte. Je cherche des yeux où me cacher. Bien que ce ne soit pas son heure, ce ne peut être que l'Amiral, lui seul connaît... Eh, non, imbécile que je suis ! Pedrito est au courant ! Felipa, un doigt sur les lèvres – comme s'il était besoin de me commander le silence ! –, soulève la tenture aux pigeons. Je me glisse derrière, déclenchant une terrible panique dans la cage. J'entends Felipa ouvrir la porte. Un cri étouffé lui échappe. Ce n'est donc pas l'Amiral qui vient d'apparaître à ses yeux. Si ce n'est lui, c'est donc l'autre : Pedrito. Aïe !

Je peux me montrer. Il est même urgent que je me montre. Je m'extirpe de ma cachette. C'est bien le satané mousse qui se tient debout dans l'embrasure. Felipa, blême, me jette un regard accusateur. Je m'empresse :

– Ce n'est pas moi, señora, je n'ai pas parlé. Il savait déjà, avant... Mais ne craignez rien. C'est un ami...

Là, emporté par mon désir de convaincre, je me suis avancé un peu trop. Je corrige :

– Euh... Un allié.

Elle dit seulement :

– Je suis perdue.

Pedrito comprend qu'il doit y mettre un peu du sien. Il se laisse tomber à genoux aux pieds de Felipa, frappe le sol de son front et, saisissant le bas de sa robe, qu'il baise éperdument, réussit ce tour de force de mêler en un baiser dérobé un infini respect et une passion qui ne l'est pas moins. On s'y croirait, ma parole !

Comme Felipa lui arrache l'étoffe des mains, il s'écrie :

– Señora, acceptez-moi ! Je veux mourir pour vous !

Mais c'est à moi qu'elle en veut. Ses yeux lancent, comme il est dit dans les romans, des éclairs. Sa voix grince :

– Vous aviez ma confiance.

Décidément, elle est empêchée des comprenoires. J'articule, posément, avec l'impression de perdre mon temps :

– J'ai eu l'honneur de vous dire, señora, et je vous le redis, que cet enfant a tout deviné, par lui-même, depuis le début. Je n'y suis pour rien...

Pedrito, qui s'est relevé, trépigne. Notre débat ne l'intéresse en rien. Il a visiblement quelque chose à nous apprendre, quelque chose d'urgent. Ce qui me fait revenir au sentiment du réel. Et si c'était... ?

– Parle, Pedrito.

– Je n'ai pas besoin de votre permission. J'ai seulement besoin que vous vous taisiez, vous.

Puis il se campe, bras croisés, sans lâcher un mot, pour se calmer, sans doute, et reprendre souffle. Pour me faire languir, aussi. Petite vengeance. Je n'y tiens plus :

– C'est le pigeon, Pedrito ?

Il ricane :

— Vous voudriez bien, hein ?

Il marque encore un temps.

— Eh bien, oui. C'est le pigeon.

— Il est revenu ?

— Il est là.

C'est plus fort que moi, je prends doña Felipa à pleins bras, je chante :

— Il est là ! Señora, votre pigeon blanc s'est posé en haut du mât ! Vous avez réussi !

Elle me rabat les bras de deux très secs coups d'éventail. Ses yeux, sa moue ne sont plus que fureur et mépris :

— Ainsi, même en cela, vous m'avez trahie ! Ce secret, « notre » secret, comme vous disiez, vous l'avez confié à ce...

Elle ne trouve pas de mot. Pedrito me tire par le bras.

— Venez ! Ils sont tous sur le pont. C'est la fête.

Nous courons, nous grimpons. Comme je vais déboucher sur le pont par une écoutille, Pedrito, qui me talonne, m'attrape par un pied, hurlant :

— Mais, putain de la mère de Dieu, écoutez-moi donc !

Je m'arrête.

— Quoi encore ?

— Votre oiseau, là, votre pigeon, il est blanc, c'est bien ce que vous m'avez dit ?

— Oui. Blanc. Pourquoi ?

— Blanc, tout blanc, vous êtes sûr ?

— Eh oui, j'en suis sûr. Tout blanc. Je l'ai eu entre les mains.

– Moi je vous crois. Mais vous allez avoir une surprise.

Il me lâche le pied. J'achève mon ascension, me voilà sur le pont. Tout l'équipage est là, hilare, qui fixe un point précis dans la voilure. J'y porte à mon tour mes regards. Je le vois. Il est là, posé sur une basse vergue, tranquille comme tout.

Mais il n'est plus blanc. On dirait qu'on l'a peint. Qu'un peintre fou l'a peint. Il n'a pas changé de taille, ni de grosseur, juste de couleur. Mais alors, là... Le dessus de la tête et les joues sont bleus, d'un bleu à faire hurler. Le dos est d'un rouge flamboyant, les ailes et la queue jaune citron avec des bandes vert tendre.

Pedrito guette ma réaction. Il me crache, du coin de la bouche :

– Blanc, eh ? Tout blanc, tout blanc !

Que répondre ? Ce n'est pas le moment d'afficher une gueule de carême. Je m'efforce d'accorder mon visage à la joie générale. Les hommes lancent leur bonnet en l'air, rient comme des enfants, s'envoient de grandes tapes dans le dos. « La terre n'est pas loin ! » crient-ils à tout-va. Beaucoup ont grimpé dans la mâture et, accroupis sur les vergues comme des singes, la main en visière au ras du front, ils scrutent l'horizon. Moi qui sais, moi qui ai participé à la mascarade du pigeon, j'ai le cœur serré en pensant à leur future déception. Par-dessus tout, je voudrais connaître la clef du mystère. Je ne suis pas loin de croire à quelque magie.

Mais voici l'Amiral. Il s'avance avec majesté. Averti qu'un oiseau extraordinaire a pris place à son bord, il vient se rendre compte par lui-même, ainsi qu'il sied au chef responsable. Les marins s'écartent, forment un cercle déférent. L'Amiral se plante, jambes écartées, devant l'oiseau. Je ne sais s'il est au courant du stratagème imaginé par doña Felipa. Il n'en a pas l'air. Il considère gravement le pigeon – mais est-ce bien un pigeon ? Il lui parle, familièrement, comme on parle aux oiseaux de compagnie :

– Bonjour, mon ami. Eh bien, dis-moi : est-ce que la terre est proche ?

L'oiseau le regarde de côté, comme font les poules par chez nous, et répond aimablement :

– Terrre est prroche !

L'oiseau répond !

Les matelots s'entre-regardent, bouche bée. Je ne suis pas rassuré. Décidément, il y a de la magie, là-dessous. L'Amiral reprend contenance, il y va de son prestige. Sur le ton badin, il demande :

– Tu parles, bel oiseau ?

La volaille, puisqu'on lui fait les honneurs de la conversation, s'y prête bien volontiers :

– Terrre est prroche !

L'équipage applaudit. L'Amiral se tourne vers l'honorable assistance :

– Mes amis, nous avons là affaire à un oiseau de la Chine, à n'en point douter. Je ne savais pas qu'en Chine les oiseaux parlent, mon illustre compatriote Marco Polo ne le mentionne pas dans le récit de ses voyages, ou peut-être aurai-je sauté la page, en tout cas j'en prends note. Ceci figurera dans le livre de bord. Et puisque cet oiseau nous apporte oralement confirmation de ce que sa présence laissait entrevoir, à savoir que la côte de Chine est là, à portée de la main, faisons-lui une vibrante ovation.

L'ovation monte, éclatante. L'Amiral, sa toque à la main, s'incline avec cérémonie – peut-être aussi avec un rien d'ironie –, approchant ainsi son visage à portée de bec de l'oiseau – je n'ose plus dire « du pigeon » –, lequel oiseau, d'un vif mouvement de la tête, plonge vers le nez riche en couleur de l'Amiral, qu'il happe. C'est alors que je remarque le bec. Ce n'est plus du tout le bec mignon d'une blanche colombe, mais un appendice énorme, noir, recourbé, fait en pince de homard, et tranchant, si j'en crois la stridence du cri de l'Amiral, qui accomplit un prodigieux saut en arrière, porte la main à son nez et l'en ramène ensanglantée.

L'Amiral, stimulé par la douleur, prend son élan pour donner le départ à une série de jurons à l'italienne, c'est-à-dire immondes, somptueux et ornementés sans craindre l'excès.

– Cazzo di uccellaccio di merda...

Et puis, le sentiment de sa dignité reprenant le dessus, il s'arrête net, hausse les épaules, tourne le dos à l'oiseau – lequel se lisse les plumes en répétant, de cette drôle de voix qu'il a : « Terrre est prroche ! » –, et, se tenant le nez, profère ces paroles mémorables :

– Mes amis, de la part de Sa Glorieuse Majesté la reine, notre bien-aimée Isabelle – il se découvre –, j'offre dix mille maravédis de Castille au premier d'entre vous qui criera : « Terre ! » À condition qu'il ne s'agisse pas d'un mirage, bien sûr. Et, tenez, de ma part à moi, je lui offre en sus mon pourpoint de soie brodé d'or, que je ne lui remettrai toutefois qu'après que je l'aurai vêtu pour faire honneur au souverain de la Chine lors de notre entrée solennelle dans sa ville capitale.

Je rends compte à Felipa de la stupéfiante transformation de son pigeon. Elle me laisse dire, impossible, très Castillane offensée. Elle ne me pardonne décidément pas ma « trahison ». Quand j'ai fini, elle dit seulement :

— C'est bien simple, ce n'est pas lui.
— Pas lui ?
— Pas mon pigeon. Une sale bête de par ici.
— Mais alors – vous rendez-vous compte de ce que cela veut dire ? –, nous sommes effectivement près d'une terre ? Ce que nous croyions être une ruse n'en était pas une ?
— C'en était une, mais inutile. La réalité nous a rattrapés.

Elle m'agace. Je veux faire craquer cette orgueilleuse. Je demande :

— Saviez-vous qu'en Chine les oiseaux parlent ?
— Cela ne m'étonne en rien. Pourquoi ne parleraient-ils pas ? À quoi bon être de Chine si c'est pour ressembler à n'importe qui de par chez nous ?
— Mais ils parlent en espagnol de Castille bel et bon !
— Peut-être les oiseaux d'Espagne parlent-ils chinois, mais nous ne les comprenons pas.

Qu'objecter à cela ? Ceci, qui me permet d'avoir le dernier mot :

— Eh bien, señora, puisque nous voilà près du but,

nous saurons bientôt si le parler des Chinois ressemble au sifflet des merles de Castille.

Un peu plus tard, quand j'estime que les hostilités ont assez duré, je lui fais part d'une inquiétude qui, depuis quelque temps, me taraude l'esprit, et davantage encore depuis que le débarquement semble proche.

– Señora, vous n'allez certainement pas vous confiner dans cette chambre quand nous aurons touché la Chine, qui est le terme du voyage. Vous ne pouvez pas non plus apparaître soudain et révéler par là que vous vous trouviez pendant tout ce temps à bord. Y avez-vous songé ?

Elle y a songé, et comment ! Ses yeux brillent, elle se prépare à me faire toucher du doigt combien elle est maligne, elle en oublie sa morgue vengeresse.

– Señor cavalier – tiens, je ne suis plus Konogan ! –, vous avez la force et le courage. Nous autres femmes, nous avons la finesse.

Bon début. Merci pour les hommes. Elle poursuit :

– Vous vivez ici, sur la *Santa María*. Vous connaissez tout ce qui vit à bord de la *Santa María*. Mais que savez-vous de ceux qui vivent à bord de la *Niña* ? De la *Pinta* ? Vous ne les avez jamais vus, mis à part les señores Pinzón et quelques membres de leur état-major lorsqu'ils viennent en chaloupe prendre les ordres de l'Amiral sur la *Santa María*. De leur côté, les gens de la *Niña* ne connaissent que les gens de la *Niña*. Ils ne savent rien de ceux de la *Santa María*, pas plus que de ceux de la *Pinta*. J'en dirais tout autant des gens de la *Pinta*. Donc, si vous m'avez bien suivie, chacun ne connaît que ceux de son propre bord. Quand nous aurons débarqué et ne formerons qu'une seule troupe, chacun pourra supposer que tel visage de lui inconnu fait partie de l'équipage d'une des deux autres caravelles.

Puissamment raisonné. Je dois m'incliner. J'y vois cependant une faille. Je fais remarquer :

– Señora, il est une catégorie d'humains qui ne figure dans l'inventaire d'aucun des trois équipages, catégorie dont la singularité d'aspect éclate aux yeux les plus distraits, surtout si ces yeux sont ceux de matelots pleins de santé privés de certaines joies dont le besoin cuisant aiguise le regard. Je veux parler des personnes du sexe charmant, dont vous présentez glorieusement les plus adorables aspects, señora.

J'appuie cette galanterie, un peu grosse, j'en conviens, d'une profonde révérence. À vrai dire, je me doute un peu de ce que sera la réponse, mais ça lui fait tellement plaisir d'étaler son astuce...

Je ne suis pas déçu :

– Señor Konogan – Tiens, ça va mieux ! –, j'ai prévu cela. Je vais me faire homme. Et même homme de mer. Vous allez m'aider. Tournez-vous.

Tout en parlant, elle commence à se défaire de ce vêtement que les femmes portent sur les épaules et qui descend jusqu'à la taille, s'échancrant bellement à la poitrine pour encadrer les seins et, sous prétexte de les cacher, les met si coquinement en valeur. Je me tourne donc, à regret, l'on peut m'en croire, avant que les tentateurs n'apparaissent à l'air libre, et bien fais-je, car je les retrouve, dans leur splendeur, dans le miroir qui maintenant me fait face et dont doña Felipa a oublié la présence au mur... Oublié ?

Je la vois qui cueille sur un coffre quelque chose qu'elle déroule, une bande d'étoffe qui me paraît avoir été taillée dans un drap de lit. Elle s'en ceint la poitrine, passant sous les bras, et m'enjoint :

– Venez ici. Empoignez les deux bouts de l'étoffe et tirez de toutes vos forces. Faites deux fois le tour puis serrez bien à fond à l'aide des lacets.

J'y mets toute ma vigueur, que j'emploierais plus volontiers d'autre façon, troublé à en perdre la tête par la sauvage et douce senteur qui s'élève de cette nuque, de ce corps de femme – de femme brune avec excès ! –, et mêle je ne sais quoi de maternel au désir.

J'ai bien du mal à ne pas céder à l'envie de poser mes lèvres sur cette épaule... Et puis, tiens – comment cela s'est-il fait ? –, je les pose. Ah, cette épaule ! Je n'ai hélas guère le temps d'en savourer l'enivrante douceur, une tape fort sèche m'arrive sur le nez, tandis que tombe un « Señor Konogan ! » à vous faire rentrer sous terre. Bon, bon... On s'abstiendra. Je devrais me taire. Je parle. Non sans amertume :

– Allons, señora ! Ceci n'était même pas un baiser. À peine un effleurement.

Elle a, des deux mains, un ample geste qui enveloppe son corps :

– Ceci, señor cavalier, appartient tout entier au señor Amiral. Nul ne l'« effleure » que lui.

J'ironise :

– Le señor Amiral a d'autres attirances, plus en rapport avec son âge. Il ne l'effleure pas souvent, à mon avis.

— Il fait à sa guise. Lui seul en décide. Chacun jouit comme il l'entend du bien qui lui appartient.

Et toc ! Attrape. Tout en parlant, elle a enfoncé sa jupe dans un de ces vastes pantalons de marin taillés dans de la toile à voile, suffisamment râpé et crasseux pour faire vraisemblable. Ses jambes sublimes en émergent à mi-mollet, lumineusement blanches, trahissant sans recours la femme, la jolie femme. Je dis :

— Vous n'avez pas de poils – je me retiens d'ajouter « aux pattes » –, c'est dommage. À défaut, il importe de me salir tout ça, et aussi le visage.

— N'ayez crainte, ça ne m'a pas échappé.

Ayant dit, elle se frotte les joues d'un chiffon à poussière qui a beaucoup servi, puis passe aux jambes. J'examine l'ensemble. Quelque chose ne va pas. Les cheveux, pardi ! De l'index, je désigne la masse somptueuse :

— Il faut couper cela.

J'ajoute, dans un soupir :

— Hélas !

En guise de réponse, elle me tend un de ces outils que les bergers nomment des « forces » et qui servent à tondre les moutons. Elle avait donc prévu qu'elle aurait à le faire. J'ai un mouvement de recul. Détruire tant de beauté... Elle s'impatiente :

— Serez-vous donc aussi capon que l'Amiral, qui n'a pas osé ?

— Ah ? Parce que vous avez demandé à l'Amiral ?

— À qui d'autre aurais-je pu ?

— C'est vrai. Et lui non plus n'a pas pu se résoudre à saccager cette splendeur ?

— Vous n'y êtes pas. Dans sa bigoterie, il tient pour

sacrilège et blasphématoire aux yeux de Dieu qu'une femme s'habille en homme. Il ne veut en aucun cas y prêter la main.

– Mais il n'en refuse pas le bénéfice.

– L'Amiral sait fort bien accommoder les exigences de la foi et les nécessités de la vie pratique.

– C'est pourquoi il n'y a pas de confesseur à bord.

– Je vous laisse l'initiative de la conclusion.

Elle me tend l'outil barbare.

– En attendant, je vous en prie. Et taillez largement.

Je taille donc en vrai sauvage, non sans maint soupir.

Une mer de boucles sombres jonche bientôt le plancher. Je ne laisse en place qu'une courte tignasse hérissée, impossible à peigner. Je n'ose lui présenter le miroir. Elle me l'ôte des mains, considère longuement le massacre, esquisse une moue approbatrice, formule son jugement :

– Un travail de cochon. C'est juste ce qu'il faut.

Elle s'empare d'un de ces bonnets de laine qu'affectionnent les gens de mer, se l'enfonce sur la tête, esquisse, du bout des doigts, un geste instinctif pour l'arranger un peu coquettement, se reprend, l'enfonce jusqu'aux oreilles, tout en se morigénant :

– Foin de la féminité, ma fille ! Tu es un homme, un homme rude.

Je crois devoir rectifier :

– Un tout jeune homme, señora. Presque un mousse. Et un mousse fort séduisant, ne vous déplaise.

– Arrêtez ! Finies, les fadaises ! Je suis un de vos semblables, traitez-moi comme vous traiteriez l'un d'eux, vertement, et même grossièrement. Ne craignez pas les mots crus, ni les saletés. Je vous répondrai de même. Je vous surprendrai.

Elle me surprend déjà. J'objecte :

– Et la voix ?

– Puta de la Vierge del Pilar, que les morpions lui bouffent le cul, que l'Enfant Jésus lui chie dans la bouche, à la salope !

Je sursaute, me retourne. Personne. C'est bien elle qui a lâché ce monceau d'ordures, cette enfilade de jurons de vieille pute avinée ! Cette voix de rogomme, c'est ma foi la sienne !

Elle a le sourire d'une fillette qui vient de faire une bonne blague.

– Ça ira comme ça ?

– Eh bien... Si vous n'abusez pas. Si, par exemple, vous pouvez, entre deux jurons, glisser une phrase utile...

Elle rit.

– J'y tâcherai. En tout cas, à partir de cet instant, je m'exprimerai de cette façon. Vous entendez ma voix naturelle pour la dernière fois.

Je m'effare :

– Je n'entendrai plus la divine musique de cette voix que vous envient les anges ? C'est trop cruel ! Encore une fois ! Une toute petite fois !

C'est un voyou écumeur de grèves qui me répond :

– Rien du tout ! Felipa n'existe plus. Felipa n'a jamais existé. Cause à Felipa, connard, ou cause à mon cul. Ou va te faire enfiler chez les Grecs[1].

Je suis épouvanté :

---

1. Ceci nous prouve que les Grecs avaient déjà cette réputation qui devait traverser les siècles.

– Bon, bon, n'en jetez plus ! Je suis convaincu. Où avez-vous appris tout ça ?

La voix crapuleuse gouaille :

– Qu'est-ce que tu te figures, patate ? On ne navigue pas sans fréquenter les gens de mer, et les gens de mer ne sont pas des infantes de Castille. Autre chose : je te serai obligée, à partir de maintenant, de me dire « tu », pour la vraisemblance. Et prends bien garde à ne pas m'accorder au féminin. Allez, du vent !

XI

Il n'y a pas eu métamorphose. Les approches de la terre de Chine n'ont pas transformé le pigeon blanc de Felipa en volatile de Mardi gras, de surcroît doué de la parole. Felipa elle-même m'apprit – de sa nouvelle voix de crieur de hareng – que le pigeon blanc était revenu, mais discrètement, comme s'il avait su que, son rôle de leurre lui ayant été ravi par un étranger sans scrupules, il n'avait plus qu'à rentrer au bercail retrouver sa pigeonne enamourée. Et donc il s'était, tout péteux, présenté à la fenêtre de doña Felipa – ou bien dois-je dire de ce garnement de Felipe ? –, et avait frappé du bec pour qu'on lui ouvrît. Felipa-Felipe, tout à la joie des retrouvailles, eut bien du mal à maintenir sa voix dans les tonalités viriles pour me l'annoncer.

Pendant ce temps, l'oiseau mystérieux porteur d'espérance mène une vie de pacha. Les matelots le gavent de biscuit de mer émietté, c'est tout ce qu'ils ont à offrir. Une fois par jour, l'Amiral descend voir la merveille, lui présentant avec prudence – son nez est enflé, violacé et tout vilain – des grains de raisins secs de Málaga pris sur sa part de dessert.

La terre annoncée tarde à paraître. Les équipages des trois vaisseaux sont massés dans la mâture, accroupis comme des volées de singes, scrutant, mains en visière, tous les secteurs de l'horizon. C'est à regret que, la nuit venue, les fouilleurs d'infini abandonnent leur perchoir pour s'affaler ici et là dans un sommeil halluciné.

Et c'est la nuit, bien sûr, que se produit l'événement.

Deux heures du matin. Le cri éclate soudain dans le grand silence. « Terre ! Terre ! » Qui l'a poussé ? Un marin de la *Pinta*. La *Pinta* qui file, faisant cavalier seul, assez loin en avant des deux autres caravelles. Pinzón l'aîné, patron de la *Pinta*, fait tirer un coup de canon. Les trois navires se rejoignent et s'immobilisent. Le matelot de la *Pinta* tend le bras : « Là ! Là ! Une terre ! »

Tous tendent le cou, écarquillent les yeux. L'Amiral plus que quiconque, vexé que ce ne soit pas sa *Santa María* qui ait l'honneur de la découverte. Il dit, pas convaincu :

– Où ça ? Je ne vois rien, moi.

La nuit est claire, la lune se met de la partie. Il faut bien en convenir, une ligne plus sombre s'étire sur l'horizon. L'Amiral ne peut nier l'évidence. Alors, il crie, plus fort que quiconque :

– Là ! Terre ! Terre ! Je la vois !

Tous hurlent, les bonnets volent, c'est du délire. L'Amiral continue à crier sa joie, en termes qui, subtilement, évoluent :

– Terre ! Je l'ai vue ! Je l'ai vue !

Puis :

– Terre ! C'est moi qui l'ai vue ! C'est moi !

À son côté, appuyé à la rambarde, j'assiste, intéressé, à l'évolution. L'Amiral maintenant trépigne, frappe du poing, crie tout son saoul « C'est moi ! », inconscient du cercle muet de stupéfaction qui s'est assemblé autour de lui.

Profitant de ce qu'il reprend haleine, Pinzón l'aîné, qui a quitté son bord pour la *Santa María*, s'avance, s'incline et dit, respectueusement mais fermement :

– Señor Amiral, je suis navré, mais je dois vous contredire. C'est un matelot de mon bord qui a crié le premier « Terre ! » et a réveillé tout le monde. À la suite de quoi, j'ai fait tirer le canon pour confirmer.

L'Amiral ne se démonte pas pour si peu :

– Pressentir n'est pas voir, ce qui s'appelle voir, señor Pinzón. Votre matelot a eu le pressentiment d'une terre, je veux bien le croire. Or tout pressentiment vient de Dieu. Dieu a choisi ce brave garçon pour nous donner l'éveil et nous commander la vigilance. En fait, Dieu nous disait, par sa voix : « Ouvrez l'œil, c'est pour bientôt ! » Votre coup de canon fut une excellente initiative, qui nous mit tous en alerte et prêts pour la découverte. C'est alors qu'il m'a été donné, par l'action de la divine Providence, laquelle ne saurait faire fi de la hiérarchie entre les humains puisqu'elle l'a elle-même établie en ce monde, de voir de mes yeux mortels la terre de Chine tant espérée.

Pinzón l'aîné n'en revient pas. Il fait un pas en avant, la main sur la poignée de l'épée.

– Señor Amiral, ce que vous venez de dire revient à me traiter de menteur. Vous m'en devez raison.

– Tû, tût ! Je ne vous dois rien du tout, señor capitaine. Pas plus que je ne dois rien à quiconque d'entre vous, car – permettez-moi de vous le rappeler – je suis le seul maître de cette flotte, après Dieu (il ôte son bonnet, se signe). Un mot de plus, je vous fais mettre aux fers, comme traître, félon et fomentateur de mutinerie.

Voilà qui donne à penser. L'Amiral serait-il moins aveugle qu'on ne l'aurait cru concernant les menées sournoises des Pinzón ? En tout cas, Pinzón l'aîné ronge sa moustache et se le tient pour dit. C'est alors qu'une voix s'élève, semblant monter depuis le plancher.

Elle dit, cette voix :

– Señor Amiral, les dix mille maravédis et le pourpoint brodé d'or, qui les touchera ?

L'Amiral abaisse son regard vers l'origine de cette voix. Il aperçoit le minuscule Pedrito, assis en tailleur, l'air parfaitement innocent du gars qui cherche à se renseigner. Un murmure parcourt l'équipage, soulignant le bien-fondé de la question et l'intérêt que tous prennent à la réponse.

Cette fois encore, le vieux renard n'est pas pris de court :

– Votre Amiral n'a qu'une parole. Je récompenserai, comme promis, celui qui l'a mérité. Son nom sera glorieusement inscrit sur le livre de bord. Et maintenant, séparez-vous. Chacun à son poste ! Il est temps de procéder aux manœuvres d'approche.

Mon encombrante personne de terrien ne pourrait que gêner les marins qui s'affairent, stimulés par les coups de gueule, rythmés par les coups de sifflet. Je me réfugie sur le château de proue afin de voir bien à mon aise grandir et prendre forme cette terre de Chine où les oiseaux sont vêtus en carnaval et tiennent des discours prophétiques, choses qui font bien augurer du reste. Que de merveilles nous attendent !

Une voix râpeuse murmure à mon oreille – pour autant qu'il soit possible à une voix de murmurer lorsqu'elle charrie des graviers :

– Inscrit « glorieusement » sur le livre de bord ! Compte là-dessus ! Et pour les dix mille maravédis, je veux bien parier ma paye qu'ils resteront au chaud là où ils sont !

Elle en fait un peu trop, dans le genre rocailleux. Je le lui dis. Elle me répond qu'elle s'exerce et que, à l'écoute des marins, elle sera bientôt au point. Je lui fais remarquer en outre que nous sommes toujours sur la *Santa María* où tout le monde connaît tout le monde et que sa flânerie ne passera pas inaperçue parmi cette joyeuse activité. Elle me répond qu'elle a juste voulu jeter un coup d'œil à cette côte mirifique et qu'elle retourne se cloîtrer dans sa cachette jusqu'à l'heure du débarquement. Je la retiens :

– Un instant. Vous semblez être certaine que l'Amiral ne tiendra pas sa promesse.

Elle s'essaie à ricaner. Ce n'est pas au point. J'entends :

– Plus que certaine. C'est un avare, d'une part. Un vaniteux, d'autre part. Il faut qu'à la connaissance de Leurs Majestés ce soient ses yeux et nuls autres qui aient les premiers aperçu la terre de Chine.

– Et vous aimez un tel homme ?

– Une mère aime-t-elle moins son enfant parce qu'il chipe des confitures ? On n'aime pas à condition.

On prend tout le lot, tel qu'il est. On ne choisit pas, vous savez.

Si je le sais... !

C'est encore la nuit et soudain le soleil bondit au-dessus de l'horizon et illumine la mer. La silhouette de la terre se précise. Mes yeux fouillent la côte, avides de contempler ces palais rutilants, couverts de tuiles d'onyx ou de jade, ces immenses nefs aux formes bizarres, ornées de dragons aux laques flamboyantes, enfin toutes ces merveilles que nous décrit longuement l'illustre Marco Polo dans ce livre que Felipa me donna à déchiffrer. Je ne distingue qu'une grève qui semble déserte, précédant un arrière-plan de verdure compacte d'où émergent les cimes en touffes d'arbres qui évoquent les palmiers des pays d'Afrique. Pas une habitation, pas même une cabane de pêcheur. De palais encore moins.

Ça ne fait rien, c'est une terre. La terre ! Depuis si longtemps, on n'y croyait plus. L'Amiral avait raison, envers et contre tous ! En poussant à l'occident, on rejoint l'Orient par-derrière, le doute n'est plus permis. À nous deux, la Chine !

L'Amiral n'a certes pas le triomphe modeste. Il a vêtu sa tenue de Grand Amiral de la Mer Océane – c'est son titre – et il parade, entouré des commandants et officiers des autres nefs, qui ont délaissé leurs bords pour venir sur la *Santa María*, à elle l'honneur, elle abordera la terre nouvelle en tête d'escadre, c'est la moindre des choses.

Le débarquement sera solennel, ainsi en a décidé

l'Amiral. Les trois caravelles s'ancrent à distance prudente de la grève. On ne connaît pas les fonds, ni jusqu'où la marée se retire. Il ne faut pas risquer l'échouage.

Dans la splendeur de midi, toutes les chaloupes sont mises à l'eau. Les marins ont fait toilette. La flottille a fière allure. En tête vient la chaloupe amirale, Colomb debout à la proue, serrant en son poing la hampe de la bannière de Castille. En plus des rameurs, qui souquent de bon cœur sur les avirons, une demi-douzaine de gaillards choisis par moi comme particulièrement habiles à l'arquebuse, salade en tête et cuirasse étincelante, lui font une escorte d'honneur, escorte qui peut en un clin d'œil se changer en bataillon de combat si besoin est. Les autres chaloupes suivent, bannières au vent, mèches d'arquebuses allumées, épées jouant aisément dans le fourreau.

Felipa, serrant les dents, rame dans la chaloupe amirale et, ma foi, son coup d'aviron soutient la cadence qu'imposent les rudes matelots, ses « collègues ».

Cette terre semble décidément déserte. Le coup de canon qu'a fait tirer l'Amiral avant de monter dans la chaloupe n'a suscité aucune réponse. Pourtant, les Chinois connaissent la poudre et son usage, c'est même eux qui l'ont inventée, dit-on. En approchant, on finit par distinguer, sur le sable, des troncs d'arbres semés à la diable, sans doute des épaves arrachées à d'autres rivages par la tempête et poussées là par la vague capricieuse.

Lorsque nous ne sommes plus qu'à deux encablures

de la grève, voici que de l'épais rideau végétal jaillissent des êtres qui, à première vue, semblent humains, puisqu'ils courent sur leurs pattes de derrière. Par contre, ils sont absolument nus, ce qui les apparenterait plutôt à des animaux. Ils courent aux troncs d'arbres, qu'ils poussent à l'eau. Nous voyons alors que ces troncs sont évidés et forment d'excellentes pirogues dans lesquelles sautent les êtres nus – ils n'ont pas de fourrure, nous le voyons bien maintenant, donc ce sont peut-être quand même une espèce d'hommes – qui se mettent à pagayer bien en cadence dans notre direction en poussant des clameurs dont on ne peut dire si elles sont de bienvenue ou de mort.

À toute éventualité, j'ordonne qu'on tienne les mèches allumées et les arquebuses en position sur leur fourche.

L'Amiral me fait signe de prêter l'oreille. Je me penche vers lui. Il marmonne, soucieux :

– C'est curieux, ne trouvez-vous pas ? Ces Chinois ne sont pas vêtus de robes de soie brodées de dragons multicolores. Ils n'ont pas non plus, autant que j'en puisse juger d'ici, la longue natte dans le dos dont parle Marco Polo, ni les petites bottes à bout relevé.

Je donne mon avis :

– Nous avons sans doute abordé à une province éloignée de l'Empire. Nous avons là des croquants laboureurs et pêcheurs. Le climat est très chaud, ils ne sauraient donc travailler vêtus. Je pense que le gouverneur de la province a une tout autre allure, qu'il porte de ces robes de soie dont vous parlez.

L'Amiral suit son idée :

– Quel que soit le climat, si fort que tape le soleil,

sachez que l'homme, partout, cache son cul. S'il a reçu la parole de Dieu, s'entend. Ces gens que nous voyons ici ignorent la honte et exhibent au grand jour à tout un chacun leurs sales endroits sans savoir qu'ils pèchent gravement.

Il se perd en une rêverie :

– Je parie qu'ils forniquent sans se cacher. Il était temps que nous arrivions.

Les indigènes dans leurs pirogues nous ont maintenant rejoints et, virant de bord, nous accompagnent, hurlant toujours à pleine gueule leurs braiments scandés d'accueil ou de malédiction. À vrai dire, ils n'ont pas l'air hostiles. Plutôt réjouis, même, dirais-je, pour peu que les mimiques exprimant la joie dans ce pays-là soient les mêmes que par chez nous.

Là où nous touchons terre, il n'y a guère qu'un pied d'eau. Je saute hors de la chaloupe et tends ma main à l'Amiral, qui enjambe majestueusement le bord et s'avance, bannière au poing, bedaine en proue.

Dès qu'il est sur le sec, l'Amiral plante, d'un geste viril, la bannière de Castille dans le sable. Puis il tire son épée, l'empoigne à deux mains et, se baissant comme un faucheur courbé sur la glèbe, il coupe à ras du sol quelques touffes de ces herbes marines rêches et grises qui s'acharnent à croître malgré le sel. Puis il remet l'épée au fourreau. Je connais la portée de ce geste symbolique. Il reproduit celui du propriétaire qui, par là, affirme sa mainmise sur le sol et son droit imprescriptible à le cultiver. Se redressant avec quelque peine, une main aux reins qu'il a sensibles, l'Amiral lève son bonnet, se tourne vers les indigènes massés peureusement à l'orée de la masse de verdure et prononce ces paroles solennelles :

– Au nom de Dieu et de sa Sainte Mère, de par les pouvoirs qui m'ont été conférés, je prends possession de ce territoire pour mes maîtres, Leurs Majestés la reine Isabelle de Castille et le roi Ferdinand d'Aragon.

Puis il met un genou en terre, se signe et prononce une prière d'actions de grâces. Tous nous en faisons autant.

Cela fait, les marins, trop longtemps contenus, jettent haut en l'air leurs bonnets, poussent des hurlements de joie auprès desquels ceux qu'avaient prodigués les indigènes ne sont que vagissements de nouveau-nés, et c'est la fête.

Fête toute modérée. On met en perce quelques tonnelets d'eau-de-vie, la distribution se fait sous l'œil vigilant des quartiers-maîtres. L'Amiral a été formel : il est essentiel de garder bon pied bon œil tant que l'on n'en saura pas plus sur les intentions des indigènes. Sans compter l'armée de l'empereur de Chine qui, prévenue par coureur, arrive peut-être, en ce moment même, à marche forcée pour chasser les envahisseurs que nous sommes.

Du coin de l'œil, j'observe Felipa. Elle ferait illusion, ne serait-ce que sa croupe, pourtant plus discrète qu'il n'est de coutume, la trahit par certain mouvement de tangage dont elle n'est pas toujours maîtresse. Fuyant autant qu'il lui est possible le contact brutal des hommes, je la vois qui se tient proche de cette fripouille de Pedrito, lequel se donne des airs de l'avoir prise sous sa protection. Il la couve comme sa propriété, je n'ose dire comme un maquereau des rues chaudes couve son gagne-pain.

À cette image, mon sang bout, mes poings se serrent, et puis je me dis qu'après tout ce n'est pas plus mal, ils sont de même taille, paraissent du même âge, ce pourraient être deux moussaillons qui se serrent l'un contre l'autre, voire un petit ménage entre garçons, chose pas étonnante du tout dans ce monde d'hommes seuls.

Elle, le regard obstinément fixé sur son grand homme, rayonne d'amour. De fierté aussi, peut-être. Après tout, cette traversée est son œuvre.

Les indigènes, si empressés tout à l'heure à pagayer à notre rencontre, se tiennent maintenant peureusement à distance. C'est qu'un matelot, en dépit des ordres formels de l'Amiral, a fait feu sur une bestiole qui courait, assez semblable à un lapin de garenne. Le tonnerre qu'il déclencha épouvanta les hommes nus, qui s'égaillèrent un peu partout puis se rassemblèrent en un groupe terrorisé là où ils sont encore.

L'Amiral fit les gros yeux, mais le coupable lui fit hommage du produit de sa chasse, lequel fut sans attendre dépouillé et mis à rôtir. Nous autres, officiers et marins, nous contentons du bœuf séché et salé qui fut notre ordinaire à bord. Encore en avons-nous à suffisance, au lieu de nous contenter des chiches rations imposées par la durée inconnue du voyage. Nous bâfrons en songeant que nous nous régalerons bientôt de gibier, cette terre en paraît féconde. Peut-être même trouverons-nous chez les habitants à troquer de la viande fraîche, des légumes et des fruits, quoiqu'ils n'offrent pas l'apparence de cultivateurs très actifs.

On cause autour du feu. Une chose me tracasse. J'en fais part, avec précaution, à l'Amiral :

— Señor Amiral, vous avez pris possession de cette terre au nom de Leurs Majestés espagnoles.

Il me répond, la bouche pleine :

— Je l'ai fait.

Je continue, en redoublant de précaution :

— Cependant — je tiens cela de vous-même, veuillez vous en souvenir —, c'est ici une terre appartenant à l'empereur de la Chine.

L'Amiral fronce le sourcil, pousse de la langue, sur le côté, dans le creux de la joue, la bouchée qu'il s'apprêtait à mastiquer et, me regardant bien en face :

— Alors ?

— Alors, señor Amiral, prendre possession, les armes à la main, d'un territoire qui appartient à autrui, cela équivaut à déclarer la guerre à cet autrui. N'avons-nous pas (je dis « nous » intentionnellement) engagé, peut-être un peu imprudemment, le sort des armes de l'Espagne en dépit du droit des gens et peut-être contre un ennemi considérablement plus fort, si j'en crois le récit de Marco Polo ?

L'Amiral, cette fois, prend le temps d'achever la mastication en cours, de déglutir, puis de pousser le morceau d'un solide coup de vin noir. Il se torche les babines d'un ample revers de la manche du fameux pourpoint brodé d'or et me dit enfin :

— Señor Konogan, avez-vous aperçu, quelque part sur cette terre, quelque chose qui ressemblerait aux emblèmes, écus, blasons, devises, bannières ou armoiries de l'empereur de la Chine ?

Je dois convenir que non. L'Amiral continue :

– Avez-vous reçu quelque héraut à cheval portant haut les susdites couleurs et emblèmes, venant à vous précédé de deux trompettes ou davantage et vous présentant ses lettres de créance dûment revêtues du sceau de l'empereur de la Chine et proférant formules d'accueil ou de réprimande au nom de son auguste maître ledit empereur de la Chine ?

– Eh non ! Vous raillez !

L'Amiral conclut, royal :

– En ce cas, je constate que la présente terre est terre inconnue, qu'elle appartient à qui le premier la prend, je la baptise San Salvador et j'en fais cadeau à mon illustrissime cousine Sa Majesté la reine Isabelle conjointement avec mon non moins illustre cousin Sa Majesté le roi Ferdinand. À leurs santés !

Ayant dit, l'Amiral lève son verre, puis se le vide dans le gosier. Tous boivent derechef à la santé de Leurs Majestés. On cause, dans la douceur du soir, sous le ciel illuminé d'étoiles. Pinzón le cadet fait remarquer :

– Je me suis laissé conter que les habitants de la Chine ont les yeux fendus en biais et que leurs paupières ne peuvent s'écarter. Ils voient par une fente très mince cachée derrière les cils. Or, pour autant que j'en puis juger à cette distance, les gens d'ici – si toutefois ce sont des gens, ce dont je ne donnerais pas ma main à couper – ont les yeux bien ouverts et le regard effronté.

Pinzón l'aîné renchérit :

– Les Chinois, je le tiens de source sûre, sont jaunes de teint comme citrons bien mûrs. Ceux d'ici sont blancs, à peine un tant soit peu basanés, comme les Maures.

C'en est trop. L'Amiral intervient :

– Insinueriez-vous que ce sont là de vulgaires Sarrasins, et que, par conséquent, nous aurions navigué en rond et serions revenus aborder aux côtes d'Afrique ?

Tous se taisent. Pedrito lève la main :

– Señor Amiral, et vous, señores capitaines, il est bien connu que les Chinois n'ont ni poil ni barbe. J'ai bien examiné les gens d'ici. Aucun n'a de poils ni de barbe. Pas plus les hommes que les dames. Ça se remarque aisément, vu qu'ils sont tout nus.

Éclat de rire général.

Pinzón l'aîné ne rit pas. Il secoue la tête, comme une mule qui n'a pas confiance dans le gué que son maître tient à lui faire passer secoue les oreilles. L'Amiral s'en rend compte. Il l'interpelle :

– Parlez, señor capitaine. Votre avis ne peut être que pertinent.

– Mon avis, señor Amiral, est que ces gens sont trop primitifs, de vrais sauvages, pour être des sujets de l'illustre empire de la Chine. Tenez, un détail. Marco Polo nous enseigne que les Chinois sont très pieux, même s'il ne leur a pas été donné jusqu'à ce jour de recevoir la divine parole de Notre Seigneur le Christ Jésus et que leur foi se porte sur de vaines idoles. Polo écrit que dans chaque village, même les plus pauvres, il se trouve des temples appelés « pagodes » où l'on adore un faux dieu dont les statues gigantesques faites d'or pur se dressent partout sur les places et les jardins. Ils donnent à cette idole le nom de Boda, ou Poda, ou Bouda...

— Ou boudin, suggère Pedrito[1].

L'équipage rit, l'Amiral lui-même sourit, c'est le but recherché. Le señor Pinzón l'aîné, d'une main leste, gifle le moussaillon qui, vexé, se tait. L'Amiral doit tirer lui-même la conclusion :

— Le terme exact est « Bouddha ». Donc, selon vous, señor capitaine, pas de Bouddha, pas de Chine ?

— C'est irréfutable.

— Bon, si ce n'est la Chine, c'est donc le Japon. Il se trouve juste à l'orient de la Chine, un peu en avant, pour nous qui arrivons d'Occident, c'est-à-dire, pour eux, de l'extrême Orient. Je ne sais pas si je me fais bien comprendre. J'avoue que, moi-même...

— Ces croquants seraient donc des Japonais, pas des Chinois ?

Il appartient à l'Amiral de trancher le débat en jetant son érudition – et son autorité – dans la balance :

— Chinois, Japonais ou quoi que ce soit d'autre, ce sont croquants d'Asie, autrement dit de l'Inde car, ainsi que nous l'apprennent les Grecs, l'Inde est un autre nom pour l'Asie. Et donc, puisque, Chine ou Japon ou ce que vous voudrez, nous sommes en terre d'Asie, autrement dit de l'Inde, nous ne risquons pas de commettre une erreur géographique en désignant ces créatures par le nom d'Indiens qui, de plus, vous ferai-je remarquer, sonne bien joliment à l'oreille.

Ainsi parle l'Amiral, et tous s'inclinent, qui de bonne grâce, qui en faisant la grimace.

---

[1]. Le jeu de mots ne fonctionne pas en espagnol. Nous en laissons à Pedrito la responsabilité.

XII

Nous bivouaquons là où nous avons débarqué, ainsi en a décidé l'Amiral. Demain, nous finirons de transporter depuis les caravelles le matériel et les armes nécessaires à une reconnaissance du pays en profondeur. Et nous tenterons un rapprochement avec les indigènes, ces « Indiens » qui ne ressemblent à rien de ce à quoi nous nous attendions. Je dispose des sentinelles et donne l'ordre de veiller à maintenir le feu. Maintenant que nous voilà sur terre, mon rôle de capitaine guerrier prend de l'importance.

Je me demande – non sans un pincement là où ça fait si mal – si Felipa ira retrouver l'Amiral dans sa tente, car il a une tente, lui, lui seul, et il ne la partage avec personne. La nuit est claire, tout illuminée par une lune tellement énorme qu'elle en est obscène, une lune comme on n'en voit pas par chez nous. Je fais ma ronde, accompagné d'un porte-lanterne – la porter moi-même serait déchoir. Mes pas me mènent jusqu'à un endroit où, sur la terre nue, deux formes minuscules, recroquevillées l'une dans l'autre, semblent dormir de tout leur cœur. L'une d'elles lève la tête au bruit de nos pas. Je reconnais Pedrito. Il m'adresse une grimace heureuse, tout en serrant Felipa plus fort dans ses bras. Il s'est institué son ange gardien. Ils sont attendrissants et purs comme deux orphelins qui se réchauffent l'un l'autre sur le bord de la route.

Pourquoi, à ce spectacle, la jalousie ne me mord-elle pas le ventre ? Pedrito est un coquin, un débauché qui ne respecte rien, et surtout pas la vertu d'une femme. Parce que c'est encore un enfant ? Mais cet enfant est plus dépravé qu'un vieux forban... C'est comme ça, je lui fais confiance, comme je fais confiance à Felipa, allez savoir pourquoi !

Plus tard dans la nuit, ne pouvant dormir, je décide de faire une ronde. Le feu, il fallait s'y attendre, n'est plus que braises rougeoyantes. Je secoue quelques assoupis qui ronflent debout, appuyés sur leur pique, et puis j'achève ma tournée par l'endroit à l'écart où dorment mes deux chérubins.

Je n'ai pas cru utile de me munir de lanterne ni de porte-lanterne, la lune, maintenant haute dans le ciel, les remplace aisément. Je me fige soudain, m'aplatis au sol. J'ai vu bouger. De la masse compacte des deux supposés moussaillons une silhouette se détache, bien lentement, écartant avec douceur les membres posses-sifs comme un époux saisi par un pressant besoin cherche à quitter le lit conjugal sans éveiller sa pré-cieuse moitié. Dans la froide lumière de l'astre je dis-tingue fort bien les traits de Felipa, la grâce de ses gestes. Pedrito, Pedrito l'éveillé, ne bronche pas. Ses bras retombent, inertes.

Je me souviens alors de mon propre enlèvement, la

façon subtile dont l'adorable Felipa m'avait proprement drogué afin de m'incorporer à la grande aventure. Et donc, de la même façon, elle a transformé l'honnête sommeil de Pedrito en léthargie profonde. Dans quel dessein ? C'est ce qu'il faut que je sache.

Courbée à raser le sol, elle court tout droit, elle sait bien vers où. Moi aussi. Disons que je m'en doute. À la barbe de mes sentinelles, elle atteint la tente, la seule, celle de l'Amiral, en soulève un pan, se glisse à l'intérieur. Brave petite épouse, en somme...

Poussé par une imbécile bouffée de jalousie dont je mesure toute la puérilité mais dont je ne puis me défendre, je m'approche presque en rampant de la maudite tente. Je colle mon oreille à la toile rêche. Ce ne sont pas des mots d'amour que j'entends, pas même de ces tendresses machinales qui s'échangent entre vieux époux, mais un dialogue éminemment géographique. La voix de Felipa, réduite à un prudent murmure, affirme :

– Señor Amiral – il se veut Amiral, même pour sa femme ! –, j'en suis bien marrie, mais il me faut vous convaincre, comme je le suis moi-même, que cette terre où nous avons heureusement abordé n'est pas un continent, mais bien une île.

La voix de l'Amiral, tout aussi prudente, répond, chargée d'un profond déplaisir :

– Qui vous permet d'avancer cela ? Sur le globe de Martin Behaïm pas plus que sur les cartes les plus récentes il ne figure la moindre île entre l'Afrique et la Chine, tout au moins à cette latitude. À moins que vous ne considériez l'empire du Japon comme une île, ce qui paraît invraisemblable concernant un État aussi puissant, mais, après tout, pas totalement impossible.

— Señor mon époux — car vous l'êtes toujours devant Dieu —, les gens que nous avons vus sont des sauvages, de pauvres créatures, presque des bêtes, non les habitants d'un grand pays civilisé, policé et industrieux. D'autre part, je sens partout ici une haleine de mer, comme si chaque vent, d'où qu'il vienne, avait couru longtemps sur l'eau sans se charger de la moindre senteur d'herbe, de forêt, de fumée, enfin de ces senteurs qu'il ramasse en passant sur de vastes étendues terrestres. Tout ceci m'amène à conclure que nous sommes sur une île, une île misérable, abandonnée de tous.

L'Amiral grogne sans trouver quoi répondre. On le sent ébranlé. Elle continue, se fait persuasive :

— J'ai beaucoup pensé à ce globe de Behaïm qui vous a tant occupé et dont on peut dire qu'il fut pour beaucoup dans votre décision de tenter la quête de la Chine par l'occident. Je me suis souvenue d'un manuscrit arabe traduit du grec où il est rappelé comment le savant Ératosthène, de la ville de Cyrène, prouva, en mesurant l'angle d'un rayon de soleil au fond d'un puits, que la Terre est ronde et alla même jusqu'à mesurer sa circonférence, laquelle — je n'ai plus le chiffre en tête — est beaucoup plus considérable qu'elle n'apparaît sur le globe de Behaïm. En conséquence, il doit y avoir une beaucoup plus grande distance entre l'Europe et la Chine qu'il n'est visible sur ce globe.

Un coup sourd. C'est l'Amiral qui donne du poing sur la table improvisée au cul d'un tambour.

— Et qu'avons-nous trouvé, alors, Madame ? N'est-ce point un sol sur lequel nous disputons en ce moment ? N'est-ce point un socle de terre ferme, et exactement là où j'ai annoncé qu'on le trouverait ?

Felipa, ainsi défiée, y va prudemment :

— Señor mon mari, cela est certain. Nous avons trouvé une terre. Mais je soutiens que cette terre n'est point celle de la Chine, et pas davantage celle du Japon. Cette île est l'avancée d'une terre moins lointaine et plus vaste, je dirai d'un continent, situé à mi-distance entre Europe et Asie. L'Océan est beaucoup plus étendu que n'osent l'imaginer tous vos beaux faiseurs de globes et de cartes.

L'Amiral se récrie, autant qu'on puisse se récrier sans élever la voix :

— Vous déraisonnez ! Je ne devrais même pas prêter l'oreille à de telles divagations !

— Je déraisonne ? Qui vous a permis d'arriver jusqu'ici ? Qui calculait votre route, rectifiait vos erreurs, ranimait votre courage souvent bien abattu ?

L'Amiral n'est apparemment pas de ceux qui gardent pieusement en leur cœur le souvenir des services rendus. Leur évocation ne l'émeut guère. Comme il n'est pas davantage porté à concéder ses erreurs, il assène, souverain :

— Dès demain, je veux rencontrer les chefs des gens d'ici. Je n'ai pas trouvé, dans toute l'Espagne, un interprète de langue chinoise. Mais le chinois ne doit pas être très différent de l'arabe. Un peu plus oriental, peut-être. J'ai donc embarqué un ancien caravanier arabe qui poussait naguère ses chameaux tout au long de la route de la soie. Si ces gens-là sont chinois si peu que ce soit, avec un peu de bonne volonté de part et d'autre on doit arriver à quelque chose, notamment à nous faire indiquer par quelle route on se rend au cœur de l'empire, là où se dresse la fastueuse capitale du Grand Khan des Mongols, lequel se fait nommer « Fils du Ciel » et règne non seulement sur la Chine mais sur l'Asie tout entière, ainsi que nous l'enseigne Marco Polo.

Je me dis que l'Amiral se réserve peut-être des surprises, l'illustre Marco Polo ayant rédigé son fameux *Livre des merveilles* il y a deux siècles de cela.

Felipa ne répond que par un soupir. Peut-être accompagné d'un haussement d'épaules résigné, mais cela je ne peux que l'imaginer. Changeant de ton, elle dit :

– Avant que nous ne nous quittions, señor mon mari...

– Amiral, ne vous déplaise.

– Soit. Señor Amiral, donc, je tiens à savoir de vous si vous avez l'intention de pousser plus avant cette plaisanterie – plaisanterie détestable, soit dit entre nous – qui consiste à priver le marin qui, le premier, a crié « Terre ! » de la récompense promise. Ce garçon, je le sais, en a un fort chagrin. Il avait grande foi en vous, il désespère. Rassurez-moi. Vous allez lui dire, avec un bon gros rire, que ce n'était que cela : une plaisanterie sans conséquence, et puis lui remettre la récompense. N'est-ce pas ?

C'est de la voix butée du mauvais joueur que l'Amiral répond :

– Il a crié, bon, mais j'avais aperçu la terre juste avant. Seulement, quand j'ai ouvert la bouche pour crier, une saloperie d'insecte de par ici s'est engouffré dedans jusqu'à la gorge et je me suis mis à tousser. En toute justice, je suis le premier.

– Vous n'avez pas honte ?

– Dois-je comprendre que vous doutez de ma parole ?

– Je veux encore espérer que ce n'est pas là votre dernier mot. Sur ce, bonne nuit, señor Amiral.

La toile se soulève, Felipa, presque à ras du sol, risque un œil à droite, puis à gauche, comme un animal peureux pointe le museau avant d'oser quitter son terrier. La voilà dehors. Je la laisse prendre quelque avance, la rattrape à quatre pattes, effleure sa croupe pour m'annoncer, c'est ce que j'ai trouvé de moins alarmant. Je me retrouve en un éclair face à la pointe d'une lame d'un demi-pied de long qui luit sous la lune d'un éclat sinistre. Je fais « Chut ! » Elle me reconnaît, baisse sa lame.

– Vous m'avez suivie ?

– Et écoutée. Je vous en demande pardon. À propos...

– Oui ?

– Vous avez plaidé la cause du gars qui a crié « Terre ! » le premier...

– Oh, c'est une blague de l'Amiral. Il est très taquin.

– Faut-il que vous l'aimiez ! Mais là n'est pas mon propos. Figurez-vous que, bien avant qu'on n'ait crié « Terre ! », à un certain moment un nuage est passé sur la lune et j'ai aperçu sur l'horizon un point lumineux, rouge, sans reflet dans l'eau. Je n'ai pas osé croire à un feu, j'ai conclu à une illusion, bref, je n'ai rien dit.

— Oh, vous l'avez vu aussi ?

— Pourquoi « aussi » ? L'auriez-vous... ?

— Mais oui ! J'ai vu ce feu. Car c'était un feu, nous le savons maintenant. Écoutez voir. Il est passé deux nuages sur la lune, l'un après l'autre.

— Je m'en souviens.

— Était-ce au moment du passage du premier nuage que vous avez aperçu ce feu, ou bien au moment du second ?

— Du premier, je me souviens très bien.

— Alors, señor Konogan, vous êtes le véritable découvreur de cette terre, en admettant qu'elle ne fasse pas partie de l'empire de Chine ou de celui du Japon. Elle devrait porter votre nom !

Me voilà tout rêveur... C'est pourtant vrai ! Je n'avais pas pensé à ça. Plutôt, ça ne m'avait pas paru valoir la peine de s'y arrêter... Et puis, en toute justice, j'avais aperçu le feu, certes, mais je n'avais pas su, ou pas osé, y reconnaître un indice de terre, et de terre habitée. De toute façon, je n'allais pas disputer à un pauvre diable de matelot la gloire et le profit de la découverte... D'autant que l'Amiral s'en était déjà chargé ! Voulant faire le galant cavalier, je dis à Felipa, avec un salut de cour :

— C'est votre nom, belle dame, que devrait porter cette terre nouvelle – si véritablement terre nouvelle il y a –, car je ne vous disputerais pas les dix ou quinze secondes qui séparent nos deux visions.

Ma galanterie me vaut une esquisse de sourire, vite

effacée par je ne sais quelle pensée soucieuse. Je m'inquiète :

– À quoi donc songez-vous ?

Elle soupire, hésite, enfin se confie :

– À l'inconséquence de l'Amiral. Il a des caprices d'enfant, ne voit pas plus loin que le bout de son nez. Tenez : ce matelot qu'il a gravement déçu appartient à l'équipage de la *Pinta*, que commande, comme vous ne l'ignorez pas, le señor Martín Alonzo Pinzón. Ceci n'est pas bon. Je soupçonne à juste titre Martín Alonzo de jalouser l'Amiral et de vouloir, si l'occasion s'en présentait, mener à bonne fin l'expédition à sa place. C'est lui, n'oubliez pas, qui a fomenté, en faisant pourrir les vivres frais, un début de mutinerie sur la *Santa María*. C'est encore lui qui a ostensiblement su mater l'esprit de révolte et de découragement qu'il avait lui-même fait naître chez les hommes des équipages, lui encore qui, à cette occasion, fit montre de détermination et d'énergie alors que l'Amiral s'abandonnait, devant tous, au désespoir.

Je dis :

– Ainsi se fait-il connaître comme l'homme fort de l'expédition. De là à s'en instaurer le chef...

– Vous devancez ma pensée, señor Konogan. N'en dites pas plus, nous nous comprenons tout à fait.

– Señora, maintenant que nous sommes à terre, les choses maritimes perdent de leur importance au profit des choses terriennes.

– Je le suppose. Où voulez-vous en venir ?

– À ceci que ce n'est plus tellement de marins que nous aurons désormais besoin, mais de soldats. Or je suis, veuillez ne pas l'oublier, le commandant des forces terrestres de débarquement. C'est à moi et à nul autre de transformer les loups de mer de la *Pinta* et de la *Niña* en fantassins acceptables, ainsi que je le fis pour ceux de la *Santa María*. Ainsi aurai-je tout naturellement l'armée entière à ma dévotion, sous les ordres suprêmes de l'Amiral, bien entendu.

Dès l'aube, nous nous préparons à l'entrevue avec le chef des sauvages. Il faut bien qu'il y ait un chef, ou quoi que ce soit qui y ressemble. Les maîtres d'équipage hurlent le branle-bas. Il faudra voir à me changer ça. Nous ne sommes plus en mer, à bord de leurs sacrés rafiots. Nous dormons à même le sol, donc plus question de hamac à décrocher[1]. Dorénavant, le réveil sera donné au cornet[2], comme en toute armée qui se respecte. J'y veillerai.

Histoire de montrer à ceux des deux autres nefs ce qu'un gars résolu peut obtenir à partir d'une bande de va-nu-pieds traîneurs de tavernes de ports pourris, je fais ranger mes gars en file par deux, sabre au côté, pique sur l'épaule, salade en tête, arquebuse haute et fourche au poing gauche pour ceux qui en ont, cuirasse étincelante quoique bosselée pour ceux qui en ont aussi. Pas à dire, ça vous a fière allure.

Je prends la tête de ma petite troupe et nous nous dirigeons vers l'endroit de la clairière où cantonnent les autres équipages. Et là, j'ai une surprise. Deux bataillons assez semblables au mien, rangés en file par deux et armés de pied en cap, nous regardent venir.

---

1. Branle : hamac. Branle-bas : Décrochez les hamacs.
2. Cornet : ancien clairon.

Un ordre est hurlé : « Présentez... armes ! » Le mouvement est exécuté, impeccablement, dans les trois temps réglementaires. Ces gars sont aussi disciplinés que les miens, et au moins aussi bien armés. Il me semble même dénombrer davantage de bâtons à feu[1].

Voyez-vous ça ! Ces sournois de frères Pinzón ne m'ont pas attendu. Si bien que, au lieu d'une force commune, nous avons maintenant trois petites armées prêtes à se sauter dessus.

J'en parle à l'Amiral. Je lui démontre que, l'escadre tout entière étant, par Leurs Majestés espagnoles, placée sous son commandement unique et indiscutable, les mêmes hommes, une fois à terre, ne sauraient désunir leurs forces. L'Amiral, sur terre comme en mer, reste l'Amiral, chef suprême après Dieu, et, sur terre tout au moins, je suis son lieutenant. Voilà comment je vois les choses, moi.

L'Amiral me donne entièrement raison. Et puis, ayant jeté un œil à l'armement des deux autres colonnes, à leur habileté à le manier et à l'air résolu de leurs chefs respectifs, il me confie :

– J'ai une meilleure idée.

Se plaçant sur le front des troupes, les jambes écartées, le sourcil farouche, il s'exprime à voix sonore et bien timbrée :

– À vous, mes capitaines, et à vous, mes marins, je déclare ceci. En mer, je suis l'Amiral. Sur terre, je suis le Général, chef des armées. J'assume donc le commandement suprême. Le señor Konogan ainsi que

---

1. Arquebuses.

les señores Pinzón cadet et Pinzón le benjamin sont mes fidèles seconds, chacun à la tête de son bataillon. J'ai dit.

Il a dit. Et moi, je sens mon nez s'allonger.

Plus tard, Felipa me confiera :

– Eh oui, c'est tout lui. Reculer en se donnant l'air d'aller de l'avant.

Le premier contact avec les sauvages est plutôt encourageant. Ce sont des gens très doux, timides, même, mais qui deviennent bien vite trop familiers dès que la glace est rompue, s'il m'est permis d'oser une telle comparaison en ces lieux où le gel est certainement inconnu. Ils sont nus, je le répète, et plutôt bien faits en leurs membres. Les femmes ne manquent pas d'une certaine grâce, surtout les plus jeunes, que les grossesses n'ont pas encore déformées. On en voit d'à peine pubères, aux seins tout juste naissants, précédées d'un ventre distendu qu'elles portent, reins cambrés, comme un musicien sa grosse caisse. Ce qui laisse présager que l'activité principale de l'endroit est la reproduction de l'espèce, déduction confirmée par la fierté des mâles exhibant leur plantoir à marmots, souvent orné de pompons, de bouquets de plumes de toutes les couleurs, ou prolongé par un étui exubérant.

Certains se promènent avec, sur l'épaule, un de ces oiseaux bavards semblables au « pigeon » de Felipa après transformation, et qui semble leur parler à l'oreille. Ces volatiles offrent à l'œil une gamme de couleurs presque insupportables tant elles sont vives, je dirais même violentes. Il y en a plein les arbres d'alentour, et ils y mènent un beau tapage.

L'Amiral s'avance, précédé d'un héraut improvisé portant haut les couleurs de Castille. Les trois bataillons viennent ensuite, en file par deux, bien séparés, avec chacun à sa tête l'officier qui a le commandement, à savoir moi-même d'une part, les deux frères Pinzón, cadet et benjamin, pour les deux autres parts. Les trois troupes marchent parallèlement, les trois chefs en avant à la même hauteur, pas un qui dépasse, ne serait-ce que d'un pas, sur les autres. Ces Espagnols sont d'une intransigeance sans merci sur le point de l'honneur.

En face, les sauvages nous attendent, serrés comme des poules apeurées. Ils ont l'air de s'être mis en frais de toilette. Je remarque une grande quantité de plumes de couleur dans les chevelures, et aussi ailleurs, en des endroits que l'honnêteté me dispense de préciser. Un vieillard bien ridé et bien courbé se tient en avant des autres, s'appuyant des deux bras sur deux jouvencelles aux petits seins pointus, encore vierges probablement puisque leur ventre mignon n'accuse nulle enflure. Je me dis que si ce sont là les épouses de ce débris et si elles n'ont que lui pour les dépuceler, elles risquent d'attendre qu'il soit mort, ce qui ne saurait tarder... Mais peut-être les gens d'ici ont-ils coutume de brûler les épouses toutes vives sur le bûcher du mari défunt ? Cela se pratique aux Indes, me suis-je laissé dire. Or ne sommes-nous pas plus ou moins aux Indes ?

Une chose me frappe : les sauvages n'arborent nulle arme, nul objet offensif ou défensif. Pourtant, ils possèdent des arcs et des espèces de sagaies à pointe de pierre taillée, je l'ai vu hier. Leur attitude est toute de soumission, je dirais même de servitude. Ou bien ce sont de grands hypocrites, ou bien ils sont accoutumés à se courber devant je ne sais quelle puissance supérieure.

L'Amiral s'arrête à quelques pas du vieillard et lève la main droite. C'est un signe d'amitié. Espérons que les sauvages le comprendront comme tel. À ce moment, Pedrito, débarbouillé de frais et vêtu d'un vieux pourpoint de l'Amiral trop grand pour lui mais qui fait encore son petit effet, sort du rang, portant solennellement à deux mains un couvre-chef de soie cramoisie orné d'une plume de paon qui oscille à la brise. Il dépose ce bonnet – encore une relique de la garde-robe amirale – aux pieds du vieillard, puis rentre dans le rang. Le marin ex-caravanier censé œuvrer comme interprète se présente alors et, s'adressant au vieux chef et désignant le bonnet, dit bien distinctement :

– Cadeau.

En arabe, naturellement.

Il se trouve – j'ai déjà eu l'occasion de le dire – que, durant mon séjour dans les armées de l'émir Boabdil, j'ai acquis une certaine connaissance des rudiments de l'arabe parlé. Je puis donc juger de la prononciation tout à fait correcte du mot. Je ne puis, par contre, assurer que le même vocable s'emploie, avec le même sens, dans la langue chinoise. Je dois cependant constater que, en la présente occurrence, le vieux ne s'y trompe pas. Échappant à ses charmants soutiens, il plonge sur le couvre-chef, l'enfonce jusqu'aux yeux sur sa tignasse blanc sale, puis, relevé et maintenu debout par les deux adorables, il se pavane et fait le galant. Les sauvages poussent des cris stridents. De joie, je suppose. Les Espagnols crient : « Olé ! » L'interprète se rengorge. Moi, je me demande si la mimique n'eût pas suffi. Il était évident que l'objet était offert, par conséquent que c'était un cadeau. La démonstration que l'arabe et le chinois sont deux langues sœurs ne me semble pas vraiment décisive.

L'Amiral se montre moins sceptique. Il me saisit par le bras et s'écrie en grand enthousiasme :

– Vous avez entendu ! Vous avez vu ! Il a compris ! Nous voici donc assurés de deux choses. Premièrement, que nous sommes bien en Chine. Deuxièmement, que le chinois est une espèce d'arabe régional. Rappelez-moi que je dois noter cela dans le livre de bord.

Point de fête sans festin. Nous voilà bientôt tous assis en rond, les fesses dans l'herbe tendre. De tous les indigènes, seul le vieux chef partage, si j'ose dire, notre table, accroupi « à la turque », ses deux mignonnes épouses agenouillées derrière lui pour lui préparer les bouchées de nourriture qu'elles lui poussent dans le bec, allant jusqu'à les lui mâcher d'avance lorsqu'elles les estiment trop coriaces pour ses gencives sans dents. C'est charmant.

Le reste du village forme un cercle à l'écart du nôtre. Cela nous choque. Nous remarquons aussi qu'ils ne mangent pas la même nourriture que nous. Nos écuelles de terre cuite et celle du chef sont emplies d'une viande succulente et fort tendre, au goût inconnu de nous. Cela évoque vaguement le cochon de lait assaisonné avec des herbes au parfum puissant. Les indigènes, pour autant que nous en puissions juger, mangent du poisson et des espèces de gros tubercules assez semblables à des betteraves de chez nous.

L'Amiral prie l'interprète de s'enquérir des raisons de cette mise à l'écart, ainsi que de celles de la différence de régime. L'interprète, fort de son premier succès, s'adresse au vieux chef. En arabe, cela va de soi. Le vieux plisse le nez, prend le temps d'avaler la maîtresse bouchée que vient de lui enfourner son épouse de droite et répond avec volubilité et beaucoup de postillons. L'interprète, visiblement, ne comprend pas. Il répète sa question, en parlant plus fort. L'autre répète sa réponse, en postillonnant comme s'il pleuvait. Ils ont en commun la mimique d'incompréhension qui ahurit leurs visages.

L'Amiral fronce le sourcil. Pourquoi ce qui allait si bien tout à l'heure ne va-t-il plus du tout ? C'est alors qu'intervient Pedrito.

Campé sur ses ergots de petit coq face au vieux chef, il lui ressort tout d'un trait la phrase exacte, mot pour mot et syllabe pour syllabe, qu'il vient de glapir. Le vieux reste bouche bée – Ce n'est pas beau à voir : tous ces chicots ! – et finit par lâcher une autre sentence, l'air ravi. Pedrito, aussitôt, répète après lui, avec l'intonation absolument exacte. L'Amiral sursaute. Moi aussi.

– Pedrito ! Tu connais le chinois ?

Il éclate de rire :

– Mais non ! Je fais semblant. C'est facile. J'ai de

l'oreille, moi. J'écoute bien bien, et puis je répète ce que j'ai entendu, juste comme je l'ai entendu. Mais, bien sûr, je ne comprends rien à ce que je dis. C'est de l'imitation, quoi. Lui, il croit que je l'ai compris. Il est content.

L'Amiral est déçu. Je dis :

– Mais, Pedrito, si, en même temps que tu écoutes, tu suis attentivement, sur sa figure, les sentiments de celui qui parle, tu dois pouvoir deviner plus ou moins de quoi il retourne.

Le sale gosse réfléchit :

– On peut faire mieux que ça. Écoutez. Tout le monde fait des gestes et des grimaces en parlant. Surtout les Italiens...

– Laisse les Italiens où ils sont, interrompt l'Amiral.

– ... mais pas que les Italiens. Avec les gestes et les grimaces, on devrait arriver à se comprendre. Tenez !

Se tournant vers le vieux chef, il montre du doigt notre cercle de banqueteurs, puis celui des indigènes, exécute une série de grimaces – fort expressives, ma foi ! – et puis il attend, sourcils haussés, bouche entrouverte dans l'attitude universelle de l'interrogation, la réponse du vieux.

Lequel sourit de sa vieille bouche élastique étirée jusqu'aux oreilles : il a compris ! Ses deux légitimes aussi ont compris. Elles rient à pleines dents, à pleins yeux ! S'ensuit une volée de gestes des mains et de mimiques faciales d'une grande volubilité. L'Amiral s'impatiente :

– Ça veut dire quelque chose, ça ?

– Ça veut dire que nous sommes des hôtes de grand

prestige, semblables à des gens terribles qu'il appelle les Caraïbes, si j'ai bien entendu. Ces Caraïbes sont des espèces de seigneurs, ou de pirates, peut-être, enfin des gens redoutés et respectés. Les Caraïbes ne mangent pas la même chair que les simples gens. Ils mangent la viande des dieux. Celle que nous mangeons.

L'Amiral se rassérène :

– Pedrito, je te nomme interprète officiel de l'expédition pour toutes les langues étrangères, connues ou inconnues.

XIII

Voici quatre jours que nous avons débarqué. L'Amiral a fini par convenir, de mauvaise grâce, que nous avions bien abordé sur une île de médiocre étendue, sans doute, ajoute-t-il, une possession lointaine et négligée de l'Empire chinois. Car rien ne le fera démordre de la certitude que nous nous trouvons aux portes de la Chine, malgré Felipa qui, elle, est de plus en plus convaincue que nous avons découvert un monde ignoré que même les grands voyageurs grecs de l'Antiquité n'avaient pas soupçonné.

Quoi qu'il en soit, l'Amiral décide tout à trac de lever l'ancre et de pousser plus à l'ouest. D'autant plus que, des actives gesticulations linguistiques de Pedrito et du vieux chef, il ressort qu'effectivement il se trouve par là une terre plus grande qu'habitent ces fameux Caraïbes, qui sont de terribles guerriers avec à leur tête un grand chef, un chef beaucoup plus puissant que lui, oh là là ! Ces Caraïbes viennent de loin en loin par la mer et exigent un tribut qui leur est aussitôt payé. L'Amiral rayonne :

– Caraïbes, hé ? Voici donc comment on dit « Chinois » en langue sauvage ! Que vous disais-je ? Ce terrible grand chef, c'est l'empereur de la Chine, pardi ! Le Grand Khan de Marco Polo ! Allons, nous tenons le bon bout, ne nous endormons pas ici.

L'équipage ne partage pas cet enthousiasme. Les hommes ont trouvé sur cette île bienheureuse des délices qui les paient de tant de jours d'angoisse entre ciel et eau. Notamment ce fait que les femmes, entre deux grossesses, sont tout à fait tentantes et ne se font nullement prier pour se laisser choir sur l'herbe fleurie. Elles font ça de bon cœur, en riant, d'ailleurs elles font tout en riant. Heureuses natures !

Autre découverte stupéfiante : les maris, les pères, les mères de ces rafraîchissantes créatures proposent eux-mêmes leurs épouses, leurs filles, leurs sœurs, à l'étreinte hautement honorifique des étrangers ! Ça, alors...

Les maîtres d'équipage doivent y aller du fouet pour séparer certains couples, parfois en pleine action. Il se répand des pleurs : des idylles étaient nées. Ah, ces femmes des tropiques !

— C'est là l'hospitalité des âges bibliques, dit l'Amiral, tout attendri. Pedrito ! Fais comprendre au grand-père que je veux emmener un contingent de ses sujets, choisis parmi les plus beaux, afin de les présenter à Sa Gracieuse Majesté Isabelle à notre retour.

— Surtout des spécimens femelles, je suppose ?

— Un peu de chaque.

Les négociations gesticulatoires de Pedrito semblent avoir trouvé plein succès. Dix indigènes, dont cinq « femelles », sont présentés à l'Amiral par l'obséquieux vieillard. L'Amiral hoche la tête, se tourne vers Pedrito :

— Ça me semble pas mal du tout, comme échantillon. Mais, dis-moi, pourquoi ont-ils l'air si craintif ?

— Sans doute la peur de l'inconnu. Cela leur passera.

— Hum. Et pourquoi sont-ils tous si bien en chair ? Plus dodus que leurs compatriotes en général, je dirais. Et pourquoi le vieux chef leur palpe-t-il ainsi les endroits les plus charnus... ? Quoi ? Si j'ai bien compris, il m'invite à en faire autant ?

Pedrito semble avoir compris, lui. Il échange avec le vieillard certains gestes qui, chez tous les peuples du monde, ont une signification sans équivoque. La main se porte à la bouche, qui fait mine de mastiquer, tandis que l'autre main frotte le ventre en rond et que le visage exprime le plus vif plaisir. C'est la mine assez piteuse que Pedrito traduit pour l'Amiral.

— Señor Amiral, cet homme respectable nous traite en hôtes de grand prestige, tout juste comme il traite les Caraïbes quand ils lui font l'honneur de relâcher sur son île.

— C'est-à-dire ? Abrège !

— Eh bien, il nous donne en cadeau ce qu'il donne en tribut aux Caraïbes : de la nourriture de choix.

— Tu veux dire... ?

— Que ces beaux jeunes gens si dodus nous sont offerts pour être mangés. Voilà.

— Horreur !

Pedrito baisse le nez.

— Ce n'est pas tout.

— Ah, non ?

— La viande tellement savoureuse que nous avons dégustée ici à chaque repas...

— Eh bien ?

— C'étaient des petites filles.

— Hein ?

La voix de Pedrito n'est plus qu'un pâle murmure :

— Élevées sous la mère et engraissées avec quelque chose qu'ils appellent « manioc ».

— Des anthropophages !

— Ah, non ! Pas eux. Eux, ils élèvent la... viande pour les Caraïbes. Ils n'en mangent pas.

L'Amiral, bouleversé, tourne sur lui-même comme un fou, puis, se penchant en avant, s'enfonce deux doigts dans la gorge et fait de grands efforts pour vomir. Pedrito lui fait remarquer :

— À quoi bon, señor Amiral ? Ce que vous avez mangé pendant ces quatre jours est maintenant transformé en Amiral. Il faut vous faire une raison, comme nous-mêmes.

Ayant dit ces derniers mots, il se tourne vers moi. Je dois avouer que je me sens un peu pâle. Mais, après tout, de la viande d'homme, j'en ai déjà mangé, pendant le siège de Jaén. Il est vrai que c'était de la viande d'infidèle, et pas très fraîche.

14 octobre. Nous voilà repartis pour cet Occident qui est censé rattraper l'Orient par la porte de derrière. Il a fallu reprendre en main les hommes d'équipage, trop vite arrachés aux délices de San Salvador. On a dégagé sur le pont un espace où devront se tenir les nouveaux embarqués. Ces gens s'accommodent fort

bien de ne rien faire, vautrés tout le jour dans leurs hamacs tendus au ras du plancher, mâchant je ne sais quoi, les yeux perdus dans le vague. Rien ne les ayant avertis qu'ils ne seraient pas dévorés par nous, ils attendent leur sort avec un détachement qui ressemble à de l'abrutissement. Les « femelles » s'abandonnent dans des poses ingénument obscènes, leur intimité étalée jusqu'au plus secret sans le moindre souci de pudeur. Il est temps, m'a confié l'Amiral, que les rudiments de la vraie foi leur soient enseignés afin qu'ils prennent conscience de ces choses. Je demande à Pedrito, qui les considère avec un vif intérêt :

— Tu n'as donc pas profité de l'escale pour t'acheter une femme, toi qui en avais tellement envie ? Tu en aurais eu une, et une très belle, contre un vieux bonnet, ou un couteau rouillé, épargnant ainsi les maravédis durement gagnés à la sueur de ton cul.

Il a un sourire de paysan madré :

— Peuh ! Ces créatures étaient un peu rustiques pour mon goût. Je suis sûr que, plus nous approcherons du cœur de la Chine, plus les femmes seront belles et bien attifées. Je me réserve, voyez-vous.

— Tu es bien difficile. Pour ma part, je trouve celles-ci – je désigne du menton les cinq filles sauvages – bien mignonnes, ma foi, quoique un peu grassouillettes.

— Que n'en épousez-vous une ? Ne serait-ce que pour un moment ?

— Oublies-tu que l'Amiral a défendu qu'on s'en approche, sous peine de cinquante coups de fouet ?

— On n'est pas obligé de se faire prendre. Et puis, vous êtes un personnage, cela ne vous concerne pas.

Mais j'ai cru remarquer que, sur l'île même, vous vous êtes tenu à l'écart de la grande noce ?

– Ah, tu as vu cela, toi ?

Je ne juge pas utile de lui dire que, empli de mon désir aussi violent qu'exclusif pour Felipa, désir que l'ouragan de lubricité balayant l'île avait attisé au plus haut point sans en changer l'objet, j'avais assez à faire à ne pas céder à mon envie d'assaillir la divine dans quelque coin propice pour ne pas demeurer fermé à toute autre tentation amoureuse.

Depuis notre retour à bord, Felipa a réintégré – à regret – son logis clandestin ainsi que ses fonctions de conseillère secrète en art nautique. Elle semble avoir pris goût à sa défroque de moussaillon, qu'elle ne quitte plus ; il vaut cependant mieux qu'elle se tienne à distance de la promiscuité du bord, et aussi je me dis qu'il serait dommage qu'elle écorchât ses blanches mains à tirer sur le filin. « Filin » est un de ces mots qui permettent d'éviter de dire « corde ».

Dès le lendemain, à la tombée de la nuit, le cri « Terre ! » retentit. On mouille. Il est bientôt évident que c'est encore une île de dimension médiocre. L'Amiral, agacé, ne juge pas utile d'y perdre du temps. On repart donc, pour rencontrer l'une après l'autre trois autres îles, que l'Amiral baptise distraitement au passage, sans plus se soucier de débarquement solennel ni de prise de possession au nom de la Couronne. Il se contente d'envoyer Pedrito en reconnaissance et en ambassade. Celui-ci rapporte des renseignements tristement concordants. Aucune trace des fabuleux entassements d'objets d'or qui devraient payer les bénéfices de l'expédition, mais des populations nues, misérables et heureuses malgré la terrible oppression exercée par les mystérieux Caraïbes anthropophages venus d'une grande terre située toujours plus à l'ouest.

— C'est curieux, me confie l'Amiral. Marco Polo ne mentionne en aucun endroit de son récit que le Grand Khan, empereur de la Chine, se fît livrer des impôts en nature composés de jeunes gens gras et dodus destinés à sa table.

— Dans certaines îles, dit Pedrito, ils ne disent pas « Caraïbes », mais « Cannibales », parlant des mêmes personnes.

— De même que nous disons « Chinois ».

Décidément, rien ne l'en fera démordre.

J'aborde le problème avec Felipa. Elle est formelle :

— Voici un argument de plus qui nous démontre que nous ne sommes pas en Chine, ni ne nous en approchons. Les Chinois ne mangent pas les gens, cela se saurait.

À quoi je réponds, pour la calmer :

— Nous verrons bien. Poussons à l'ouest, nous finirons forcément par trouver une terre un peu sérieuse, Chine ou pas Chine.

— C'est à souhaiter. Savez-vous qu'un nom revient souvent dans les propos que Pedrito a entendus, sans les comprendre, de la bouche des indigènes de toutes ces îles ? Ce mot est « Cuba », qu'ils prononcent en tendant le bras vers l'ouest. Qu'en pensez-vous ?

— Je n'ai pas part aux confidences de Pedrito, qui a l'ordre de les réserver à l'Amiral. Ce « Cuba », c'est peut-être la Chine ? Qui sait ?

— Je n'y crois guère. Mais bon, va pour Cuba. Peut-être, là-bas, les gens ont-ils le teint de la couleur d'un citron bien mûr et les yeux cachés par les paupières ?

Le 20 octobre, nous abordons enfin à une grande terre dont les habitants nous confirment que c'est bien là Cuba.

Rien ne distingue le lieu où nous sommes de ce que nous avons connu jusqu'ici, sinon, peut-être, qu'il est plus luxuriant encore et les indigènes moins paresseux : il y a des cultures bien tenues et des cases bien construites, couvertes de feuilles de palmier ingénieusement disposées.

Je cherche sur les visages les stigmates de la race chinoise. Déception. Nul d'entre eux n'est jaune citron, nul n'a les yeux réduits à des fentes obliques. Il me faut l'admettre, ce ne sont pas des Chinois. Sont-ils, peut-être, les sanguinaires Caraïbes ? Non plus. Au mot « Caraïbes », ils tendent le bras vers un lointain précis, mais, chose curieuse, non plus dans la direction plein ouest, mais bien sud-est. Il me faut en conclure que nous sommes passés au nord du pays présumé des Caraïbes et l'avons laissé derrière nous.

L'Amiral exulte :

— Cette fois, c'est le continent, ne me dites pas le contraire ! Et donc le territoire de l'empereur de Chine. Ces gens d'ici n'ont guère l'air chinois, je vous l'accord. C'est parce que ce sont les habitants d'une province éloignée de la capitale. Imaginez que si, aux temps antiques de l'Empire romain, des étrangers tels que nous avaient pénétré dans l'empire par, disons, le sud de l'Égypte, eh bien ils auraient été confrontés à des gens tout noirs, qui n'avaient rien de l'aspect que nous nous plaisons à attribuer aux Romains, et qui étaient pourtant des sujets de l'empereur. Il en va de même pour nous.

Je ne puis me tenir d'objecter :

– Dans toutes les contrées soumises à l'empereur, aussi éloignées fussent-elles de Rome, il se trouvait un gouverneur romain, des soldats romains, des fonctionnaires romains, au faciès et à la vêture tout à fait romains. Je n'ai encore aperçu ici aucun de ces hauts fonctionnaires chinois que Marco Polo appelle des « mandarins », ni aucun de ces guerriers en armure qu'il décrit abondamment.

L'Amiral se renfrogne.

– Vous parlez comme...

Il allait dire « comme ma femme », il s'est souvenu juste à temps que je ne suis pas dans le secret. Du coup, ma relation avec Felipa prend une saveur d'adultère. C'est bon...

Quand on est l'Amiral, on a toujours le dernier mot. Cette fois, ce dernier mot est :

– Nous levons l'ancre sur-le-champ. Nous longerons la côte jusqu'à ce que nous arrivions à un port important. Il y a forcément des ports. Un port est toujours situé à l'estuaire d'un grand fleuve. Nous remonterons ce fleuve pour pénétrer à l'intérieur de la Chine.

Avec un peu de chance, il nous mènera à la capitale, ce fabuleux Pei-Quine dont parle Marco Polo.

L'équipage, comme tout équipage, est là pour obéir. Sans rechigner, sans murmurer. Cependant, il murmure. Ce murmure dit : « Ça commence à bien faire. » Voilà près de quatre mois que ces hommes ont quitté l'Espagne. Si les terreurs de l'Océan vide ne les angoissent plus, c'est maintenant l'ennui de ces îles toutes semblables, peuplées de créatures à peine humaines et trop dociles, qui les ronge. L'or ? Ils n'y croient plus. L'Amiral seul se cramponne à son rêve exalté sans cesse reculant, entretenu par les indications des indigènes qui, par gestes, situent vaguement à l'ouest un pays où abonderait un certain métal jaune dont ils ne comprennent pas qu'on lui porte un tel intérêt.

Toujours est-il que, le 12 novembre, on quitte Cuba. Et voilà qu'à peine en route on voit la *Pinta*, la nef commandée par Pinzón l'aîné, se détacher de l'escadre et filer droit sud-sud-ouest. Bien meilleure marcheuse que la *Santa María* et que la *Niña*, on ne la rattrapera pas. Elle disparaît bientôt à l'horizon.

L'Amiral ne décolère pas :

– Ces Pinzón ! Parce qu'ils ont mis des capitaux dans l'entreprise ! Ils voudraient me ravir la gloire et le profit de la découverte. Mais l'idée, elle est de moi ! Et l'idée, c'est toute l'affaire ! Non ?

C'est à moi qu'il s'adresse. Je m'efforce de minimiser la trahison :

— Señor Amiral, ce ne sont pas « les » Pinzón qui ont déserté, mais seulement l'aîné. Le cadet vous est fidèle, ainsi que le troisième frère.

— Vous voulez dire qu'ils jouent sur les deux tableaux.

Que répondre ?

Vaille que vaille, le voyage d'exploration se poursuit. On va de découverte en découverte.

Je surprends Felipa, dans sa cache, travaillant de la plume et du compas à un dessin compliqué qu'elle trace sur une grande pièce de parchemin vierge. Elle tire la langue, écolière appliquée, et c'est charmant. Je me penche. Il y a des mots d'écrits. Je commence à drôlement bien me débrouiller dans l'art de déchiffrer l'écriture. J'épelle : « C.U.B.A. » Cuba. J'ai compris. Elle dessine une carte de ce pays de Cuba. Je remarque :

— C'est l'Amiral qui l'aura tracée, évidemment, et qui en aura le mérite ?

Elle me lance un regard sans tendresse.

— Et alors ?

Je hausse les épaules.

— Et alors, rien.

Elle se rebiffe, elle s'exalte :

— Je suis l'Amiral. La part cachée de l'Amiral. Lui et moi ne sommes qu'un. Vous devriez le savoir.

— Ça m'étonne toujours. Un tel amour...

— Parce que vous n'avez aucune idée de ce qu'est l'amour.

Celle-là, c'est la meilleure !

Encore une île. Une grande île, mais île tout de même, au désespoir de l'Amiral. Il trouve qu'elle ressemble à l'Italie. Moi, je dirais qu'elle ressemble à l'Irlande. En somme, chacun veut y voir ce qu'il a perdu. Finalement, l'Amiral la baptise Hispaniola, autant dire l'« Espagnole ». Je crois deviner qui a décidé.

Pedrito se débrouille de mieux en mieux avec les parlers des sauvages. Les gesticulations et les grimaces ne lui servent plus guère que d'appoint. Il me confie une chose épouvantable. Il y aurait, tout près d'ici, une île peuplée de Caraïbes mangeurs de viande humaine – ce ne sont pas les seuls ! –, avec cette particularité que ces Caraïbes-là sont uniquement des femmes, des femmes guerrières, aussi ardentes au combat que des hommes et beaucoup plus cruelles. Je pense aux si fameuses Amazones des Grecs d'autrefois, sauf que celles-là ne mangeaient pas les gens, ou alors j'aurai manqué le passage. Ces femmes terribles partent en armadas de canoës et s'abattent sur les villages. Elles massacrent les femmes et prennent de force les maris, les contraignant à l'acte de fornication sur elles-mêmes, autant pour y prendre leur plaisir que pour se faire engrosser. Elles restent là, dans cette île, le temps qu'il faut pour être sûres que chacune a reçu ample ration de liqueur séminale et que le fruit de leurs débauches est bien accroché au profond de leur ventre. Alors seulement elles regagnent leur île et attendent la délivrance. Si le nouveau-né est une fille, elles l'élèvent tendrement et lui donnent une éducation de guerrière. Si c'est un mâle, elles le châtrent et le mettent à engraisser. La mère de l'enfant qu'on dévore n'est pas la moins gourmande des fins morceaux tirés de son fils. Elle se montre très fière des compliments qu'on lui fait sur la qualité de sa viande. Ne sont-ce pas là des gens raffinés ?

Tant crie-t-on Noël qu'il vient. Et en effet, le voilà. Ce 24 décembre, l'Amiral fait mettre en perce un tonneau de vin d'Alicante. On chante quelques cantiques, puis on va se coucher, un peu éméchés, peut-être, mais pas saouls à rouler, l'Amiral y a veillé. Pas de messe de minuit, faute de prêtre pour la dire.

Un choc brutal envoie ma tête buter contre l'escalier, et, cela va sans dire, me réveille. S'ensuit la plainte déchirante de la coque qu'on éventre. Je saute sur mes pieds, enfile mes bottes et ma culotte, cours vers l'arrière, me cogne à Pedrito qui arrive en sens inverse, les yeux fous.

— Que se passe-t-il, Pedrito ? Est-ce que tu ne devrais pas être à la barre ?

Il baisse le nez.

— Ce vin fort... J'ai pas l'habitude.
— Tu t'es endormi ?
— Peut-être un petit peu.

Une cavalcade de pieds nus fait vibrer le plancher. Des ordres retentissent, des jurons. Doucement la caravelle se couche sur le flanc. Il devient difficile de tenir debout. À quatre pattes, je gagne le château arrière, que j'escalade. De là-haut, je devrais pouvoir juger de l'étendue des dégâts. Mais la nuit est très noire, je ne discerne qu'ombres affolées courant çà et là.

L'Amiral surgit à mon côté, en chemise de nuit,

pantoufles fourrées et bonnet de coton. Comme chaque fois qu'il est ému, il enfile des chapelets de jurons italiens épouvantables. Je dis « Ça a l'air sérieux », pour dire quelque chose. Il braille :

– Orrca la puttana ! Nous sommes foutus ! Enfin, le bateau. Je suis allé voir. Un trou comme ça.

Il écarte les bras au maximum du grand écart.

– Où est le porrco Dio d'homme de barre ?

Je hausse les épaules, signe que je n'en sais rien. Heureusement, l'Amiral a, pour le moment, d'autres chats à fouetter, comme disent les Français. Il hurle :

– Il faut m'alléger ce rafiot ! La marée haute nous soulèvera, nous dégagera ! Qu'on me jette les provisions à la mer ! Qu'on abatte l'artimon !

On jette beaucoup de bonnes choses à la mer. On abat le mât d'artimon. On s'y prend tellement mal qu'il tombe droit sur l'Amiral, le mât. Je le vois arriver, à la lueur des falots, entouré d'une chevelure folle de cordages tranchés à la hâte, et l'Amiral pérore, l'Amiral ne voit rien. Je plonge, la tête droit dans le bedon amiralesque, les bras encerclant sa taille confortable, nous nous abattons, lui dessous, moi dessus, tandis que le mât défonce le plancher au ras de mon dos. Ça devrait s'arrêter là. Ça devrait. Mais, sur mon élan, je continue la glissade en avant, je rabote l'Amiral, je sens au passage la boucle de fer de ma ceinture lui rebrousser le nez, et puis je passe par-dessus le bordé et me voilà dans l'eau. Tout ça parce que cette saloperie de mât, en s'abattant, a soudain pesé de tout son poids et créé une déclivité momentanée qui fait plonger le plancher du château dans la mer.

L'eau est tiède, c'est bien la seule chose positive.

Pour le reste, elle est, me semble-t-il, plus mouillée qu'il n'est admis, vous tire un homme vers les humides séjours, comme disent les poètes, et vous le noie fort proprement. Surtout s'il est, comme voilà moi, empêtré d'une paire de bottes évasées qui s'emplissent d'eau. Pourquoi ai-je enfilé ces bottes ? La confusion de la surprise, disons. J'avale de travers quelques pintes d'eau salée, je tousse, je m'étouffe, ma tête est submergée. Je croyais savoir nager, où est cette belle science ?

Je barbote, frappe bêtement l'eau en type qui se noie. Je me dis, entre deux quintes, que nous avons heurté un récif, que le bateau s'est échoué. Le fond ne doit donc pas être loin. Je le cherche du bout de l'orteil. Je ne trouve que le vide et l'abîme insondable. À partir du sacré récif, ça tombe à pic, faut croire.

Il semble bien que personne ne se soit aperçu de mon plongeon. Par instants, quand mes oreilles sont hors de l'eau, j'entends un fracas de haches et de jurons : ils sont en train de trancher vergues et cordages pour que le mât abattu puisse être poussé par-dessus bord. Je vais crever là, comme un chien... Et puis je crois entendre, perdue dans le vacarme, une voix empressée :

– Vous m'avez sauvé la vie, je sauve la vôtre !

La voix de l'Amiral. Je me dis : « Il va faire mettre un canot à la mer. » C'est ne pas tenir compte du souci d'économie, en matériel et en efforts, de l'Amiral. Je vois devant mes yeux un bout de filin qui flotte. Je lève la tête. À l'autre bout du filin, penché par-dessus le bastingage, il y a le visage poupin de l'Amiral qui, de la main, me fait signe d'empoigner ledit filin par l'extrémité me concernant. J'empoigne donc et me hisse, les pieds appuyés à la coque dont l'inclinaison en sens opposé me facilite la grimpette.

L'Amiral m'accueille à pleins bras. Il jubile, cet homme, comme je n'ai encore jamais vu jubiler.

– Vous avez failli mourir pour me sauver la vie. À mon tour, je vous sauve la vie ! Comme je suis heureux !

Je me demande s'il n'est pas plus heureux d'avoir pu me rendre ce léger service que d'avoir, grâce à moi, évité d'un cheveu l'écrabouillage définitif. J'en viens à penser que l'on s'attache davantage par le service rendu que par le service reçu. Ainsi sommes-nous faits.

Quoi qu'il en soit, à partir de cet instant me voilà devenu l'ami d'enfance de l'Amiral, son chouchou gâté. Il doit se gargariser de mots dans le genre : « Entre nous, c'est à la vie, à la mort. »

La vaillante *Santa María* ne sera pas sauvée. L'avarie est trop importante, l'eau monte inexorablement. L'Amiral, la rage au ventre, doit se résigner à transbahuter l'équipage et la cargaison sur la *Niña*, puisqu'il ne reste qu'elle. Heureusement, les indigènes du coin sont amicaux, ils ont reçu honneurs et cadeaux, ils arrivent dans leurs canoës de troncs d'arbres et prêtent la main au transbordement.

Mais tous les hommes ne pourront tenir à bord de la *Niña*, tant s'en faut ! L'Amiral commence par piquer une de ses épouvantables colères, ne veut voir dans ce naufrage que l'œuvre des frères Pinzón qui, hurle-t-il, ont combiné cela pour le retarder tandis que l'aîné, sur sa *Pinta,* fait force de voiles vers le cœur de la Chine opulente, rafle à pleines cargaisons l'or et les épices précieuses et arrivera, seul, en triomphateur en Espagne tandis que lui, Colomb, ne sera plus qu'une carcasse que dévoreront les crabes ou les cannibales.

Les échos de sa fureur retentissent, magnifiés par les flancs de chêne, tandis qu'il s'enfonce dans les profondeurs de la caravelle condamnée d'où l'eau n'a pas encore chassé Felipa, son repaire secret étant situé sur le côté droit, celui que la gîte maintient pour l'instant au-dessus de l'eau.

Je ne me risque pas à m'en aller coller l'oreille à la paroi pour écouter ce qu'ils se disent, mais quand l'Amiral remonte parmi nous, il est visiblement plus porté à entendre les avis de ses officiers, et d'ailleurs il a un plan. Je me doute d'où il le tient.

Au bout de tout ça il est décidé de laisser à terre une quarantaine de lascars qui, s'ils le désirent, s'uniront à des femmes indigènes et formeront la première colonie espagnole en ces régions. On construira un fort en prélevant tout ce qu'on pourra de bois de charpente par démontage de la *Santa María.*

Les indigènes secouent leur indécrottable flemme pour prêter une main indolente aux travaux. Leur chef, un homme superbe, apporte à l'Amiral un ou deux colifichets d'or pur, puisque ce noble étranger semble tant y tenir. Tous les rapports avec les indigènes se font par l'intermédiaire de Pedrito, devenu décidément plénipotentiaire indispensable. Puisqu'il est question de Pedrito, je mentionne que le maudit homme de quart à la barre pendant la funeste nuit de Noël n'a pas été dénoncé, les gens de mer savent se tenir les coudes.

Et bon. On laisse aux nouveaux colons un canon, de la poudre et de quoi manger pendant un an, on embarque la poignée d'indigènes que nous présenterons à Leurs Majestés Catholiques, et on lève l'ancre. Direction : l'Espagne.

XIV

La *Niña* est une nef nettement plus petite que n'était la défunte *Santa María*. Malgré l'abandon sur l'île d'Hispaniola des quarante marins promus colons, nous nous trouvons fort à l'étroit sur la caravelle commandée par le cadet des Pinzón, Vincente Yáñez.

Felipa a perdu son repaire secret. Elle a perdu du même coup tous ses affiquets féminins. Sa taille menue, sa sveltesse font d'elle un moussaillon plausible pourvu qu'on n'y regarde pas de trop près. Pedrito, l'astucieux Pedrito, ne la quitte pas. Il l'a prise sous sa protection et remplit cette mission de confiance avec zèle et pugnacité. Il s'efforce surtout de lui éviter le contact dangereux des matelots, trop enclins par habitude à exiger des mousses, par la séduction des maravédis ou par la force, certaines complaisances d'ordre très intime.

Finis, pour Felipa, les conciliabules avec l'Amiral. Celui-ci, privé des conseils de son inspiratrice, laisse les soins du commandement à Pinzón le cadet, lequel, de toute façon, est maître à son bord. L'Amiral chargé de gloire se borne à critiquer avec force jurons la façon du Pinzón de mener un bateau.

On rapporte un peu d'or. Ce ne sont pas les cales pleines de lingots qu'avait promises l'Amiral, mais c'est mieux que rien. Un échantillon, dirons-nous. De quoi donner créance à l'hypothèse qu'en s'enfonçant davantage à l'ouest on en trouvera à foison. On ramène aussi une poignée d'indigènes effarés – « d'Indiens », dit l'Amiral, qui n'ose pas dire « de Chinois ». Et puis quelques couples de ces oiseaux qui parlent, des tortues grandes comme des roues de charrette...

On rapporte encore autre chose. Un mal mystérieux, qui semble frapper un peu tout le monde. Ça commence par une petite plaie sur les parties honteuses, pas très douloureuse, mais inquiétante par je ne sais quel aspect morne et menaçant. Cette plaie sèche peu à peu, mais d'autres calamités s'abattent sur le pauvre type : de gros bubons pleins de pus lui viennent dans le cou ou n'importe où sur le corps, des plaies ulcéreuses le rongent, il devient triste et abattu, ne vaut plus grand'chose pour la manœuvre à bord.

Jusqu'ici, ce mal inconnu m'a épargné, ainsi que l'Amiral, Felipa et Pedrito. Or c'est là la liste de ceux qui se sont abstenus de tout commerce charnel avec les femmes des îles. Je suis tout naturellement amené à penser que ces créatures transmettent le mal, qu'elles le recèlent dans le profond de leur intimité, l'injectent avec leurs humidités amoureuses dans les parties reproductrices des hommes qui les pénètrent, sans peut-être même savoir qu'elles sont porteuses de ces miasmes.

Je fais part de mes réflexions à l'Amiral, que la propagation du mal mystérieux inquiète fort. Il me confie :

– J'ai tendance à penser qu'il faut voir là le doigt de Dieu, qui réprouve formellement toute fornication en dehors du mariage chrétien. Ces gens primitifs vivent dans le péché, cependant ils sont innocents et ne savent pas qu'ils pèchent, n'ayant pas reçu la révélation de la Parole divine.

Il continue, marmonnant comme pour lui seul :

– Décidément, j'aurais dû embarquer un curé, ou du moins quelque moine moinant... Je ferai baptiser « mes » Indiens à peine débarqués.

J'avance une suggestion :

– Vous n'êtes pas sans avoir remarqué que tous les Indiens mâles – et aussi, parfois, les femelles – portent entre les dents un bâton rigide fait de feuilles roulées serré d'une herbe singulière qu'ils appellent « tabaque ». Ils mettent le feu à une extrémité de ce bâton, qui forme cheminée, et ils aspirent la fumée par l'autre bout. J'ai noté l'odeur forte de cette fumée. Ne pensez-vous pas que là pourrait être le remède ? La fumée du « tabaque » serait un antidote au mal transmis par les femmes ?

– Vous pourriez bien avoir raison. J'ai moi-même goûté au « tabaque » pour ne pas désobliger le chef emplumé qui m'en faisait l'hommage, et je dois dire que j'ai été malade comme un cochon.

Je conclus, doctement :

– Les remèdes les plus répugnants sont les plus efficaces.

– C'est bien vrai ! La Providence, qui, dans sa souveraine bienveillance, a partout placé le remède à côté du mal, veut toutefois que nous méritions ses bienfaits. C'est pourquoi nous devons souffrir quelque déplaisir, qui n'est qu'un mal moindre, afin d'en guérir un plus gros. Mais dites-moi, ami Kavanagh, comment allons-nous nommer ce mal nouveau ? Car il nous faut un nom. Je suggère « mal chinois ».

– C'est faire une bien mauvaise réputation à la Chine.

– Vous avez raison, comme toujours. Je suis sûr que vous avez une idée.

Décidément, l'Amiral m'a dans ses petits papiers, comme disent les Génois. Et, en effet, j'ai une idée. Je l'expose :

– Vous connaissez, bien sûr, ce mal qui court par nos campagnes, faisant croître par tout le corps et le visage des abcès fort vilains et qui, s'il ne tue pas le croquant sur-le-champ, lui laisse des marques indélébiles ?

– Vous voulez dire la vérole[1], je pense ?

– Elle-même. Or, le mal dont nous débattons en ce moment fait croître sur le corps des abcès assez semblables à ceux de la vérole, mais beaucoup plus gros. Je propose donc qu'on lui donne le nom bien mérité de grosse vérole.

– Voilà qui est trouvé !

– Reste à savoir si les femmes de... euh...

– Cela vous gêne de dire « de la Chine », n'est-ce pas ? Brave ami ! Et vous ne voulez pas me faire de peine. Alors, ami, dites donc « des Indes occidentales », c'est très honorable aussi.

– ... si les femmes des Indes occidentales ont seules

---

1. Au Moyen Âge, jusqu'au XVe siècle, on appelait « vérole » la variole. Après l'apparition de la « grosse » vérole, on l'appela « petite » vérole.

le monopole de la transmission de la grosse vérole ou bien si chaque malade la transmet à son tour.

— Nous le saurons bientôt, j'en ai peur. Heureusement, nous apportons aussi le remède : le « tabaque ».

— Eh bien, me dit Felipa, vous voilà amis d'enfance ! Mieux que cela : frères jumeaux.

Pedrito commente, en homme qui connaît les choses :

— C'est normal : il lui a sauvé la vie.

Felipa rit :

— Surtout, il lui a permis de sauver la sienne. L'Amiral ne se serait jamais cru l'âme aussi héroïque. Vous l'avez révélé à lui-même. Entre nous, ce plongeon, vous ne l'auriez pas fait un peu exprès ?

Je me drape de vertu outragée :

— Pouvez-vous le croire, señora ?

Elle a un sourire de coquette, charmant, d'ailleurs.

— Peut-être pas pour en tirer profit, du moins pas ce profit-là. Mais pour vous mériter la reconnaissance d'une femme qui tient bien fort à la vie et à la santé de l'Amiral.

— Peut-être en effet l'aurais-je fait, pour un peu de ce mérite-là. Mais j'avoue que je n'ai pas eu le temps d'y penser. J'ai agi d'un trait, les conséquences ont suivi d'elles-mêmes. Tant pis si je vous déçois, c'est ainsi.

J'ajoute, mélancolique comme l'amoureux fondu que je suis :

— Et puis, reconnaissance n'est pas amour.

La cruelle avance la main, du bout des doigts

effleure ma joue pour une caresse en aile de papillon, caresse consolatoire qu'elle se propose sans doute d'appuyer d'un de ces attendrissements dont les cruelles ne sont pas avares envers leurs victimes : « Vous avez la meilleure part, ami, vous avez mon amitié, chose infiniment plus précieuse parce que librement consentie et non subie. » Ou autre badinage qui ne coûte pas cher. J'attends cette aumône en mendiant bien humble, mais même ce pauvre plaisir me sera refusé. Un quartier-maître de la *Niña* se montre, le rictus mauvais. Il fond sur les deux mousses :

– Et alors, la marmaille ? En train de fainéanter ! Sautez-moi à la manœuvre ! On manque de bras au cabestan !

Ils y courent. Le butor affecte de m'ignorer. Je suis le chouchou de l'Amiral, n'est-ce pas, espèce haïe et sacrée.

La traversée est moins éprouvante qu'à l'aller. On ne vogue plus en aveugles vers l'inconnu. Cette fois, on sait qu'au bout de la route il y a l'Espagne, et ça change tout.

On a fait ample provision d'eau douce, de fruits et de viande fraîche. Les ventres sont pleins, les têtes portées à l'optimisme. L'Amiral a exigé que les animaux de boucherie et le gibier – des cochons plus ou moins sauvages, des daims ou quelque chose qui y ressemble, des volailles – fussent abattus et dépecés sous ses yeux, dans sa crainte épouvantée du cannibalisme.

Les entretiens entre Felipa et l'Amiral se font rares

sur cette nef exiguë et surpeuplée. Felipa cache sur elle un petit cahier de ces feuilles minces de « papier » qu'utilisent, m'a-t-elle expliqué, les « imprimeurs » – c'est le nom qu'elle leur donne – qui, dans les Allemagnes, ont inventé l'art de recopier à l'infini les écritures des parchemins. Elle écrit et dessine dessus, quand on ne la voit pas, en se servant d'un bâtonnet de mine de plomb qu'elle taille en pointe à l'aide d'un mignon canif.

Je devrais peut-être m'inquiéter davantage de la santé des matelots. En fait, ils ont, dans l'ensemble, assez bonne mine, et se montrent suffisamment actifs à leur tâche, mais je n'en dois pas moins mentionner les progrès sournois de la maladie contractée, selon toute vraisemblance, en copulant avec les femmes de là-bas. Abcès, bubons et ulcères fleurissent discrètement sous les chemises et sur les trognes, chacun veut n'y voir que des bobos dus aux miasmes locaux, bobos qui disparaîtront d'eux-mêmes dès qu'on respirera l'air bienfaisant de la patrie. Le fait que chaque risée de vent nous rapproche de cette terre bénie est pour beaucoup dans la belle humeur des hommes.

La *Niña*, surchargée, taille lourdement sa route. Je me tiens sur le château de proue, en compagnie de l'Amiral, discutant à bâtons rompus de la nature de ces terres qu'il vient de baptiser. J'en tiens pour un monde entièrement nouveau, surtout parce que c'est l'avis de Felipa. L'Amiral en tient mordicus pour la Chine. J'objecte en vain que, si ce sont là terres de l'empereur de Chine, alors nous avons commis des actes de brigandage et de piraterie à l'encontre de ses biens et de ses sujets, ce dont nous ne pourrons nous faire gloire auprès de Leurs Majestés espagnoles, car ceci est cas de guerre.

L'Amiral, tout en discutant, scrute l'horizon, par habitude d'homme de mer. Il porte soudain la main à son front, l'étale en visière, s'écrie :

— Qu'est cela ?

Au même moment, la vigie annonce :

— Voile à tribord !

Une voile ! En ces mers que nul, avant nous, n'a sillonnées ? Voilà de quoi surprendre. En un clin d'œil la totalité des occupants de la *Niña* est agglutinée au bastingage. La voile monte sur l'horizon. Felipa, qui a les meilleurs yeux de tout le bord, crie :

— C'est la *Pinta* !

L'Amiral se détend :

— J'ai craint que ce ne soit quelque forban de Portugais qui aurait suivi notre route et serait, lui, parvenu jusqu'à l'or. Heureusement, ce n'est que Martín Alonzo !

Ayant dit, l'inquiétude le reprend :

— Mais, suis-je bête, si Martín Alonzo ose se montrer à nouveau après avoir déserté – crime capital ! –, c'est peut-être justement parce qu'il a trouvé l'or ! Et il vient faire parade de son plein succès à mes yeux pour m'humilier !

Quoi qu'il en soit, les deux caravelles se rejoignent, on procède aux manœuvres d'accostage, on s'amarre flanc à flanc. Vue de près, la *Pinta* n'est guère glorieuse. Ses voiles sont déshonorées par maints accrocs pas toujours raccommodés, ses agrès sont rafistolés, sa coque fissurée fait certainement eau. Les matelots de chaque bord poussent des « Vivat ! » Ceux d'en face n'ont pas l'air en trop mauvaise condition.

L'Amiral a décidé de mettre une certaine grandeur dans l'entrevue. Juché sur le château de poupe, dressé de toute sa taille – pas très imposante, à la vérité –, drapé dans le fameux pourpoint aux dorures, entouré de ses officiers – dont moi-même –, il attend, hautain, que le rebelle vienne à ses pieds offrir sa soumission.

Après les réciproques politesses d'usage entre Espagnols, l'Amiral, faisant fi de ses précédentes intentions de grandeur, se lève, s'avance, prend Martín Alonzo Pinzón par la main, le relève, lui dit :

– J'attends vos explications, señor capitaine.

S'ensuit une narration sèche et précise, crachée de son haut par le Pinzón qui n'abandonne rien de sa morgue. Il en résulte que la *Pinta*, meilleure marcheuse que ses compagnes, avait peu à peu pris tellement d'avance qu'elle avait fini par les perdre de vue et que, livré à lui-même, Martín Alonzo avait décidé de poursuivre de son côté un voyage d'exploration, quitte à en rendre compte, le moment venu, au señor Amiral, ce que justement il fait en ce moment.

Il conclut, patelin :

– Ainsi avons-nous pu pousser nos recherches dans deux directions différentes, ce qui est tout bénéfice.

L'Amiral bout de rage rentrée. Il va éclater. C'est alors que je prends sur moi d'intervenir. Faisant un pas en avant et m'inclinant devant l'Amiral en signe que je sollicite la parole, je recueille une brève inclinaison de tête qui me l'accorde. Je m'adresse à Pinzón l'aîné :

– Señor capitaine, avez-vous trouvé de l'or ?

C'est ce qu'il fallait dire. La parole magique. De l'or ! Tous font silence. Le visage de l'Amiral se décongestionne, sa rage fait place à une avidité inquiète. Pinzón tarde à répondre. Il jouit de cette minute suspendue à ses lèvres. Il peut irrémédiablement humilier l'Amiral, le reléguer au rang de marin de pacotille. Il sait bien – nous savons tous – que ce qui compte, aux yeux de Leurs Majestés Très Catholiques, c'est le précieux métal. À bien regarder, Martín Alonzo et ses frères ont autant mérité que Colomb les honneurs du triomphe. Ils ont, en dépit de tous, partagé sa chimère, ont investi leurs capitaux dans l'expédition, ont pris la mer malgré les dangers et sont bien meilleurs marins que le Génois... Mais voilà : rapporte-t-il de l'or, Pinzón ? On attend. Il finit par baisser sa tête orgueilleuse. Il n'en a pas ! Il confirme :

– Non.

Le visage de l'Amiral se rassérène. Lui, il en rapporte, de l'or. Pas beaucoup. De quoi faire briller de convoitise les regards royaux. Allons, il est bien le chef, et c'est bien une reddition sans condition que lui présente Pinzón.

La *Pinta* récupérée a besoin de réparations, et aussi de ravitaillement. Comme on n'a pas encore quitté la région des îles innombrables, l'Amiral décide de relâcher dans la plus proche, d'y panser les avaries et de transborder sur la *Pinta* une partie des rescapés de la *Santa María* qui encombrent la *Niña*.

Cela fait, nous reprenons la mer.

Je flâne. Le voyage de retour ne comportant pas d'éventualités de combats à terre, j'ai du coup perdu mon utilité. Finis les exercices à la pique, au sabre d'abordage et à l'arquebuse ! J'ai des loisirs. Je les emploie à perfectionner ma science toute neuve de la lecture dans une bible « imprimée » composée en gros caractères gothiques que m'a prêtée Felipa. Pour l'instant, penché au-dessus du bastingage du château de poupe, je crache dans l'eau, je contemple les ronds fugaces et impeccables qui se perdent dans les turbulences du sillage et je me dis qu'un savant géomètre tel que le vieux païen Pythagoras trouverait maintes choses sublimes à déduire de tout cela.

Pedrito surgit à mon côté. Je ne l'ai pas vu venir. Il n'était pas là, il est là. Il me tire par la manche.

– L'Amiral veut vous voir, señor chef.
– Mais je le quitte à l'instant !
– Il veut vous voir.

L'Amiral a l'amitié encombrante. Encombrante et accaparante. Je lui suis devenu indispensable. Il ne se lasse pas de contempler celui à qui il a sauvé la vie. Cela le réconforte dans les moments difficiles, lui rappelle qu'il y a en lui, quelque part, de l'étoffe de héros... S'il se doutait des sentiments que je ressens pour sa femme... Je me suis laissé dire que c'est souvent comme ça : le mari devient le plus tendre ami de celui qui brûle d'amour pour sa femme. On m'a pas dit ce qu'il en est quand la flamme est platonique.

Je gagne la chambre réservée au capitaine. Si

Pinzón cadet n'a pas cédé le commandement de sa *Niña* à l'Amiral, il lui a par contre fait volontiers l'hommage de sa cabine. Où il dort, je n'en sais rien et ne m'en préoccupe guère.

Pedrito tient à m'accompagner. J'en profite pour lui poser la question qui me tarabuste depuis quelque temps :

– Pedrito, j'aimerais savoir. Tu n'as pas repris ce vilain commerce que tu pratiquais naguère avec l'équipage, je pense ?

Il se récrie :

– Vous voulez dire les choses du cul ? Pensez-vous ! Plus souvent ! Et d'abord j'ai assez de maravédis pour m'acheter une femme, maintenant. Je veux dire une *vraie* femme. Une d'Espagne. Et même une mule pour l'asseoir dessus. Avec des pompons et des grelots.

– J'en suis heureux. Car ils sont tous malades, sais-tu bien ? Et ce mal, attrapé des femmes indigènes, j'ai bien peur qu'il ne se transmette même entre hommes... Enfin, entre hommes qui pratiquent la vilaine chose.

– Moi, c'est bien simple, les bonnes femmes de là-bas, je n'y ai pas touché.

– Comment cela se fait-il, Pedrito ? Tu en avais tellement envie !

Il semble embarrassé. Il finit par avouer, comme honteux :

– C'est depuis que j'ai vu la dame.

– Tu veux dire Felipa ?

– Oh, moi, je ne l'appelle pas par son prénom, même quand je me parle à moi-même. Je dis « la dame ».

– Mais elle fait le mousse avec toi !
– N'empêche, c'est « la dame ». Personne ne le sait que moi. Personne ne l'a vue toute nue que moi.

Se rappelant, il ajoute, pas content :
– Et vous.
– Pedrito, Pedrito ! Serais-tu amoureux ?

Il rougit violemment.
– De qui ?
– Pardi, de doña Felipa. Je veux dire : de la « dame ».

Il hausse les épaules, me regarde bien en face. C'est de la haine pure qui sort de ses yeux. Il crache :
– Je vous déteste !

Et puis s'enfuit à toutes jambes.

Et voilà. J'ai un rival.

Pas plus l'Amiral que les frères Pinzón n'ont eu le loisir d'étudier le régime habituel des vents en ces régions inconnues de l'Océan. On est donc livrés au petit bonheur des caprices du temps. Et voilà justement qu'après quelques journées bénies de grand beau temps avec brise favorable nous rencontrons des vents capricieux, que le ciel se couvre de nuages de plus en plus menaçants et qu'enfin la tempête s'abat sur nous.

Il est tout de suite évident qu'il ne s'agit pas d'un simple grain. La violence des rafales est prodigieuse, du moins m'en semble-t-il ainsi, c'est ma première grosse tempête. Les deux nefs doivent se maintenir écartées à bonne distance l'une de l'autre afin de ne pas risquer de se fracasser mutuellement.

L'Amiral se tient sur la dunette de poupe, près de Pinzón cadet cramponné à la barre. Il semble soucieux. Je me tiens près de lui, n'ayant rien de mieux à faire en cette histoire qui concerne essentiellement les marins confirmés. Je me fais du mauvais sang pour Felipa, qu'un paquet de mer emporterait comme un fétu par-dessus bord. J'espère qu'elle est sous la sauvegarde de Pedrito, bien à l'abri dans les profondeurs de la nef.

L'Amiral, sourcils froncés, interpelle Pinzón le cadet :

— Señor capitaine, je dois constater que ce bateau répond fort mal à la barre, ainsi qu'aux rafales de vent. Il roule comme ce n'est pas permis. Je vous observe. Vous vous donnez bien du mal pour de bien piètres résultats. Je dirais que ce bateau est quasiment ingouvernable.

Pinzón cadet, crispé sous l'effort, répond :

— Señor Amiral, c'est que le vent change sans cesse.

L'Amiral penche la tête de côté, porte la main en conque à son oreille. Il écoute quelque chose, quelque chose qui se trouve sous le plancher.

— Entendez-vous ces coups de boutoir ?

J'écoute. Pinzón cadet écoute. Effectivement, je perçois, noyés dans le tintamarre mais bien audibles pour peu qu'on y prête attention, certains chocs sourds et réguliers, comme obstinés. Pinzón secoue la tête :

— Les coups de boutoir, ce n'est certes pas ce qui manque, señor Amiral. Comment en distinguer certains en particulier ?

L'Amiral perd patience :

– Je les distingue bien, moi. Vous aussi, señor Konogan ?

J'acquiesce. L'Amiral continue :

– Je parle des coups de bélier provenant des œuvres basses. De la cale, pour être précis. Qu'y a-t-il donc dans la cale qui n'est pas solidement amarré ?

Pinzón cadet hausse les épaules.

– Quelques tonneaux, peut-être, qui auront rompu leurs amarres.

– Vides, ces tonneaux ?

– Vides, señor Amiral. Ce sont ceux qui devaient contenir le lest.

Ces mots à peine lâchés, Pinzón le cadet se mord la langue. L'Amiral bondit.

– Qui « devaient » contenir le lest, dites-vous ? Alors, de lest, il n'y en a pas ?

– Juste un peu de sable sur la quille. Je pensais que ça suffirait.

– Vous « pensiez » ? Eh bien, vous pensiez mal ! Heureusement, si j'ose dire, que ces tonneaux sont vides. S'ils eussent été pleins, ainsi qu'ils étaient censés l'être, la coque serait défoncée, à l'heure qu'il est, et nous serions tous en train de faire la conversation aux poissons.

Il se tourne vers moi.

– Señor Konogan, je vous charge de cette tâche. Prenez autant d'hommes qu'il en faudra, faites amener les tonneaux sur le pont, qu'on me les emplisse d'eau de mer puis qu'on les descende avec précaution à fond de cale et qu'on les amarre intelligemment, autant à bâbord qu'à tribord, pour équilibrer, et solidement, cette fois. Et vite ! Il y a urgence.

Je ne demande pas mieux que de me rendre utile, toutefois j'entrevois certaines difficultés. Je dis :

– Señor Amiral, je ne suis pas un marin. Les hommes ne m'obéissent pas volontiers en dehors des exercices de guerre purement terrestres.

L'Amiral n'est pas de ceux qu'un tel argument suffit à abattre. Des deux mains, il ôte son chapeau, le tient un instant devant lui, se signe, me le tend.

– Señor Konogan, mes officiers et quartiers-maîtres sont accaparés par la manœuvre. Vous êtes mon ami, j'ai toute confiance en vous, je vous nomme en cette affaire le dépositaire de mon autorité. Prenez ce chapeau, il fait de vous mon lieutenant. Quiconque vous désobéira, c'est à moi qu'il fera offense.

Je coiffe respectueusement le chapeau – à la vérité une simple toque plate de velours grenat avec des crevés bleu ciel – et bon, j'y vais.

Hisser sur le pont des tonneaux hauts comme un homme, les remplir à l'entonnoir d'eau de mer qu'on puise à l'aide d'un seau de bois balancé au bout d'un filin, en refermer solidement la bonde, les redescendre, les amarrer aux anneaux de fer fixés aux membrures de la charpente, tout cela sur un rafiot qui danse, plonge, roule et se secoue sous la violence de vagues énormes, ce n'est certes pas là une petite affaire.

Enfin, nous en venons à bout. Au prix d'un marin passé irrémédiablement par-dessus bord, de deux jambes broyées, d'un bras cassé et d'une douzaine de côtes fêlées, mais il faut ce qu'il faut, n'est-ce pas ? Je vais rendre compte à l'Amiral. Il daigne se montrer satisfait. En effet, le bateau se tient mieux. Pinzón cadet, qui n'est pas mauvais barreur du tout, le maintient face à la vague.

La tempête ne faiblit pas. Les hommes sont harassés. Des voies d'eau se déclarent, qu'il faut calfater. Et voilà que la *Pinta* a disparu. Une fois de plus. Il est vrai qu'elle est meilleure marcheuse, mais aussi qu'elle se présente mieux face à la mer déchaînée. Toutes ses voiles carguées, le vent la prend à la coque et puis l'emporte, va l'empêcher, toi ! Quoi qu'il en soit, nous sommes de nouveau seuls sur l'immensité liquide sans personne à proximité qui puisse recueillir les survivants d'un naufrage.

L'Amiral semble, pour la première fois, accablé. Pour la première fois, il doute. Le front barré d'une ride qui n'y est pas d'ordinaire, il me demande :

– N'est-ce pas quelque vieil et glorieux amiral grec des temps anciens qui, s'il m'en souvient bien, fit connaître le lieu et la position de sa nef au moment où il faisait naufrage en enfermant dans une amphore, qui est une bouteille de ce temps-là, un joli morceau de papier sur lequel il avait porté tous les renseignements ainsi que le récit de ses exploits et découvertes dans les mers lointaines ?

Je suis bien incapable de confirmer ou d'infirmer le bien-fondé de cet intéressant épisode de la marine antique, cependant je ne reste pas coi. Je dis, avec tout le respect dont je suis capable :

– Señor Amiral, je ne sais. Connaissant votre admirable capacité de mémoire, j'ose hardiment augurer qu'il en fut bien ainsi que vous dites. Je me permettrai cependant une remarque – oh, bien anodine et portant sur un point tout à fait secondaire. Les Grecs du temps des Grecs ne connaissaient pas le papier, qui nous est arrivé, en Europe, voici peu, venant de la Chine au pas lent des caravanes.

– Vous avez raison, comme toujours, cher ami. Mais, dites-moi, faute de papier, sur quoi écrivaient-ils donc, ces Grecs ? Car ils savaient écrire, me suis-je laissé dire.

– Oh, sur n'importe quoi de plat et d'à peu près blanc, je suppose. Des écorces de bouleau, des tessons de vaisselle, des pierres plates...

– Rien ne s'oppose à ce qu'on enferme une écorce de bouleau, un tesson de vaisselle, à la rigueur une pierre plate dans une amphore bien scellée que l'on confie au hasard des flots, hum ?

– Rien. Pourvu que l'écorce, le tesson ou la pierre soit assez léger pour ne pas contrarier la puissance de flottaison de l'amphore.

– Moi, j'ai du papier. Je n'ai pas d'amphore. J'ai mieux. J'ai des bouteilles vides. Car, entre-temps, nous avons appris à souffler le verre, nous autres. Et qu'est-ce que vous dites de ça ?

– Señor Amiral, le verre de la bouteille n'est pas moins fragile que la terre cuite de l'amphore. Drossée sur des brisants, voilà votre bouteille éclatée et votre message dévoré par les poissons ou les oiseaux marins.

– Vous objectez à tout. C'est agaçant. Si l'on vous écoutait, on ne ferait rien.

– Si fait. Que vous faut-il ? Un objet creux, flottant, résistant le mieux possible aux chocs sur les récifs.

– Eh bien, oui. Et alors ?
– Un tonneau, señor Amiral.

Le visage du Découvreur s'illumine. Et, tout de suite après, se fait dubitatif.

– C'est une bien considérable enveloppe pour une si petite lettre, ne trouvez-vous pas ?
– Faites la lettre aussi grosse que vous voudrez.
– Vous êtes un plaisantin. Bon. Je vais écrire cette lettre. Faites préparer un tonneau. Et envoyez-moi ce mousse, vous savez, le joli brun. Il me tiendra l'écritoire, ça remue tellement !

Sacré bonhomme ! Il m'aime d'amitié vraie, et il n'a toutefois pas assez confiance en moi pour me mettre dans le secret de sa femme clandestine... Je dois donc faire comme si je ne savais pas que, s'il fait appeler le mousse, « le joli brun », c'est parce qu'il ne se sent pas à la hauteur, question d'écriture, et que la lettre sera rédigée par Felipa. Non, mais, quel cachottier !

Bon, je vais m'enquérir du tonneau.

XV

– Terre à bâbord !

La vigie a crié. L'Amiral confirme, ajoutant, mi-rassuré mi-bougon :

– Ce n'est pas trop tôt ! Ce doivent être les Açores. Nous devrions y être depuis longtemps. Porca la Madonna de tempête !

L'équipage hurle sa liesse. L'Amiral est moins joyeux :

– La mer reste bien grosse. Les abords sont trop dangereux. Il nous faut tirer des bordées au large tant que le temps ne se prêtera pas mieux à l'approche. Et puis, ces îles sont terre portugaise. Qui sait quels emmerdements ces enfants de putain vont nous faire ?

Commence une attente qui menace d'être longue. Tandis que l'équipage exécute rituellement les fastidieuses manœuvres du « lof pour lof », je distrais mon désœuvrement en conversations avec l'Amiral quand il ne dort pas – or il dort beaucoup, comme si, ayant rempli sa tâche de découvreur, il estimait avoir droit à un repos bien mérité. Quand il dort, j'erre de-ci, de-là par la nef, qui tangue et roule effroyablement, projetée d'une vague à l'autre dans cette queue de tempête qui n'en finit pas. Je constate que j'ai acquis cette aisance qu'il est convenu d'appeler « le pied marin ».

Je surveille discrètement Pedrito. Le gamin m'inquiète. Il est morne, traîne la jambe, obéit comme machinalement aux ordres, n'est pas à ce qu'il fait, ne me répond que par trois syllabes hargneuses ou ne me répond pas du tout... Quelque chose s'est brisé entre nous, dirais-je si je ne me rendais compte que cette humeur sombre, il l'a envers tout un chacun à bord. Sauf Felipa.

Je m'étais risqué à lui demander s'il était souffrant. Il m'avait jeté un « Je vais très bien ! » qui sonnait comme « Foutez-moi la paix ! » J'ai remballé ma sollicitude, me bornant à surveiller le gamin de loin. Je m'en ouvre à Felipa, profitant d'un des rares moments où elle n'est pas « chaperonnée » par Pedrito, lequel déploie une ingéniosité inlassable pour lui épargner le plus possible les contacts avec les matelots aussi bien qu'avec le commandement. Il lui trouve toujours à accomplir des tâches urgentissimes dont l'aurait chargé tel ou tel actuellement occupé ailleurs...

Le mousse attitré de la *Niña* étant mort lors du séjour à Hispaniola des suites d'un mauvais abcès, Pedrito et Felipe sont les seuls adolescents à bord. L'agile Pedrito se démène comme un diable pour remplir à lui seul les tâches incombant à deux mousses. Jusqu'à ces derniers temps, il s'en tirait avec bonne humeur, trouvant le moyen d'amuser les hommes par sa faconde tout en veillant jalousement sur Felipa-Felipe. Il n'en est plus ainsi.

Donc, mettant à profit une brève absence de Pedrito, occupé à amarrer dans la cale des caisses vagabondes, je m'approche de Felipa qui, penchée au-dessus d'un baquet, épluche des « patates » – espèces de racines dodues à la chair blanche et nourrissante cultivées « là-bas » – pour le repas de l'équipage. Je lui demande si elle sait ce qui ne va pas avec Pedrito.

Non, elle ne sait pas. M'affirme-t-elle. En même temps, une lueur dans ses yeux me dit qu'elle sait très bien mais ne me le dira pas. À moi de deviner.

Très bien. Cherchons. J'énonce à haute voix, en comptant sur mes doigts :

– S'il était malade en son corps, vous n'en feriez pas mystère, je pense. Donc, éliminons la maladie. Deuxièmement, son air tourmenté est éloquent : il souffre d'une douleur toute morale. Ah, ah, cette ombre de sourire qui a couru sur vos lèvres... Il se pourrait bien que je brûle. Troisièmement, Pedrito est à l'âge où seuls les tourments de l'amour peuvent toucher un jeune être. Serait-il amoureux ? Hé, hé, mais bien sûr qu'il l'est ! D'ailleurs, jusqu'ici il ne s'en cachait pas. Le fait qu'il s'en cache aujourd'hui prouve que le mal a atteint une phase aiguë. Voilà un point d'acquis. Maintenant, l'objet de cet amour. Eh, quel objet aimable y a-t-il donc en ces lieux, sinon vous, belle dame ? J'en sais quelque chose... Nous dirons donc, pour conclure, que notre Pedrito est amoureux fou de vous, et amoureux désespéré, car vous êtes inaccessible, ce qui ne convient nullement à cette âme ardente qu'embrasent toutes les impatiences de l'extrême jeunesse. Qu'en dites-vous ? N'est-ce pas là un beau raisonnement ?

Je n'aurais pas dû persifler. S'il est une chose au monde qu'une femme ne saurait souffrir, c'est bien qu'on parle plaisamment de ses amours. Mais c'est qu'aussi je suis jaloux, moi ! De cet enfant ? De cet enfant, parfaitement. De tout mâle qui l'intéresse, qui l'amuse, qui l'attendrit, peut-être. Son regard se durcit. Qu'ai-je déclenché ? Elle dit – et elle ne sourit plus :

– Señor Konogan, vous employez des mots excessifs. « Désespéré », « inaccessible »... Sachez que nul amour n'est définitivement désespéré, nulle femme absolument inaccessible. Vous avez trop tendance à étendre à autrui ce qui n'est peut-être que votre cas.

Oh, que ça fait mal ! Oh, comme elle a su frapper ! Je reste stupide. Je me dis très vite que ce n'est pas possible, qu'elle me fait marcher, qu'elle et ce gamin... Non ! En tout cas, elle m'a mouché. Bon, je n'aurais pas dû. D'accord. Séduire est toujours flatteur, pour la séductrice, quel que soit le séduit. L'amour de cet enfant est touchant. Et moi, comme un fat, je fais le malin... Pis, peut-être. Peut-être lui ai-je ouvert les yeux. Fait prendre conscience de ce qu'elle n'est pas insensible à ce brasier qu'elle a allumé. Oh, bon Dieu...

Je me sauve. Je me déteste.

Décidément, ce mauvais temps n'en finit pas de finir. À portée de la main, dirait-on, s'aperçoivent des maisons de colons, des ouvrages portuaires, des navires à l'ancre. C'est très frustrant. L'Amiral décide d'envoyer un canot en reconnaissance. Les gars souquent ferme sur les avirons. Ils emportent une lettre où l'Amiral explique, non tout au plein mais en s'en tenant à l'essentiel, qui nous sommes, d'où nous venons et ce que nous avons accompli, en insistant pour avoir une prompte réponse. Tandis que nous regardons s'éloigner le canot, l'Amiral me confie :

— Je ne suis pas tranquille. Peut-être n'aurais-je pas dû mentionner la jonction avec la Chine et l'Inde par l'occident. Ces Portugais n'ont aucun respect pour l'exploit. Ils ressentiront par contre le dépit de ne l'avoir pas fait eux-mêmes.

Il semble bien qu'il ait raison. Le canot ne revient pas. L'Amiral fait tirer un coup de canon en signe d'impatience. Un mouvement se fait sur le port, lequel n'est guère qu'une grève sablonneuse plantée d'une estacade faite de troncs d'arbres et de hangars de planches. Un canot est mis à la mer, puis deux. Des gens armés, salade en tête et cuirasse au poitrail, y prennent place. Je dis à l'Amiral :

— Ce ne sont pas là préparatifs amicaux. Dois-je faire sonner le branle-bas de combat ?

— Faites, mon ami, faites. Et préparons-nous à bien recevoir ces goujats.

Tandis que Pinzón le cadet fait lever l'ancre afin que la caravelle conserve toute sa mobilité d'action, de mon côté je fais rassembler tous les hommes que ne nécessite pas la manœuvre, leur distribue piques, haches, sabres et divers crochets emmanchés aux formes menaçantes destinés à saisir au col, au bras ou au corps les assaillants et à les rejeter à la mer, privés de vie si possible. Les mèches des arquebuses sont maintenues allumées.

Cependant les damnés Portugais se rapprochent. Eux aussi ont des arquebuses. Pour nous faire voir qu'ils savent s'en servir, un escogriffe à longues moustaches rousses plante sa fourche d'appui, y loge le canon de son bâton à feu et, ayant fermé un œil pour mieux viser, abat du premier coup la hampe du pavillon amiral, qui porte aussi le drapeau de Castille. Petite vexation à laquelle sont sensibles nos marins.

Je n'ai pas le temps de crier : « On ne tire que sur mon ordre ! » Déjà les arquebuses, les nôtres, ont craché leurs grosses balles de plomb dans un tonnerre soudain. Le bravache aux moustaches s'abat, lâchant son arme qui, en tombant, assomme un autre arquebusier. C'est que c'est lourd, ces engins ! Cela jette quelque désordre dans le canot portugais. Mais il y en a un autre, qui fait force de rames pour participer à l'action. Je commence à me faire du mauvais sang. Il est vrai qu'empêtrés comme ils le sont de ferrailles et de buffleteries guerrières, je vois mal ces gars se jeter à l'abordage d'un navire de haut bord. Mais peut-être n'est-ce pas leur intention. Peut-être veulent-ils seulement nous tourner autour en abattant nos hommes l'un après l'autre, tranquillement, comme au tir au pigeon ?

Eh bien, même pas. Un ordre est hurlé. Les deux canots font halte à quelques encablures de nous, maintenant les embarcations immobiles en clapotant doucement des avirons battant à l'envers. (Ça doit avoir un nom marin, cette manœuvre, mais je l'ai oublié.) Un type se dresse, un gradé. Je ne connais pas les uniformes de l'armée portugaise, ni comment on distingue les grades, je sais seulement qu'il porte au chapeau une plume assez considérable.

Cet homme de poids salue d'un ample mouvement de son chapeau, dont la plume balaie le dos des matelots courbés sur l'aviron. Ayant fait, il met ses mains en porte-voix de part et d'autre de sa bouche et crie quelque chose, en portugais, je suppose. Le portugais est presque de l'espagnol, pas tout à fait, cependant. Disons une espèce d'espagnol parlé par les croquants de la campagne. J'essaie de comprendre, je n'y arrive pas. Et puis je me dis que cela ne me concerne pas. Cet officier parle au nom de son maître le roi du Portugal, c'est donc de puissance à puissance que doit s'établir le dialogue. Il se trouve à notre bord des autorités supérieures, à commencer par l'Amiral, qui peut, lui, parler en lieu et place de Leurs Majestés Très Catholiques.

Et en effet, l'Amiral, du haut du château de poupe, répond. S'ensuit une palabre dont je me désintéresse. J'attends le résultat, assis d'une fesse sur l'affût de notre canon que le matelot promu canonnier tient braqué sur les deux barques, boulet en gueule, mèche allumée. Histoire de passer le temps, je roule sur ma cuisse, ainsi que je l'ai vu faire aux Chinois, ou aux Indiens, enfin aux croquants de là-bas, quoi, des feuilles de « tabaque » dont j'ai une petite provision, et puis j'y mets le feu et j'aspire un grand coup. Qu'ai-je fait là ? J'explose. Je tousse, j'éternue, je crache, je pleure, et pour finir je vomis tripes et boyaux. C'est terrifiant, c'est... C'est dégueulasse, comme disent les Français. N'empêche, je suis tout surpris d'y trouver, après coup, comme un goût de revenez-y.

La palabre prend fin. Je fais signe au canonnier de cesser de me taper dans le dos. J'attends les ordres. Ils arrivent, portés par l'Amiral en personne. Le courroux empourpre sa noble face. Il me prend par le bras :

– Konogan, l'insolence de ces Portugais est proprement insupportable. Figurez-vous que, non seulement ils nous interdisent l'entrée du port, où pourtant nous aurions bien besoin de relâcher pour réparer nos avaries, mais encore prétendent-ils nous arraisonner ! Afin de vérifier, disent-ils, que nous ne transportons pas dans nos cales certaines marchandises en provenance des pays lointains explorés par des navigateurs portugais et dont le roi du Portugal s'est assuré l'exclusivité du commerce et du transport.

L'Amiral jette sa toque à terre :

– D'autant plus que tout ceci n'est que prétexte ! Ces hyènes subodorent que nous avons réussi quelque chose de grand, quelque chose d'immense, quelque chose qui met en péril pour l'avenir la suprématie portugaise sur les mers.

Je suggère :

– En ce cas, partons. Nous calfaterons comme nous pourrons. L'Espagne n'est plus tellement loin.

– Pas sans avoir récupéré les hommes que j'ai envoyés en reconnaissance et qui ne sont pas revenus. Ces cochons-là les retiennent prisonniers.

– Alors, señor Amiral, puisque de toute façon ils se doutent de quelque chose, autant jeter le masque. Vous êtes le Seigneur Amiral de la Mer Océane, retour d'une mission d'officielle d'exploration à vous confiée par Leurs Sérénissimes Majestés de Castille et d'Aragon, que diable ! Ne soyons plus furtifs. Déployez-vous dans votre gloire.

– Vous avez raison. Voyez-vous, depuis que...

Il suspend sa phrase, embarrassé. Je la complète en moi-même : « ... depuis qu'il n'a plus les avis de sa très précieuse compagne pour le guider. »

Toujours est-il qu'à partir de ce moment l'Amiral n'hésite plus à proclamer sa grandeur ni à montrer sa force. Il commence par un coup de canon. À blanc, mais tout de même, l'effet est majestueux. Les deux barques arrogantes jugent plus prudent de virer de bord et regagnent la côte, pour y quérir de nouvelles instructions, sans doute. Il n'y aura plus d'autre tentative d'intervention directe.

L'Amiral a chargé l'officier commandant les deux barques de transmettre au gouverneur des îles le souhait impérieux que lui soient promptement rendus ses marins indûment retenus prisonniers. La réponse se fait attendre. Pendant cinq jours pleins, la *Niña* croise au large de cette île, qui s'appelle, nous l'apprendrons plus tard, Santa María, comme la caravelle perdue. On pourrait continuer longtemps comme ça, dans le calme peu à peu revenu, Espagnols et Portugais se regardant en chiens de faïence, ainsi que disent les Italiens. L'Amiral fulmine de tout ce temps bêtement perdu alors que souffle une brise favorable. Il parle d'une descente en force et de prendre possession des Açores au nom de Leurs Majestés espagnoles. J'ai du mal à le retenir.

Pendant ces jours d'oisiveté, je me rends souvent au lieu où sont parqués les Indiens – ou appelez-les comme vous voudrez, Pedrito leur donne le sobriquet de « Peaux-Rouges » parce que, dans leurs îles, ils se passent tout le corps à la peinture rouge, afin d'être beaux, dit-il. Je suppose plutôt que c'est pour se garantir des piqûres des moustiques, car j'ai cru remarquer qu'ils sont peu tourmentés de ces sales bêtes. Je me suis découvert un certain goût pour les langues étrangères. Celle de ces sauvages est amusante. Rien à voir avec nos langues d'Europe. Je commence à échanger quelques mots avec eux, en m'aidant du geste et de la mimique. Certaines notions s'expriment par des claquements de langue, d'autres par des coups de sifflet certainement copiés sur les sons produits par les oiseaux imitateurs, à moins que ce ne soit l'inverse.

Ces indigènes sont dans la force de leur âge. Ils sont beaux. Leurs corps sont élancés, leurs ventres plats, musclés sans excès, leurs gestes harmonieux. Je dois m'avouer que la quasi-totalité de l'équipage fait piètre figure en comparaison. Le vieux chef, tenant à nous faire honneur, avait choisi avec soin ces friandises dont il voulait améliorer notre ordinaire. Ainsi l'Amiral aura-t-il l'avantage de présenter à Leurs Majestés les meilleurs échantillons de leurs nouveaux sujets.

Paresseux comme il n'est pas permis, ils restent des journées entières vautrés sans rien faire, les yeux dans le vide, sans même bavarder ou chantonner. Ils aspirent à pleins poumons la fumée de leur provision de « tabaque », ce qui dénote une solide constitution.

Ils étaient dix quand nous quittâmes Hispaniola. Ils ne sont plus que six. Quatre d'entre eux sont morts d'une mauvaise grippe attrapée d'un matelot qui avait été sévèrement atteint mais en avait réchappé. Il semblerait que ces gens soient excessivement sensibles à nos maladies habituelles, de même que leurs maladies bénignes se font pour nous ravageuses. Il y a là un sujet d'étude pour un médecin un peu curieux.

Deux d'entre eux sont des femmes, deux jeunesses dans la fraîcheur de leur féminité toute neuve. Elles ne manquent certes pas d'une certaine grâce sauvage, avec leur épaisse chevelure d'un noir profond, leurs enfantines pommettes rondes, leurs petits nichons haut dressés. Elles sont sommairement vêtues d'espèces de longues chemises imposées par la pudeur de l'Amiral, tandis que les mâles portent culotte. Ces chiffons les gênent visiblement, elles les subissent gauchement, les oublient, s'abandonnent dans des poses qu'on pourrait croire lascives et provocantes si elles n'étaient pas l'effet d'une innocence de paradis terrestre.

C'est surtout avec elles que je m'exerce à la conversation. J'ai toujours préféré la compagnie des femmes, elle me stimule l'esprit, me pousse à bien faire... Un sourire de femme toujours me ravira. Cela sans aucune intention de derrière la tête. Mon cœur est pris, les rebuffades de Felipa n'y changeront rien, d'une part.

D'autre part, l'obsession de la maladie mystérieuse que sont censées transmettre ces tentatrices créatures me tient en alerte. L'Amiral a d'ailleurs réitéré son interdiction de tout commerce charnel avec ces femmes.

Je suppose qu'en temps normal, je veux dire dans les conditions de liberté dont ils jouissaient sur leur île, les indigènes de sexe mâle ne se fussent pas privés de copuler avec ces filles autant de fois que l'envie les en eût pris. L'Amiral, ayant manifesté son intention de les faire instruire en notre sainte religion puis baptiser dès notre arrivée en terre chrétienne, prétend les maintenir hors de toute occasion de pécher d'ici là. Je ne puis m'empêcher de penser que la privation doit être fort pénible pour des êtres entièrement soumis aux élans de la nature.

Il a donc été décidé de parquer les hommes et les

femmes séparément, à charge pour un matelot, promu sentinelle de la vertu, de veiller à ce que l'espace entre les sexes ne fût franchi.

À propos de sexe, une question me trotte par la tête. Je la soumets à l'Amiral :

– Señor Amiral, comment accordez-vous la présence à votre bord de ces femmes, femmes quasi nues, qui plus est, avec la terrible malédiction qui veut qu'une créature du sexe sur un bateau porte à coup sûr malheur ?

Le grand homme a le sourire du professeur dont l'élève favori vient de lui poser la question qu'il attendait.

– Señor Konogan, je suis heureux de vous renseigner. Écoutez un peu. Par « créatures du sexe féminin », nous autres marins entendons des filles garanties humaines, descendant en droite ligne de la race engendrée par nos bibliques parents Adam et Ève, ainsi que nous l'enseigne l'Écriture sainte, et dûment rachetée par le divin sang de Notre Seigneur le Christ Jésus.

« Or ces femmes dont nous parlons présentement descendent-elles d'Adam et d'Ève ? Certainement pas. Le lieu où se trouvait le jardin d'Éden est enfoncé derrière les montagnes d'Orient, loin chez les Turcs, et, jusqu'à ce jour où fut bâtie la première caravelle, il n'existait nul vaisseau capable de franchir la mer Océane, pas même l'arche du compère Noé puisqu'elle n'alla pas plus loin que le mont Ararat. Il faut donc bien que ces gens, et ces femmes en particulier, aient été conçus et engendrés aux lieux mêmes où nous les avons trouvés. Ils ne participent par conséquent en aucune façon de notre généalogie et ne sont point humains à proprement parler. Ce sont des sauvages, autant dire des bêtes brutes. Leurs femelles sont un peu mieux que femelles animales, non toutefois humaines. La malédiction que vous dites ne saurait émaner d'elles.

« Je vous le démontrerai encore en vous rappelant que nous embarquons sur nos nefs des poules à foison pour avoir des œufs frais. Il n'en résulte nul dommage, car ce sont femelles non humaines.

Ainsi parle l'Amiral, et je me tiens pour satisfait. Je ne puis cependant m'empêcher de penser que, dussé-je contredire les Saintes Écritures, ces femmes sont disertes et caquetantes autant que commères de Castille et que, avec une vêture décente sur le dos, elles feraient tout à fait figure de chrétiennes acceptables.

J'aurais pu faire remarquer à l'Amiral que les présentes difficultés qui contrarient notre voyage de retour, sans parler des tempêtes, des naufrages, des décès, semblent bien confirmer la nocivité de certaines présences féminines à bord, et si ce ne sont celles des femmes sauvages, alors peut-être conviendrait-il de chercher ailleurs, du côté de certain mousse, par exemple... Mais puisque l'Amiral, dans le secret de son cœur, a décidé de braver cet interdit-là, on peut imaginer qu'il sait ce qu'il fait et que tout son beau raisonnement à propos des filles sauvages, femelles mais non femmes, n'est qu'hypocrisie et poudre aux yeux.

Mes laborieuses conversations m'ont rapproché des deux filles sauvages au point qu'on peut parler de quelque chose comme de l'amitié qui s'est tissé entre nous. Elles portent des noms longs d'une lieue, ornés de beaucoup de voyelles chantantes et hérissés de consonnes s'entrechoquant de manière fort barbare pour mon appareil vocal. Je simplifie les choses en leur donnant des prénoms bien de chez nous, en souvenir de mon Irlande natale. L'une, l'espiègle, sera Gwendoline que je réduis à Lina, l'autre, la sérieuse, sera Morgane, Gani dans l'intimité.

En même temps que je m'exerce à parler leur langue, je leur apprends des rudiments d'espagnol. Pourquoi l'espagnol, qui n'est pas ma langue maternelle ? Parce que vraisemblablement elles feront carrière, en quoi que cela puisse consister, en Espagne, en tout cas parmi des Espagnols.

Felipa me taquine sur ma toute neuve assiduité à m'instruire :

– Je constate, señor Konogan, que je n'ai plus le privilège exclusif de vos visites. J'en remercie la divine Providence. Le fardeau partagé est moins lourd à porter.

– Fardeau, Madame ? Ah, le mot est bien dur ! Mais cette pique m'est douce car elle exhale certain parfum de jalousie qui me dit que je ne vous suis pas tout à fait indifférent.

Quiconque m'eût assuré, naguère, que je batifolerais un jour en muscadin d'alcôve m'eût certes fort étonné. Felipa poursuit, les yeux baissés sur son ouvrage : elle tresse ensemble les deux bouts d'une élingue rompue, avec beaucoup d'habileté, ma foi :

– Vous allez devenir un grand savant, señor Konogan, si vos capacités sont égales à votre acharnement.

Ne passez-vous pas la quasi-totalité de votre temps à faire parler ces demoiselles ?

Elle a mis dans ce « demoiselles » une ironie qui ne lui ressemble pas. Je ne l'aurais pas crue aussi transparente. Je crois bon de préciser :

– Mes heures de nuit sont consacrées au sommeil, señora.

– Tutoyez-moi, voyons, et appelez-moi Felipe ! Et quant à ce qui est de vos heures de nuit, il est dommage que vous abandonniez alors l'endroit de vos chères études.

Elle a dit cela d'un certain ton. Pour me piquer, sans doute. Je suis piqué :

– Que voulez-vous... euh... que veux-tu dire, petit ?

Elle rit, prend la voix rauque d'un adolescent qui mue :

– Je veux dire qu'il se passe ici même, tandis que vous dormez, des choses...

– Quelles choses ?

– Voyez par vous-même. La nuit prochaine, par exemple.

Elle s'esbigne, son épissure terminée.

D'abord, il ne se passe rien. J'ai pris la faction sitôt la nuit tombée, caché derrière une de ces piles de caisses pleines d'objets curieux à offrir à Leurs Majestés dont le navire est encombré. Les mouettes criardes se sont tues, on n'entend que le léger sifflement du vent dans les haubans et un doux murmure de palabres. Les Indiens, qui dorment tout le jour, passent la nuit à bavarder en soufflant des nuages de « tabaque » puant. Je dirige mon regard vers l'endroit où les deux filles, affalées sur une couverture bariolée, rient à je ne sais quels souvenirs. La lune se dégage au moment où elles font passer leur chemise par-dessus leur tête et se retrouvent nues comme elles l'étaient là-bas, sur leur île. C'est la nuit, l'Amiral dort, il ne le saura pas, ces vêtements de Blancs sont bien incommodes à supporter. Au fait, où est le gars censé veiller sur elles ? Je ne le vois pas.

Ah, tiens, le voilà. Mais il n'est pas seul. Un matelot le suit. Non, deux. Il jette furtivement un regard à droite, puis à gauche, en homme qui médite un mauvais coup. Étrange... Il va droit aux filles, les deux autres aussi. Il tend la main. Chacun des deux y dépose quelque chose. Drôle de commerce. Je n'ose entrevoir ce que j'entrevois. Mais oui, c'est bien ça ! Les gars s'approchent des filles, chacun choisit la sienne, déboucle sa ceinture, rabat sa culotte et s'abat sur la couverture, sexe au poing afin de le diriger droit où il doit aller, mais la fille, aussi bien l'une que l'autre, Lina aussi bien que Gani, en vraie professionnelle, prend la chose en main et se l'introduit en souplesse. Ça, alors...

Mon premier mouvement est pour interrompre l'orgie, et puis je me dis qu'ils sont trois, qu'un type interrompu en pleine ascension vers l'extase est tout spécialement méchant, que je n'ai pas d'arme et que, bon, le mal est fait, que la morale de l'histoire ne serait pas améliorée par mon plongeon dans l'eau salée agrémenté d'une grosse bosse sur la tête et toute cette sorte de choses...

Mais voilà que les événements ont l'air de se

compliquer. Voilà qu'une des filles, Lina, ma foi, a un mouvement de recul, fait « non » de la tête – ils ont le même geste que nous pour dire « non » –, un « non » très appuyé, plein de répulsion, et que le « client » – car, aucun doute, il s'agit bien d'un commerce – insiste, devient pressant, devient grossier, devient brutal, et frappe, et encore, tandis que l'ange gardien devenu maquereau s'avance et cogne à son tour.

Lina, sous les coups, ne proteste pas, ne gémit même pas. Elle encaisse en silence, comme une fille soumise qui sait avoir mérité la correction. Ces salauds frappent en connaisseurs, là où les coups ne laisseront pas de traces visibles. Voilà ce que c'est, me dis-je, que de recruter de force un équipage parmi les bas-fonds des ports ! Le naturel finit toujours par faire surface.

Là, c'est trop, l'impulsion m'emporte. J'avise, qui traîne par là, une de ces barres de fer qu'on emmanche dans un trou du cabestan pour le faire tourner – un anspect, je crois bien, mais je n'en suis pas sûr – et je tombe sur mes salopards à grands coups généreusement et impartialement distribués. Sous la première surprise, tous deux s'affalent sur le plancher, bien sonnés. Je me penche vers Lina, qui continue muettement à protéger sa tête de ses bras repliés. C'est une erreur. J'aurais dû me méfier du troisième larron qui, sans se préoccuper d'autre chose que de sa quête du bonheur suprême, pistonnait ferme des fesses en grognant comme un verrat en rut.

Sans doute est-il parvenu à ses fins tandis que je réglais leur compte aux deux autres et a-t-il, revenu sur terre, jeté un coup d'œil sur les alentours et pris la mesure de la situation, toujours est-il que je reçois derrière la tête un maître coup de je ne sais quoi de dur et de lourd qui me fait choir en avant, le nez entre les accueillants petits seins de la sauvageonne.

Qui pousse un cri. La sauvageonne. Elle pousse un cri, mais oui. Pour la première fois. Elle n'a pas crié pour elle, elle crie pour moi. Avant que de sombrer, j'entends ce cri.

Plus tard, on m'explique. À l'ouïe du cri, on est accouru. On a vite compris : la scène parlait d'elle-même. Traînés devant la justice de l'Amiral, les amateurs de chair exotique et le tenancier du bordel clandestin durent avouer. L'Amiral sévit, mais dédaigna d'enquêter plus avant. Il avait besoin de son équipage, cet homme. Il ne voulut pas savoir que d'autres clients attendaient leur tour, que toutes les nuits s'allongeait la queue des amateurs qui, pour quelques maravédis, jouissaient un bref instant des faveurs de ces créatures offrant tous les agréments des femmes sans être vraiment des femmes aux yeux du Christ. Baiser sans pécher, le rêve !

Je ne sais si ce que nous nommons « amour » a son correspondant chez les sauvages. Jusqu'ici, il semblait bien que non. À ce qu'il nous a été donné de voir dans les îles où nous faisions relâche, toute femme nubile est à tout homme, et vice versa, à tout moment, pourvu que leurs fantaisies coïncident.

Ils s'accouplent sans aucun souci de ce que nous nommons la pudeur, pas plus qu'ils n'éprouvent le besoin de dissimuler leurs organes naturels, que nous cachons comme infâmes, qu'eux exhibent comme nobles. Le seul sentiment qui les anime semble être l'appétit soudain pour les appas d'une belle gaillarde ou, réciproquement, d'un beau garçon, et, si les parties en présence sont d'accord, ils se donnent du plaisir par tous les moyens que leur offre leur corps, mis à part quelques tabous dont le caractère sacré correspond aux préceptes de je ne sais quelle religion sans dieux dont je n'ai pu, faute de vocabulaire, démêler les arcanes.

Rien, là-dedans, de comparable à cette tempête, à ce feu dévorant qui nous brûle et, tout à la fois, nous fait languir pour un être, pas forcément beau, pas forcément jeune, pas forcément bon, pas forcément intelligent, pas forcément doué pour les jeux de l'amour, que le destin a jeté par le travers de notre chemin et qui a éveillé je ne sais quel cataclysme ravageur en ce que nous nommons notre cœur.

Je suis porté à penser que les sauvages ignorent totalement ce sentiment – devrais-je dire « cette maladie » ? – et s'en portent fort bien. L'accouplement, chez eux, n'est pas cet acte suprême, quasi magique, chargé de sens et de symbolique, déterminant pour l'honneur ou le déshonneur de familles entières... Je ne suis pas sûr qu'ils savent comment se forment les enfants dans le sein des futures mères. Ils n'ont en tout cas pas la notion de « père ». Les enfants naissent spontanément, ils sont le bien de tous, appartiennent à la communauté et fort peu à leur mère, qui, d'ailleurs, donne la tétée à tous les bébés qui passent à sa portée.

Ceci donné, je suis d'autant plus stupéfait de voir naître, à mon égard, toute fatuité mise à part, chez

Lina la sauvageonne, un sentiment qui, s'il n'est pas de l'amour, est de l'adoration.

Elle n'avait pas plus la notion de héros que la notion d'amour. Toutes deux lui sont venues d'un coup, l'une entraînant l'autre. Les sauvages mâles, groupés à peu de distance, ne s'émeuvaient pas quand le gardien-maquereau la rouait de coups ou quand le client vicieux exigeait d'elle des complaisances frappées d'un tabou. J'étais apparu comme le chevalier à l'armure étincelante, et, même si j'avais eu le dessous, j'avais accompli quelque chose d'inouï qui me plaçait loin au-dessus de l'humanité vulgaire.

Mes entretiens studieux avec elle ont pris une tournure embarrassante. Elle n'est plus la rieuse, l'insouciante fille attentive à comprendre ce que je voulais lui faire dire, éclatant de rire quand elle trouvait mes questions cocasses, rougissant de bonheur quand elle avait deviné juste. Il y a maintenant une gêne entre nous, gêne due à sa dévotion même.

Comment se sentir à l'aise devant une femme, adorable ma foi, qui fixe sur vous le regard enamouré de deux grands yeux noirs qui ne cillent pas ? Qui vous prend les mains entre les siennes, longtemps, à n'en plus finir ? Qui s'épanouit à votre arrivée, s'éteint à votre départ, bref, semble ne vivre qu'en votre présence ? Ajoutez à cela que le sens de la pudeur lui est venu avec la révélation amoureuse et qu'elle cache, non sans coquetterie, ce qu'elle montrait hier si généreusement, donnant ainsi un piquant nouveau à des charmes désormais secrets.

Oui, mais moi je ne l'aime pas. Mon cœur, comme chacun sait, est pris ailleurs. Il n'empêche que je n'en suis pas moins homme, que je ne suis nullement insensible aux charmes de Lina, à la promesse de ses yeux, que la nature parle en moi, parfois fort impatiemment, et que, oui, bon, je l'avoue, l'ultime pensée qui me retient au bord du gouffre – dussé-je passer pour un lâche – est le spectre de la maladie. La Maladie.

XVI

Plus l'Europe se rapproche, plus elle se fait inaccessible. À peine avons-nous repris la mer que les gentilles brises dont nous n'avons pas pu profiter se changent en un hurlement d'apocalypse, tous les vents accourus des quatre horizons convergent sur nous à la fois. Dans la furie des éléments le soleil est invisible, la nuit presque totale. Et voici qu'un ouragan tourbillonnant arrache d'un coup toutes nos voiles. Nous ne dirigeons plus.

L'Amiral, debout sur le château de poupe, joue à l'Amiral. Dressé, poitrail en avant, face aux éléments déchaînés – c'est ainsi qu'il se voit –, il a, je dois en convenir, fière allure. Qui oserait se plaindre quand le grand homme donne l'exemple du stoïcisme ? À part cela, il ne sert à rien, puisque Pinzón cadet assure le commandement et ne s'en tire pas mal, ma foi. Il est vrai que ce commandement se réduit à peu de chose : on fuit devant l'ouragan, et c'est l'ouragan qui gouverne.

Je rejoins l'Amiral, ne serait-ce que pour qu'il sache que son héroïsme a au moins un témoin. Il me confie, me hurlant dans l'oreille :

— Je crois bien que nous sommes poussés vers les côtes du Portugal.

Cette constatation n'a pas l'air de lui faire plaisir. Je dis :

— Ces côtes-là ou d'autres, qu'importe ? Pourvu que sur ces côtes il y ait des ports pas trop difficiles d'accès, ou même simplement des grèves de sable où nous pourrions nous échouer sans trop de casse.

L'Amiral me toise de son haut.

— Vous n'avez aucun sentiment patriotique, donc ? C'est en Espagne que je dois aborder, et nulle part ailleurs.

Je ne puis me tenir de lui faire remarquer :

— Señor Amiral, vous n'êtes pas espagnol, mais italien, citoyen de Gênes, si je ne m'abuse.

Il se renfrogne :

— L'Espagne m'a fait confiance. L'Espagne est ma patrie.

Hélas, c'est bien au rivage portugais que nous abordons. Et même au port de Lisbonne ! On ne peut pas rêver plus portugais. Je vois le visage de l'Amiral plus renfrogné qu'il ne le fut lors des pires tempêtes.

— Ces Portugais me détestent. S'ils me refont le coup des Açores, parole de Génois je bombarde la ville et je la prends d'assaut.

Je m'efforce de tempérer l'ire du héros :

— Ce n'était pas affront délibéré, mais bien précaution.

— Précaution ? Devant les augustes emblèmes de Castille et d'Aragon ? Non, non. Il y a eu affront et, si je n'avais écouté que mon honneur, cas de guerre. Voyons un peu ce qu'ils me réservent, cette fois.

– Peut-être serait-il sage de vous annoncer au gouverneur de la place en le priant de remettre de votre part une lettre à son roi. Le roi Jean de Portugal est, comme vous le savez, fort versé en navigation lointaine et friand de découvertes. Il ne peut qu'être sensible à votre exploit.

– Ou en être jaloux ! Les terres que j'ai données à Leurs Gracieuses Majestés Isabelle et Ferdinand sont autant que les Portugais n'auront pas !

Toujours est-il que l'Amiral s'enferme pour rédiger la lettre – en compagnie de Felipe-Felipa, je suppose –, que la lettre est dûment scellée des armes conjointes de Castille et de Colomb, qu'enfin elle est confiée à une chaloupe qui, à force d'avirons, la porte à qui de droit.

L'effet ne s'en fait pas attendre. Le jour suivant, une nef somptueusement décorée, armée en guerre et surchargée dans ses superstructures de tous les pavillons, drapeaux et bannières de la noblesse portugaise flottant fièrement au vent, de surcroît environnée d'un essaim d'embarcations de toute taille débordant de fleurs et de verdure d'où montent les vivats d'un peuple enthousiaste, vient superbement à la rencontre de la pauvre vieille *Niña*. Cette nef vraiment royale met en panne à quelques encablures. Il s'en détache un canot qui vient accoster à notre flanc. L'officier qu'il transporte grimpe lestement à l'échelle de corde puis gravit plus solennellement les degrés qui mènent au château de poupe où l'accueille, superbe, notre Amiral.

L'officier portugais n'est porteur d'aucune lettre – peut-être ne sait-on pas écrire dans l'entourage du gouverneur de Lisbonne ? – mais d'un message vocal par lequel le capitaine Bartolomeu Dias invite à son bord l'illustre navigateur Cristoforo Colombo.

Peut-être le capitaine Dias a-t-il non sans dessein donné à l'Amiral l'orthographe italienne de son nom, soulignant ainsi sa « tare » d'étranger à l'Espagne, toujours est-il que l'invitation constitue un grand, un très grand honneur. Bartolomeu Dias, le premier qui, à ce jour, osa longer les côtes d'Afrique jusqu'à leur extrémité australe, le découvreur de la pointe où s'affrontent et se mêlent les eaux du grand Océan occidental et celles du fabuleux océan Indien, ce noir écueil qu'il baptisa cap des Tempêtes, Bartolomeu Dias est un personnage à l'instar de Vasco de Gama. Il a la faveur de son roi. Ce n'est certes pas déchoir qu'accepter une invitation à son bord. Je le fais remarquer à l'Amiral.

Celui-ci a une autre idée de sa propre grandeur. Il répond à l'officier abasourdi :

— Allez dire à celui qui vous envoie que son offre me touche, mais que je ne saurais l'accepter. Je suis Amiral de la Mer Océane, à ce titre je représente Leurs Majestés de Castille et d'Aragon et le bateau où je me tiens devient de ce fait terre d'Espagne. Je ne saurais l'abandonner sans faillir.

Le capitaine Dias se formalise-t-il de ce refus abrupt ? Je ne saurais dire. Son bateau gréé en fête vire de bord, l'emportant, et sa gloire avec. La flottille de petites embarcations à l'enthousiasme bruyant demeure, elle, espérant je ne sais quoi, sans cesse grossie de tout ce qui peut porter sur l'eau quelques badauds avides de voir et d'acclamer le bateau qui a atteint la Chine et les Indes par-derrière.

Arrive une autre invitation, qui ne peut se refuser, celle-là. Sa Majesté le roi Jean de Portugal prie le senhor Colón de lui rendre visite en sa villégiature de Santa Maria das Virtudes, où il séjourne car la peste rôde à Lisbonne. L'Amiral s'y rend avec son premier pilote, se jurant bien de ne pas se laisser tirer les vers du nez, comme disent les Allemands.

Ces Portugais sont décidément une race insatiable ! Certes, le roi Jean a reçu fort amicalement l'Amiral en audience privée et lui témoigna la plus déférente admiration. Venant d'un tel connaisseur en équipées maritimes, le compliment vaut son pesant d'or. Le roi ne put cependant se tenir, mi-plaisant, mi-sérieux, de mentionner que les contrées découvertes par l'Amiral appartiennent de plein droit à la couronne portugaise comme territoires dépendant des Grandes Indes et donc secteurs secondaires des régions précédemment découvertes et annexées par les navigateurs portugais.

L'Amiral se dispensa de discuter ce point, qui touche aux affaires se réglant entre puissances, et laissa à Leurs Majestés respectives le soin d'en décider. Ayant présenté ses hommages à la reine, laquelle réside en un autre couvent, l'Amiral, sans perdre un jour de plus, fait mettre à la voile. Première étape : Palos. Puis Séville. Enfin la terre d'Espagne !

À Séville, un courrier à cheval nous attend. Il a fait diligence depuis Palos. Il annonce à l'Amiral que la *Pinta* s'est présentée à Palos à peine avions-nous levé l'ancre. La tempête qui faillit de bien peu nous coûter la vie avait jeté la *Pinta* à la côte de Galice, avec de gros dégâts, sans toutefois qu'il y eût perte d'hommes. Pinzón l'aîné avait sans perdre de temps informé par courrier spécial Leurs Majestés Catholiques du plein succès de l'expédition, s'en attribuant tout le mérite, car il comptait que la *Niña*, dans le piteux état où elle se trouvait, s'était selon toute probabilité engloutie sans laisser de survivant pour le contredire.

C'est en arrivant à Palos qu'il apprit ce qu'il en était. Mortifié, il ne put soutenir sa fable. D'ailleurs, les bourgeois et petites gens de la ville le regardaient avec méfiance, comme une espèce de traître, sinon d'imposteur, l'Amiral, lors de son passage, ayant mentionné la disparition suspecte de la *Pinta*. Ce mirage de gloire qui lui échappait aurait été la suprême consolation de Pinzón. Ce dernier échec l'acheva. Il avait contracté la mystérieuse maladie en copulant avec des Indiennes. Il dut bientôt s'aliter. Il mourut misérablement.

Séville. Enfin une ville digne de la gloire d'un conquérant ! L'Amiral me confia qu'il comptait y organiser, pour sa personne, un triomphe à l'instar de ceux que Rome faisait pour honorer ses généraux vainqueurs, tel celui, fameux entre tous, où César exhiba Cléopâtre entourée d'éléphants, de lions, de dragons crachant le feu et de maintes autres bêtes merveilleuses. Je me gardai bien d'objecter que notre maigre butin ne pourrait guère donner lieu qu'à un triomphe réduit à une parade de baladins, tant il m'en coûtait de rabaisser sa joie naïve.

Le « triomphe » eut donc lieu. Eh bien, il ne faisait pas si mauvaise figure ! Venait en tête l'Amiral, portant le fameux pourpoint rutilant et drapé dans un vaste manteau à ornements dorés – où était-il allé le dénicher ? –, l'épée au côté – bien que n'étant pas gentilhomme – et la plume au chapeau. Suivaient les matelots, les uns salade en tête, d'autres cuirasse au poitrail – il n'y en avait pas pour tout le monde, alors ils se les étaient partagées. J'oubliais les bannières de Castille et d'Aragon, ainsi que celle, personnelle, de l'Amiral, claquant au vent d'Andalousie, ainsi qu'un ou deux crucifix.

Venaient ensuite nos six sauvages, que j'eusse voulu exhiber tels qu'en leur innocence native, c'est-à-dire nus, mais la pudeur de l'Amiral s'y était opposée et donc nos gaillards paradaient dans des tenues de laquais et de soubrettes qui ne les mettaient pas à leur avantage. Notons qu'ils portaient des fers aux pieds et que les matelots en armes les encadraient, par précaution.

Et c'était le défilé des merveilles : oiseaux bavards aux incroyables couleurs, singes à longue queue, tortues géantes, tout cela dans des cages d'osier ornées de plumes qu'avaient habilement tressées les indigènes. Il y avait aussi, portés sur des coussins de velours, quelques masques d'or aux traits effrayants qui faisaient s'ébaubir la foule, non par leur étrangeté mais par le précieux métal dont ils étaient faits.

Le véritable triomphe fut donné par la liesse populacière. Tous l'avaient senti, sinon compris : un nouveau monde s'ouvrait. Au soir de ce jour, l'Amiral, rompu de fatigue et rayonnant de fierté, me confie :

— Ceci me paie de tout !

Nous nous trouvons alors dans la chambre que le gouverneur royal de la ville met à la disposition du héros. On frappe à la porte. Sur l'injonction de l'Amiral, un officier s'avance et annonce :

— Señora Beatriz de Arana.

L'Amiral saisit à pleines mains les accoudoirs de son fauteuil, se dresse à demi, me regarde comme un homme qui se noie, se rassied, se passe la main sur le visage... Il va donner l'ordre qu'on éconduise l'importune. Mais déjà elle est là, une blonde à la poitrine en proue, vêtue avec recherche mais sans vain luxe, une bourgeoise d'entre les bourgeoises de cette ville. Elle tient par la main un petit garçon, blond comme elle, d'environ cinq ans.

Elle s'arrête à trois pas, plonge en une révérence impeccable.

— Señor Amiral.

J'essaie de prendre discrètement congé.

L'Amiral, à l'oreille, me confie :

— Cet enfant est mon fils. Elle est sa mère.

Il est bien ennuyé. Les mains au dos, il arpente la pièce, en pleine panique. Je crois devoir dire :

— Un bel enfant.

Je me garde d'ajouter : « Il ressemble à son père. » Ce n'est pas que l'Amiral regimberait devant une flatterie aussi grosse mais, dans les circonstances présentes, il y verrait peut-être de l'ironie.

Il agite les bras en grands gestes désespérés :

— Cette femme va tout gâcher. Je ne puis quand même pas paraître devant Leurs Majestés flanqué d'une maîtresse clandestine et d'un enfant illégitime, un bâtard, quoi. Vous comprenez cela. De surcroît, roturière, la maîtresse.

Je ne fais pas remarquer que la situation est plus complexe encore, car il me faudrait alors faire état de choses que je suis censé ignorer. Par exemple qu'il existe, pas loin d'ici, une épouse tout ce qu'il y a de légitime et bien en vie, laquelle, peut-être, à l'heure du triomphe, réclamera sa juste place au côté de son mari. Qu'il existe également un fils, légitime, celui-là, et rejeton de bonne race pour autant que je sache, ne l'ayant encore jamais aperçu.

L'équipage loge dans Séville, éparpillé au gré de l'hospitalité admirative des habitants. Les matelots n'ont pas encore touché leur paye, tous les règlements financiers devant se faire à Barcelone, où résident Leurs Majestés. Les Sévillans n'étant pas plus avares de rasades à la santé des héros que les Sévillanes de leurs charmes, il s'ensuit mainte rixe d'après-boire ou d'après-caresses. Il est temps que l'on se mette en route pour Barcelone, afin d'y cueillir à pleines brassées la gloire, l'or et les privilèges.

Quant à moi, je rentre dormir sur la *Niña*, que la marée, remontant le Guadalquivir, portera jusqu'à Séville. J'ai accepté de me consacrer à la garde de nos « Indiens », qu'il importe de soustraire à la curiosité pas toujours amicale des badauds de la ville. Je suis assisté par deux matelots, choisis par roulement parmi l'équipage. Je ne sais quelle tendresse m'émeut pour ces misérables brutalement arrachés à leur terre, à leur famille, à la vie insouciante de leurs îles pour être parqués, enchaînés, sur une litière de paille et traités comme des bêtes curieuses. Je tente d'adoucir leur sort, je veille à ce qu'on les traite en êtres humains, malgré les prêtres visiteurs qui, les ayant toisés du haut de leur morgue et de leurs certitudes, les ont déclarés bêtes brutes indignes du baptême. Je m'efforce de progresser dans les rudiments de leur langage, voulant prouver ainsi que, parlant, ils sont donc hommes, mais on me rétorque que ce sont là grognements d'animaux sans plus de sens que le roucoulement des pigeons.

Ces malheureux m'aiment bien, je crois, et m'accueillent avec plaisir. Cependant, je vois avec tristesse, au fil des jours, leur vivacité s'alanguir, leurs regards s'éteindre, leur belle santé s'altérer. Il eût mieux valu les occuper à des tâches simples, mais l'Amiral redoute leurs soudaines colères de primitifs non formés à obéir. D'ailleurs, leur paresse foncière les rend incapables de s'intéresser à un travail suivi.

Je me mentirais à moi-même si je ne m'avouais que ma belle assiduité à m'instruire doit beaucoup au charme de celle que j'ai baptisée Lina. Que l'homme est donc étrangement fait ! Ou bien suis-je un cas ? J'aime à en perdre la vie l'inaccessible Felipa et cependant, voyez-vous ça, je ne sais quel frémissement de plaisir m'ensoleille l'esprit à la seule idée de retrouver ma sauvageonne. Laquelle, de par le mal qu'elle transmet, est tout aussi inaccessible... Je ne me connaissais pas cette vocation d'amoureux sans espoir[1].

---

1. Konogan est sans doute (et sans le savoir) le premier exemplaire de ce qu'on appellera, beaucoup plus tard, le héros romantique.

Pedrito m'aborde. Il y a bien longtemps qu'il n'est venu à moi spontanément. Il ne quitte pas pour autant sa mine maussade. S'il vient à moi à regret, c'est qu'il a quelque chose à me demander qu'il ne peut demander à personne d'autre. Et en effet :
— Señor chef, je dois parler avec vous.
— Je t'écoute, Pedrito.
— Señor chef, la señora Felipa.
Il hésite.
— Oui ?
— La señora Felipa est malheureuse.
— Allons donc ?
— Oh, ça va, ne faites pas l'ignorant ! La señora Felipa est malheureuse, je sais pourquoi, mais je ne peux rien.
— Et tu crois que, moi, je pourrais ? La señora Felipa ne se confie pas à moi.
— La señora Felipa a confiance en vous. Venez.
Je viens. Felipa partage avec Pedrito un galetas près du port, dans une vieille maison fleurie habitée par une veuve pleurnicharde qui a perdu ses deux garçons et en retrouve l'illusion dans ce qu'elle croit être deux moussaillons espiègles. Sa vue basse aide bien à l'illusion. Je gravis l'escalier vétuste en butant dans chaque marche. La porte poussée, je trouve Felipa, toujours vêtue en matelot, allongée sur une paillasse, les mains à la nuque, le regard perdu parmi les toiles d'araignées.

Je m'incline, risque un bonjour, m'agenouille à son chevet. Elle tourne enfin les yeux vers moi.
— Pedrito est allé vous chercher.
Ce n'est pas une question. Elle esquisse un sourire

las. Je ne sais que dire ni que faire. Je ne suis pas l'homme des situations dramatiques. J'attends. Ça finira bien par sortir, si ça doit sortir. Dans mon dos, Pedrito, discret, passe la porte, fait résonner l'escalier sous ses pieds nus. Il est fin, ce petit. Elle parle :

— Pedrito n'y peut rien. Vous non plus. L'aventure est finie. Felipa aussi. Laissez-moi, mon ami.

Je voudrais faire quelque chose. Lui prendre la main. Mais, tant qu'elles sont sous sa nuque, ce n'est pas possible. Alors je joins les miennes, comme à l'église, c'est une attitude qui en vaut une autre. Je risque, à tout hasard :

— Señora, l'Amiral...

Elle me coupe :

— L'Amiral m'ignore. L'Amiral n'a plus besoin de moi. L'Amiral a accompli son grand œuvre. L'Amiral ne s'encombre pas d'objets inutiles.

Je veux protester :

— Señora, l'Amiral a pour vous la plus profonde...

Cette fois, c'est avec violence qu'elle m'interrompt, c'est avec une indicible amertume qu'elle crie :

— Taisez-vous ! Vous ne connaissez pas l'Amiral, vous ne connaissez rien ! J'étais morte, puis je ne l'étais plus, que croyez-vous qu'il ait ressenti ? Le bonheur de retrouver son inspiratrice, sa machine à penser, à prendre des décisions, à oser. Rien de plus. À faire le point, aussi. À lire les cartes, à les tracer... J'étais cela, pour lui, tout cela, rien que cela. Mon rôle est fini, je retourne à la tombe. Qu'il retourne à ses blondes, à ses bâtards, mais, cette fois, les mains pleines !

Elle me fait peur.

– Que dites-vous là, señora ? La tombe !

Elle hausse les épaules :

– Oh, bon... Le dépit me porte à l'exagération. Disons le couvent, c'est la même chose, en moins salissant.

Que dire ? J'attends, muet, la suite. Felipa, s'appuyant sur un coude, tourne son corps vers moi. L'odeur fauve dont le souvenir hante mes nuits m'enveloppe soudain. Oh, cette envie de la prendre à pleins bras, d'enfouir mon visage entre ses seins !... Peut-être est-ce ce qu'elle espère ? Il suffirait d'un geste, d'un furtif abandon de sa part... Qui ne vient pas. Elle rompt le silence. Le moment est passé.

– Señor Konogan, pardonnez-moi. Je suis bien coupable envers vous. J'ai ri de vos protestations d'amour, de votre dévouement absolu, et en même temps je les acceptais, je les encourageais, même, par mes sourires, mes regards, mes abandons. En un mot, je me suis conduite en coquette, en coquette qui était bien résolue à ne rien donner, espèce plus méprisable encore qu'une femme adultère. Je peux bien vous avouer, aujourd'hui, que votre ferveur m'a plus d'une fois troublée au point d'être bien près de me faire perdre le contrôle de mes actes, et que si vous aviez tenté de profiter alors de ma faiblesse, comme je vous ai senti tout à l'heure... Non, laissez-moi parler. C'est que vous êtes fort séduisant, señor caballero, et riche de qualités de cœur qui ne se révèlent qu'à la longue et dont vous n'avez peut-être même pas conscience.

Elle a un soupir, un sourire. Ses mains me maintiennent loin d'elle. Tout est là, comme en une allégorie : attirance et refus. Elle est grave, soudain :

– Señor Konogan, vous avez fait beaucoup pour moi.

La bienséance exige que je proteste. Je lève la main pour le faire. Elle me clôt les lèvres de l'index – son index sur mes lèvres !

– Vous avez sauvé la vie de l'Amiral, cette vie qui est ce que j'ai de plus cher au monde. Je n'ai plus rien à faire ici, je vais donc me retirer. Je suis morte, ne l'oubliez pas. Remettons les morts là d'où ils n'auraient jamais dû sortir. Je ne vous ordonne pas de m'oublier, ce serait hypocrite, et d'abord vous ne pourriez pas, et ensuite je veux au contraire que vous pensiez à moi, que vous y pensiez avec toute la tendresse que je vois dans vos yeux quand vous me regardez.

Là, j'ai droit à un sourire. Comment mes yeux ne seraient-ils pas tendres ? Elle redevient sérieuse.

– Señor Konogan, j'ai un fils, qui est aussi celui de l'Amiral. Diego. Il est dans sa quinzième année. Depuis ma « mort », je ne l'ai plus revu. Je sais que l'Amiral le fait élever dans l'honneur, mais aussi, hélas, dans la gêne. J'ai veillé sur lui, de loin, autant que j'ai pu. Mon Diego est le seul véritable héritier légitime du nom de Colombo.

Je pressens ce qui va suivre. Ça ne manque pas :

– Il ne faut pas que mon fils soit spolié de ses droits. L'Amiral a jeté sa semence à tout vent, il est faible de caractère, j'ai vu l'air triomphant de cette fille de peu, j'entrevois toutes les flatteries, toutes les intrigues qui vont grouiller maintenant que l'Amiral va être riche et bien en cour. Je vous le demande, señor, veillez sur mon fils, sur ses droits, sur ses biens, sur son honneur. L'Amiral vous écoute. Il agira selon vos conseils.

Moi, je promets tout ce qu'on veut. Mon esprit en déroute vit d'avance les sales moments où elle ne sera plus là, les sales jours où il n'y aura plus la certitude de la revoir, bientôt ou plus tard. Je demande :

– Quand partez-vous ?

– Je ne vous le dirai pas. Un jour, je ne serai plus là, voilà tout.

– Allons... Je peux vous faire escorte, l'Amiral ne me refusera pas un congé. Les chemins sont pleins de mauvaises gens...

– Ce serait prolonger le plaisir, rendre plus dure la séparation. Non. J'irai seule, à pied, en mendiant mon pain. En chemin, je m'arrêterai en plusieurs lieux de pèlerinage auxquels j'ai fait vœu d'aller lorsque, dans la tempête, j'ai eu si peur. Allons, adieu, Konogan.

Le crépuscule lentement descend sur le port. Je regagne la *Niña*, il est temps que je m'occupe de mes sauvages. Je me sens mal dans ma peau. Très mal. Où est-il, l'insouciant soldat de fortune qui prenait la vie comme on prend une femme, toujours prêt à la quitter comme on quitte une femme, au petit matin, à pas de velours ? Mais où sont les neiges d'antan, comme chantait ce poétaillon français[1] à qui, passant par Paris, j'écrasai le nez ? Qu'a donc fait de moi ce voyage ? J'ai désormais en moi l'insatisfaction et l'inquiétude. Voilà que j'aime sans espoir, et ça fait mal,

---

1. Le narrateur se vante-t-il ? Villon est mort vers 1484. C'est donc un Kavanagh en sa vingtième année qui lui aurait « écrasé le nez » ? Pas impossible...

nom de Dieu, et j'endure ce mal. J'ai même peur de m'apercevoir que j'y prends goût.

Bon. Voilà la *Niña*. Et le devoir. Menteur ! Comme si c'était le devoir qui te faisait courir ! Le besoin de Lina, oui ! Oh, ce besoin d'une femme ! J'ai mal. Mal du manque de Felipa. Je cours à Lina. Seule une femme peut panser la blessure qu'a faite une femme. J'ai beau me forcer à penser « la sauvage », je cours à elle comme à la consolatrice. Je cours me blottir en elle, contre son ventre chaud, entre ses nichons amis, dans ses mains grandes ouvertes. Elle, je sais qu'elle m'accueillera, comblée, qu'elle me réchauffera, sans un mot, sans savoir pourquoi, sans vouloir le savoir. Certitude d'être aimé.

Je la trouve fort occupée à jouer avec sa compagne à un de ces jeux de ficelles très compliqués dont les Indiens agrémentent leur farniente. Il y faut une grande agilité des doigts et une concentration soutenue. Cela donne des combinaisons géométriques changeantes, toujours surprenantes.

Je ne me contente pas de cet habituel « Bonjour ! » que je m'efforce de maintenir assez distant pour qu'il ne trahisse pas ma préférence. Comme un enfant vient enfouir un gros chagrin dans les jupes de sa mère, je me laisse tomber à ses pieds et, l'enlaçant, je plonge mon visage dans un ventre qui ne demande qu'à l'accueillir. Surprise, mais comprenant vite que le petit garçon est malheureux, elle se débarrasse de ses ficelles et pose ses mains sur ma tête.

Je ne dis rien. Je reste là, comme ça. C'est très bon. Ma peine se dissout dans l'animale tiédeur.

Cela dure longtemps. Pour ma part, cela pourrait

durer toujours. Cependant je sens que Lina, tout doucement, s'efforce d'ouvrir les cuisses. Je pense qu'elle veut m'aider. Elle ne comprend pas pourquoi je ne pousse pas les choses plus avant. De la façon de faire des mâles elle ne connaît que la quête plus ou moins ardue de l'assouvissement. Ma frénésie de tendresse la déconcerte.

Sa compagne glousse. Elle doit me trouver cocasse. Pauvres filles ! Elles pour qui les gestes de l'amour étaient ni plus ni moins innocents que n'importe quels autres des gestes de la vie, elles qui donnaient et prenaient le plaisir sans y voir malice, les brutes venues des pays qui se veulent civilisés, des pays où l'on adore l'Enfant Jésus, en ont fait ce qu'il y a, pour eux, de plus méprisable au monde : des putains.

En toute femme, il y a un ange. Lina perçoit mon désarroi. Elle devine que je recherche autre chose que la bonne grosse baise. Mais justement, voici que cette compréhension même émeut mes sens. Voici que cette connivence toute maternelle me fait – n'ayons pas peur des mots – bander comme un âne. Et là, j'oublie tout. La maladie et le reste.

J'oublie tout, pas au point d'oublier ce besoin d'isolement et de secret qui pousse l'animal humain à se cacher pour s'unir à sa femelle. Je prends Lina par la main, elle s'abandonne, je l'entraîne, comme on entraîne la fiancée, là où est mon refuge, ma bauge sous l'escalier du château de poupe. Là est la chambre nuptiale.

Elle me laisse faire. Cette bête à plaisir a des fraîcheurs d'infante. L'ignominie crapuleuse des matelots n'a pas déteint sur elle. Le vice était en eux, ils l'ont remporté avec eux.

Et la maladie ? Oui, la maladie... Mes sens m'ont trahi. Non, pas tellement mes sens : mon désarroi. Et voilà que, pour tout compliquer, j'ai bien peur d'aimer Lina, ce qui s'appelle aimer. Tout en étant hanté par l'image de Felipa. Moins douloureusement, je dois dire. Plutôt comme un souvenir lumineux. Mais qui reste souvenir parmi les souvenirs.

Je n'ai plus refait l'amour avec Lina. Elle ne comprend pas, je le vois à l'invite muette dans ses yeux. Elle naît à la notion d'exclusivité amoureuse. Moi, je vis dans les affres. J'ai consulté un médecin de la ville. Il ne sait évidemment pas grand'chose sur ce fléau nouvellement apparu. Il a examiné plusieurs de nos matelots, et aussi les indigènes. Il a cru remarquer que certains des Indiens présentent des symptômes semblables à ceux des marins, mais fort atténués et sans qu'ils en souffrent ou en soient incommodés. D'autres Indiens ont l'air parfaitement indemnes. Je ne puis me tenir de lui demander si celle que j'appelle Lina est de ceux-là. Il m'a répondu, après nouvel examen fort minutieux, qu'à son avis elle était parfaitement saine, pour autant qu'on puisse se prononcer en une matière aussi mystérieuse. En tout cas, m'a-t-il dit, pour me consoler, je pense : « S'il y a contagion, vous le saurez très vite. Les premiers signes se montrent bientôt et sont fort cuisants. » Et donc, chaque matin, après m'être bien savonné le corps et versé un seau d'eau sur la tête, je m'examine de pied en cap, guettant le premier bubon. Sans succès jusqu'ici. Ouf.

XVII

C'est par voie de terre que nous joignons Barcelone, ainsi en a-t-il été décidé. L'Amiral se pavane sur une mule digne d'un évêque, monture, à vrai dire, peu en accord avec ses prétentions chevaleresques, mais son arrière-train de loup de mer n'a pas la fesse suffisamment endurcie. Un valet mène à la longe le destrier de fière allure que montera le héros lors de sa présentation à Leurs Majestés.

Il y a loin de Séville à Barcelone. Mais, pour le conquérant vainqueur, il n'est jamais trop long le chemin que parsèment les fleurs du triomphe !

De Séville à Cordoue, de Cordoue à Bailén, de Bailén à Murcie, de Murcie à Valence, de Valence à Tolosa, de Tolosa à Barcelone... Toute l'Espagne a quitté les champs et les ateliers pour venir se masser le long de la route. L'accueil des villes est délirant. Avant de nous y présenter, nous devons faire halte et procéder à une répétition générale de notre entrée solennelle.

Barcelone. Où nous attendent Leurs Majestés Très Chrétiennes. Tellement heureuses, Leurs Majestés, de prendre, à peu de frais, le pas sur l'arrogant Portugal et ses formidables expéditions autour de l'Afrique vers les Indes tant convoitées, qu'elles ont organisé une entrée grandiose à la porte principale de la capitale de la Catalogne, suivie d'une procession par les rues magnifiquement décorées, puis d'un Te Deum à la cathédrale. Vient ensuite la réception particulière par Leurs Majestés, à laquelle l'Amiral a la bonté de me permettre d'être présent parmi ses proches compagnons les capitaines et autres officiers.

Je mesure alors toute l'importance de la chose. D'un seul coup, l'Amiral s'est haussé loin au-dessus des plus illustres navigateurs patronnés à grands frais par le roi Jean de Portugal. Les expéditions organisées minutieusement pour les Bartolomeu Dias, Cavilham, Cabral, de Gama sont éclipsées par le coup de dés audacieux d'un aventurier aux illusions aussi tenaces que sa résolution.

À Barcelone est venu nous rejoindre le fils aîné de l'Amiral, l'enfant de Felipa, Diego Colón, amené par son oncle, Bartolomeo Colón, frère de l'Amiral. C'est un bel enfant d'une quinzaine d'années, grand et bien découplé, l'air modeste, le cheveu châtain, l'œil vif. Présenté à Leurs Majestés lors de la réception solennelle, il est accueilli avec la plus flatteuse faveur. Sa Majesté Ferdinand le prend parmi ses pages, honneur insigne. Il recevra au palais royal une éducation raffinée et aura pour condisciple l'infant don Juan en personne. Voilà un gaillard dont l'avenir semble solidement assuré. Ma tâche de « protecteur » ne me pèsera guère aux épaules. Dans mon impossibilité de savoir où trouver Felipa, je ne puis que souhaiter qu'elle apprenne cela d'une manière ou d'une autre.

L'Amiral, désireux de me faire plaisir, eût aimé me présenter au roi et à la reine comme ayant joué un rôle important dans l'aventure, en particulier en sauvant sa précieuse vie et surtout en lui donnant l'occasion de sauver la mienne. Je l'en dissuadai à grand'peine, me contentant d'être présenté en bloc avec l'équipage et de recevoir ma part des compliments que Leurs Majestés daignèrent adresser aux matelots.

L'Amiral, que toutes ces festivités ont bien fatigué, me confie, affalé dans une chaise à bras et à haut dossier :

– Ami Konogan, le plancher mouvant de ma *Santa María* me manque. Pour ne rien vous cacher, j'ai hâte de reprendre la mer. Je me sens, parmi ces terriens, comme un cachalot échoué sur la grève. D'ailleurs, nous n'avons fait qu'effleurer le continent de la Chine. Il nous faut maintenant pénétrer plus avant, gagner la capitale et prendre langue avec le grand empereur Koubilaï Khan. Si je ne le fais rapidement, d'autres me devanceront, suivront la voie que je viens de tracer et me déroberont le profit de tant de souffrances. J'en ai parlé à Sa Majesté la reine Isabelle, qui est d'accord pour financer une deuxième expédition, mais à grande échelle, celle-là.

« Je compte être prêt pour la fin de l'été. J'aurais voulu faire plus vite car je suis inquiet du sort de ceux qu'il nous a fallu laisser à Hispaniola, avec ces sauvages tout autour, mais Leurs Majestés tiennent à ce que, cette fois, j'embarque avec une flotte assez considérable, rien que des navires en excellent état et des marins de premier ordre.

On frappe à la porte de ma chambre, à vrai dire une mansarde assez pentue de plafond. Je prie qu'on veuille bien entrer. C'est Pedrito. Pedrito que je n'ai pas revu depuis le départ de Felipa. Il a fort mauvaise mine. Son teint est gris, ses joues creuses, ses yeux rouges, d'avoir pleuré, sans doute. Sa tenue laisse à désirer. Un trou à sa culotte laisse passer son pan de chemise. Sale, la chemise. Ses pieds sont nus, noirs de crasse.

Un peu surpris, je lui souhaite le bonjour. Il ne répond pas, s'avance dans la pièce. J'attends donc qu'il me dise ce qui l'amène. Enfin il lève la tête, me regarde droit en face, questionne sans préambule :

— Vous savez où elle est allée. Elle vous l'a dit, à vous. Je dois savoir.

Et moi, j'aurais pensé que, si elle devait confier à quelqu'un le secret de sa retraite, ç'aurait été à lui... Je ne puis que l'assurer que je ne sais rien. Il ne me croit qu'à demi. Il dit, sombrement rageur :

— Ça ne fait rien. Je la trouverai. J'ai tout mon temps.

Cette détresse d'enfant m'émeut. Me revient en mémoire l'amitié fraternelle qui était la nôtre à bord. Il va pour quitter la pièce. Je lui prends la main. Il se débat, mais je tiens ferme.

— Pedrito, j'ai de la peine, moi aussi. Il faut secouer cela. Je reprends la mer avec l'Amiral. Viens avec nous.

Il ricane :

— La mer ? J'en ai eu mon compte, de la mer. Je n'en veux plus.

— Que feras-tu ?

— Je la chercherai.

Il me regarde, l'œil plein de défi :

— Et je la trouverai.

Que répondre ? Surtout ne pas essayer de le dissuader. Plutôt sembler s'intéresser :

— Comment comptes-tu t'y prendre ? L'Espagne est vaste. Les couvents de femmes y sont légion.

Il a un bref sourire du coin de la bouche. Un sourire, mais oui, plein de condescendance, comme pourrait en avoir un homme d'épée s'adressant à un lourd paysan. Je me sens humilié. Je tâte le terrain :

— En somme, tu as tes moyens d'information.

Le sourire se fait tout à fait supérieur. Il en oublie son chagrin. La vanité serait-elle plus forte que l'amour ? Mais oui : il ne peut résister au besoin de se mettre en valeur.

— J'ai des amis, voyez-vous. Des amis prêts à faire n'importe quoi pour moi. Ils vont, ils viennent. Ils se renseignent.

— Tu ne connaissais personne avant d'embarquer. Tu étais un chat perdu qu'on avait pour une écuelle de soupe.

— C'est bien vrai. Les amis, c'est à bord de ce foutu rafiot que je me les suis faits.

— Tu veux dire... Une bande ?

— Ça peut s'appeler comme ça. Une bande, oui. De sacrés lurons. Être honnête ne m'a rien rapporté de bon. Que des coups de pied au cul et des injures.

J'étais un gosse, un pauvre gosse. J'ai grandi pendant le voyage. J'ai mûri, surtout. Je ne veux plus être le mousse qu'on bat et qu'on encule, je ne veux pas devenir le matelot abruti de vinasse qu'on exploite jusqu'à ce qu'il soit trop vieux, et alors il va crever dans un recoin d'un port pourri. J'ai appris à me faire respecter. J'ai convaincu quelques matelots. Je suis leur chef.

— Tu n'as même pas fini de grandir !

— Et alors ? Ils sont très bêtes. Et moi, je sais leur parler. J'en fais ce que je veux.

— Vous avez déjà... euh... travaillé ?

Il hésite. Mais l'orgueil est plus fort :

— À vous, je peux le dire. Ça n'ira pas plus loin. Oui, nous avons monté quelques petits coups ensemble.

Je désigne ses loques.

— Ça ne t'a pas enrichi.

— Je leur laisse tout. Pour les appâter. Quand il y aura du gros, je me servirai.

— Irais-tu jusqu'à...

— Jusqu'à tuer ? Ma foi, s'il le faut...

Eh bien ! Il a fait du chemin, le moussaillon ! J'en reste coi. Après un silence, il me propose, presque timidement :

— Vous aussi, vous l'aimez. Joignez-vous à moi.

Je le regarde. Il se force, mais il a l'air sincère. Je dis :

— Tu es jaloux comme toute une portée de tigres.

— Si vous souffrez ce que je souffre, nous sommes frères.

— La señora a choisi de disparaître. Nous devons

respecter sa décision. C'est lui faire violence que de chercher où elle se cache.

— Je serais incapable de faire quoi que ce soit d'autre sur cette putain de terre.

— Encore une fois, c'est lui faire violence ! L'ayant trouvée, lui ferais-tu aussi violence à son corps défendant ?

Il hésite. À peine. Et puis, sauvagement :

— Je le ferais. Je ne suis pas un noble chevalier, moi.

— Tu me trouverais entre elle et toi.

— Oh, j'ai compris ! Ne prenez pas vos grands airs. J'ai été fou de vous dire tout ça. Je devrais vous faire tuer.

— En ce cas, il ne fallait pas me le dire. Me voilà sur mes gardes.

Il m'amuse. Il en fait quand même un peu trop. Je dis :

— Si j'acceptais d'entrer dans ta foutue bande d'arsouilles, j'en deviendrais bien vite le chef. Tu le sais très bien. Mais je n'ai pas la vocation. Soldat de fortune, traîne-misère, soit. Mais brigand, très peu pour moi. Et puis, j'ai des projets. L'Amiral va reprendre la mer. Je pars avec lui. J'y ai pris goût, tu vois. Encore une fois, tu ferais mieux de venir avec nous.

Il ricane :

— Je commence à me demander si vous ne rendez pas à l'Amiral le même genre de service que je rendais, moi, à l'équipage.

Tout en gagnant la porte, il précise :

— Avec mon cul.

D'un bond, il est dans l'escalier, qu'il dévale en

trois sauts. Si bien que mon pied, lancé avec vigueur en direction de ses fesses, ne frappe que le vide et, m'entraînant, me fait choir bêtement sur le plancher.

Cependant l'Amiral se donne à sa gloire toute neuve. Nommé à titre héréditaire Grand Amiral de la Mer Océane et vice-roi tout-puissant de ce que l'on nomme officiellement « les Indes occidentales », faute de mieux – semblant ainsi contredire l'Amiral en personne, toujours persuadé qu'il a touché les rivages de la bonne vieille Chine et non quelque terre nouvelle –, couvert d'honneurs et de prébendes, il s'assied en toute familiarité à la table de Leurs Majestés Très Catholiques, suit la cour en ses déplacements, reçoit comme hommages dus les empressements des Grands d'Espagne... et se lasse de tout cela. D'autant qu'il s'y mêle bientôt le poison de l'intrigue et le venin de la jalousie.

Comme nous nous promenons, l'Amiral et moi, parmi la fraîcheur des eaux murmurantes de quelque Alhambra ou autre vestige de la défunte splendeur mauresque, il me dit soudain :

– Señor Konogan, nous sommes en mai, nous levons l'ancre en septembre, si je dois supporter ce genre de vie quatre mois encore, je deviens fou enragé.

– Déjà fatigué des honneurs ?

– Parce que j'en vois l'envers. Ils me flattent par-devant, me crachent au visage par-derrière, si j'ose dire. Tenez, savez-vous ce qu'un de ces beaux esprits osa me dire, l'autre soir, à la table de l'évêque de Tarragone ? Que parvenir aux Indes par la route de l'occident était d'une facilité enfantine. Savez-vous ce que j'ai fait ? J'ai pris un œuf, j'ai mis au défi messire le bel esprit de le faire tenir debout. Il a essayé. Et essayé. Naturellement, il n'a pas pu. J'ai dit : « Moi, je peux. » J'ai pris l'œuf, j'ai écrasé le bout contre la table. Il a tenu debout, et je ne vois pas ce qui aurait pu l'en empêcher. Tout le monde a applaudi, tout le monde a ri, sauf ledit bel esprit, car c'était un œuf cru et j'avais pris soin d'écraser la pointe de telle façon qu'il avait reçu du jaune d'œuf plein la braguette. Mauvais joueur, il a dit : « Oh, bien sûr, comme ça, évidemment, c'est simple ! » Et moi : « Vous l'avez dit. C'est simple. Aussi simple que d'aller en Orient en faisant le tour par l'occident. Il suffisait d'y penser. » Pas mal, hein ?

L'Amiral semble attendre. Je dis :

— N'empêche que c'est de la triche.

— Oh, vous croyez ?

— Pardi ! Mais peut-être votre gloire la plus durable vous viendra-t-elle de l'œuf, alors que votre grand œuvre sera oublié[1].

L'Amiral n'écoute plus. Il suit une idée, qu'il me communique bientôt :

— Savez-vous quoi, ami Konogan ? Il m'est venu une grosse envie de revoir les lieux où je suis né et où j'ai passé mes tendres enfances. N'êtes-vous pas né quelque part, vous aussi ?

— Certes. En un marais d'Irlande où tout est vert,

---

[1]. En effet, le monde nouveau que découvrit Colomb ne portera pas son nom, mais celui d'Amerigo Vespucci. Par contre, l'œuf de Colomb restera légendaire.

sauf la boue. Je suis né le cul dans la boue, les yeux dans le vert.

— Vous arrive-t-il d'y penser ?

— Seulement quand, de par les circonstances, je ressens une faim dévorante que je ne puis satisfaire. Alors je retrouve la sensation qui fut mienne tout au long de mes jeunes années : la faim. Pour moi, l'Irlande, c'est du vert, de la boue, et la faim.

— Triste pays.

— Lugubre.

— Mais bien beau.

— Pour qui a le ventre plein, splendide.

— Mon pays à moi, mon coin d'Italie – je suis sujet de la république de Gênes, vous n'êtes pas sans le savoir –, est vert aussi, quoique d'un vert moins profond, et tout hérissé d'âpres montagnes où le roc partout affleure. Là, le pain coûte beaucoup de sueur, mais on y a du pain.

— Terre bénie !

— Je n'y suis plus retourné depuis que je l'ai quittée. Et voilà que me saisit une bien grande envie de m'y retrouver, le temps de quelques semaines, ne serait-ce que pour mieux goûter, ensuite, la grisante immensité des horizons marins.

L'Amiral marque un temps, puis, presque timidement :

— Vous plairait-il de m'y accompagner ?

Ma foi, rien ne me retient en Espagne. Jusqu'au moment où il faudra activer les préparatifs du départ de l'expédition, je suis de loisir. D'autre part, l'occasion est bonne de me faire violence et de mettre le plus d'espace possible entre ce pays où, quelque part, se terre Felipa, et moi-même qui, je ne le sais que trop, en dépit de ce que j'affirmai à Pedrito, ne pourrai me tenir de courir les couvents de femmes jusqu'à ce que j'aie débusqué celle qui tant me tient à cœur. Me voyant songeur, l'Amiral précise :

– Pas d'escorte ni de tralala. Rien que vous et moi, avec deux valets bien armés. D'ici à Gênes, c'est l'affaire d'une petite semaine. Autant pour le retour. De Gênes à Bettola, par les vallées, comptons quelque trente lieues.

– Bettola ?

– C'est là que je suis né. Un village. Une vallée dans l'Apennin. Un torrent qui se déverse dans le grand fleuve Pô. Mes parents y cardaient la laine que des marchands génois venaient échanger contre du grain, du sel, du fer. Ces marchands parlaient aux paysans de bateaux, de pays lointains. C'est d'eux, je pense, que je tiens ce besoin de courir les mers. Alors, c'est d'accord ?

Je n'hésite plus :

– C'est d'accord.

Je suis frappé d'une chose étrange. C'est la parfaite sérénité, pour ne pas dire l'indifférence, avec laquelle l'Amiral a laissé partir Felipa. Je ne sais comment il avait reçu la révélation qu'elle n'était pas morte, je n'y étais pas, mais j'imagine qu'il ne s'était certainement pas ému comme l'eût fait tout un chacun à la vue d'un fantôme. De même avait-il dû recevoir tout d'abord la nouvelle de sa mort : avec placidité. Quel être est-ce là ? Impassible jusqu'à l'insensibilité, acceptant deuils et miracles sans broncher... Felipa meurt ? Bien. Elle ressuscite ? Bon. Elle disparaît à nouveau ? Pourquoi pas. Allons bras dessus, bras dessous, faire un tour au pays natal, cher ami, ça nous changera les idées ! J'avoue qu'il me ferait peur, ne serait son air bonasse, ce presque quinquagénaire aux nerfs d'acier qu'une seule et unique pensée peut ramener dans le monde des vivants comme la carotte fait sortir le lapin du trou : aller au-delà de l'horizon voir ce qui s'y passe.

Le plus étonnant de la personnalité de ce grand homme est son obstination à taire la réalité quand elle le gêne. Il ne peut pas ignorer que j'ai découvert la présence de doña Felipa à bord de la *Santa María*, ni le rôle qu'elle a joué tout au long du voyage. Il n'en a jamais soufflé mot, jouant jusqu'au bout son mensonge. Malgré la grande intimité dont il m'honore, il me traite en dupe d'un jeu dont il est dupe lui-même. Un navigateur portugais, je ne sais plus lequel, décrit cet énorme oiseau d'Afrique, l'autruche, je crois, qui se cache la tête dans le sable pour nier le danger. Ainsi fait l'Amiral. Encore faut-il être l'Amiral pour pouvoir le faire...

Je dois donc, devant lui, soigneusement oublier l'existence de Felipa, ce qui parfois pose problème quand nous évoquons nos souvenirs.

J'aime Felipa qui ne m'aime pas. Je suis aimé de Lina que je n'aime pas. Situation éminemment burlesque, thème de choix pour une de ces épaisses comédies comme il s'en joue, paraît-il, en Italie et qui font rire à pleines mâchoires un public de portefaix et de souillons. Ça ne me fait pas rire, moi.

Concernant les six sauvages, le vœu de Leurs Majestés étant qu'ils soient le plus vite possible consacrés à Dieu par le saint sacrement du baptême, on s'empressa de les instruire des vérités élémentaires de la foi chrétienne, car si le baptême est donné aux nourrissons sans leur demander leurs avis et consentement, il ne saurait en aller de même pour des adultes censés être munis du libre arbitre comme aussi de la faculté de comprendre. Mais, le langage de nos sauvages étant ignoré de tout un chacun, il s'ensuivait qu'on serait demeurés fort embarrassés si Lina n'avait été, par moi, instruite des rudiments de l'altière langue castillane, tout au moins suffisamment pour pouvoir servir d'interprète entre le moine dominicain chargé de la chose et ses congénères.

Les six « Indiens » sont logés dans une écurie du monastère des dominicains, où ils passent le temps, hors les heures du catéchisme, à fumer, à faire bombance et à forniquer. Quatre hommes fort lubriques pour seulement deux femmes, cela ne laisse guère de temps à ces dernières pour se trouver dans une autre position qu'à quatre pattes, les sauvages répugnant à commettre l'acte de chair autrement que par cette variété dite « en levrette » à la cour de France. Lina, il ne m'est pas permis d'en douter, participe de bon cœur à ces ébats qui, chez ces gens, sont plaisirs n'engageant à rien et services qu'on se rend volontiers entre voisins.

Comme ils répugnent à sentir le poids d'un toit au-dessus de leur tête, ils se trouvaient le plus souvent en plein air, dans la cour des communs du monastère, et se livraient là à leur occupation favorite. Cela se sut, des dames de la cour vinrent se rendre compte du scandale, rougirent, soupirèrent, se pâmèrent sur le bras de leur chevalier servant, puis se plaignirent, bien forcées, à leur confesseur, lequel exhorta les enfants de la libre nature à copuler désormais dans la discrétion et fit fermer à clef la porte donnant accès aux communs. Il leur adressa ensuite une vibrante homélie sur la vertu de pudeur où il leur apprenait que, aussitôt qu'ils auraient reçu le saint sacrement du baptême, copuler hors mariage deviendrait péché mortel, et les invita à y penser.

À propos de Lina, je me sens étrangement mal à l'aise. Je continue à lui transmettre le peu que je sais d'espagnol castillan, et donc je la vois longuement chaque jour. Les leçons ont lieu sur la paille, dans un coin tranquille de l'écurie. Son adoration pour ma personne ne faiblit pas. Elle n'écoute et ne répète après moi que pour me complaire, y mettant d'ailleurs une belle ardeur. Je me vois dans ses yeux tel que l'Enfant Jésus devait se voir dans les yeux de sa mère, et cela me bouleverse et m'accable, moi qui ne l'aime pas, mais qui cependant l'aime bien. Je me sens coupable, en somme. De quoi ? Je ne sais pas. C'est un sentiment nouveau, bien pénible en vérité.

Voilà que je me découvre, à ma surprise et à mon dépit, sensible à des choses qui n'eussent tiré de moi que ricanements et mépris au temps, pas si lointain, où j'étais un soldat de fortune qui se vendait au plus offrant, sans souci comme sans cas de conscience, et fier d'être tel. Je me laisse aller à penser que cet amour imbécile – imbécile parce que sans espoir – que j'ai pour Felipa m'a changé du tout au tout. Me voilà souffrant de la souffrance que je vais causer à cette sauvageonne. Car elle va souffrir.

Je sais bien ce qu'elle attend : que je lui fasse l'amour. Et moi, dans ce mal-être où je marine, je me refuse. Comme si je me punissais de je ne sais quoi. Mais c'est elle que je punis, elle qui n'a que cela à donner, elle pour qui le désir n'a rien à voir avec le sentiment. Et je m'avise soudain que, si ça se trouve, elle aussi découvre l'amour, avec stupéfaction, mais s'y abandonne tout entière sans se poser de questions.

Nous embarquons demain à l'aube pour notre petit voyage de plaisance. L'Amiral est tout guilleret. Je n'aurais pas supposé que l'Italie tenait une telle place en son cœur. J'ai rassemblé mon bagage, d'ailleurs fort peu de chose. J'aime voyager les mains à la ceinture [1].

J'ai remarqué que c'est toujours à l'aube qu'on embarque. La loi de la marée n'est pas propice à la grasse matinée. Comptant sur une bonne nuit de sommeil, je me suis arraché, non sans mal, à la bande de joyeux drilles, tous vétérans du grand voyage, qui ont tenu à fêter mon départ par des libations de vin noir et de cochonnailles. C'est donc la jambe incertaine et la tête lourde que je regagne mon logis et que, tout vêtu, je me laisse tomber sur mon lit. Avant même d'avoir touché le matelas, je sombre dans un sommeil sans fond.

J'en suis tiré par une sensation vague mais tenace

---

[1]. Le haut-de-chausses n'ayant pas de poches, « les mains à la ceinture » se dirait aujourd'hui « les mains dans les poches ».

qui finit par percer l'opacité de ma cuite renforcée par l'accablement de ma fatigue. C'est sur mon visage que ça se passe. C'est froid. C'est mouillé. Ça va et ça vient. Peu à peu, j'émerge du puits sans fond. Je reprends pied. On me passe quelque chose de froid et de mouillé sur le front, sur les paupières, sur les joues. J'ouvre les yeux. Le clair de lune, par la lucarne, éclaire quelque chose de pâle qui flotte dans la nuit. Alarme ! Mes réflexes jouent. D'un bond, me voilà assis. L'ovale pâle a reculé. Il se fait moins flou. J'y discerne des traits. Des traits humains. Des traits féminins. Felipa !

C'est elle, un linge mouillé à la main. Mon cœur s'affole. Elle pose un doigt sur ses lèvres. Et puis elle se baisse, empoigne une de mes bottes, me l'arrache, puis l'autre, tandis que, tout à fait réveillé, je me débarrasse de mon pourpoint, m'emmêlant, dans ma hâte, les doigts dans les aiguillettes [1]. Quand j'en viens à la culotte, elle se contente de défaire la boucle de vieil argent qui ferme la ceinture et me laisse parachever mon déshabillage.

Elle commence à dégrafer son corsage. Voyant que je la regarde, elle me fait signe de me tourner. Si j'étais moins ému, je m'amuserais de ce qu'elle veut bien être nue dans mes bras, mais ne me permet pas de la voir se déshabillant.

C'est prestement fait. Elle se coule le long de mon corps. Je frissonne, d'émotion plus que de désir. Je veux ne rien perdre de mes sensations, goûter bien à fond l'immensité de mon bonheur en cet instant inouï,

---

1. Les boutons n'existent pas encore. Des lacets à bouts ferrés en tiennent lieu : les « aiguillettes ».

aboutissement et triomphe de tous les instants que j'ai pu vivre jusque-là.

Qui a dit : « Trop d'amour tue l'amour » ? Personne ? Alors, ce sera moi. Une idée trop haute qu'on se fait de l'aimée, un émoi trop grand devant l'acte suprême ne sont guère propices à l'accomplissement dans la plénitude du plaisir. Non que je ne me montre amant satisfaisant, et même brillant, mais ce n'est pas la révélation bouleversante qui exige ma passion.

Je me rends bientôt compte que, si elle se donne sans restriction, c'est aussi sans flamme, bien qu'elle fasse tout pour en donner l'illusion. Je me dis, avec un serrement de cœur, que c'est un verre d'eau qu'elle verse à l'assoiffé d'amour qu'elle aime bien, au fond. Ce n'est pas l'abandon pâmé d'une amante. D'une Lina, oui, bon.

Pourtant, que sa peau est douce, que son ventre est accueillant, que ses odeurs sont grisantes ! Elle est telle qu'en mes rêves les plus exaltés, abondante et tiède, attentive, maternelle, complice, main dans la main dans la quête du haut plaisir. Et malgré tout ça, je suis seul, seul en elle.

Tout à l'heure elle me quittera, sur un baiser furtif, et me dira : « Vous ne me reverrez plus. Cela vaut mieux. Adieu. » Et, sur un dernier regard, elle disparaîtra.

Je me suis assoupi, sur elle, les joues entre ses seins. Ce sont les précautions qu'elle prend pour se dégager qui me réveillent. Je la laisse faire, passif. Elle se rhabille à gestes prudents. Je la regarde, yeux mi-clos. Quand elle est prête, je feins toujours de dormir. Je la vois, debout, assez embarrassée. Je me dis : « Sois pas vache ! » Je me lève, me tiens face à elle. Je la prends aux épaules, gravement. Je la vois se rasséréner. Elle a l'air douloureux mais résolu. Ses yeux n'ont pas de larmes, ça manque. Elle cueille sur mes lèvres un baiser furtif et dit : « Vous ne me reverrez plus. Cela vaut mieux, croyez-moi. Adieu. »

Elle a ajouté un « croyez-moi » qui n'était pas au programme.

Elle aurait pu se taire. Le doigt sur les lèvres, comme à son entrée. L'entrée avait été parfaite. Elle a raté sa sortie.

Je ricane. Je sens en moi comme un grand vide.

XVIII

L'aube est encore loin. Je ne dormirai plus. Il m'est arrivé quelque chose, quelque chose d'horrible, je ne le ressens pas encore mais la bête craintive, tout au fond de moi, pressent le pire et se rencoquille devant la menace, quelque chose qui va faire très mal pendant très longtemps. Je ne veux pas affronter cette chose, pas maintenant. Je dégringole l'escalier étroit, me voilà dehors. J'avance au pas de charge, je n'ai pas eu à décider, mes jambes courent d'elles-mêmes.

Elles courent vers le refuge, elles courent vers la consolation intarissable, elles m'emportent me faire adorer. Là où je suis dieu.

Elle ne dort pas. Sur sa couche de paille, à l'écart du groupe – elle a abandonné l'usage du hamac, qui ne la protégeait pas, pour un recoin de l'écurie, bien délimité par un rempart de bottes de paille –, elle se tient à genoux, assise sur les talons, telle qu'en sa jungle. Je suppose qu'elle terminait son repas car elle repose un peu vivement sur le côté – sans doute par égard pour moi – l'espèce de petite marmite de fonte à couvercle dans laquelle lui sont apportées ses rations.

Elle lève la tête vers moi. Son visage s'illumine

dans une extase. Qu'on le croie si l'on veut, personne, et surtout pas une femme, ne m'a jamais regardé comme ça. Je m'agenouille face à elle. Elle dit, rougissante : « Señol Konogan ». Car, mais oui, elle parle. Dans sa bouche, l'espagnol, langue hérissée, devient chant d'oiseau. Je dis : « Lina. » Je la regarde, je veux oublier tout ce qui n'est pas elle, je me repais de son visage si pur, si merveilleusement dessiné. Je la prends aux épaules, ses rondes souples épaules, j'appuie ma joue contre son cou si long, et puis je m'abats sur sa jeune poitrine, j'y enfouis mes joues et je pleure à gros sanglots d'enfant. Elle appuie ma tête contre ses seins, elle me berce, la, la, elle partage mon désespoir sans savoir en quoi il consiste, et d'ailleurs, à quoi bon ?

Il arrive ce que je n'aurais pas cru pouvoir arriver : le désir soudain me prend au bas-ventre, un désir féroce, elle le sent, elle est prête – elle l'est toujours –, et nous nous aimons comme deux pauvres bêtes, dans un barbouillis de larmes, de morve et de gros chagrin, et nous nous envolons droit au paradis.

Lorsque j'émerge de l'anéantissement bienheureux, elle dort, une joue sur mon ventre, poisseuse des sueurs de la rage d'amour. Noyée dans ses cheveux, tout le corps à l'abandon, elle n'a jamais été aussi belle. L'aube, bientôt, va poindre... Après tout, qu'est-ce qui me presse ? L'Amiral peut se passer de moi pour sa petite excursion dans le bon vieux temps. Moi, j'ai un gros chagrin et une grande découverte à digérer, l'une compensant l'autre. Mon pauvre cœur surmené a bien besoin de vacances.

Je me vois promenant Lina en barque sur le Guadalquivir ou quel que soit le nom du fleuve qui coule par ici, faisant l'amour au soleil et puis à l'ombre pour apprécier la différence, mangeant des sardines grillées et des pois chiches au piment à même son tendre ventre, léchant des confitures entre ses cuisses de gloire...

Mais l'Amiral va m'attendre pour lever l'ancre. Il ne serait pas correct de ma part que je ne sois pas présent à l'embarquement, ne serait-ce que pour le prier de me dispenser du voyage.

Je m'étire longuement, prenant bien garde d'éveiller la belle endormie. Ma main, à bout de bras, heurte quelque chose de dur. C'est la petite marmite de son repas, celle qu'elle a écartée à mon arrivée. Je suis d'un naturel curieux. Que peuvent-ils bien lui donner à manger, ces Espagnols si peu portés sur la bouche ? De la morue sèche et des fèves bouillies, sans doute. À moins que ce ne soit du mouton avec des raves ou des pois chiches.

Je tire doucement la marmite à moi. Je soulève le mignon couvercle. Je regarde. Tout d'abord je ne distingue pas très bien. La lune n'aide pas beaucoup. Je tâte du bout du doigt. Il y a un reste de pois chiches, oui, et, posé dessus, quelque chose comme une patte de poulet. De gros poulet. Ils leur donnent à manger des pattes de poulet ? Je vais me plaindre à qui de droit ! J'y plonge la main, je ramène la chose. Eh bien, ce n'est pas du poulet. C'est, ma foi oui, c'est une main. Plutôt petite, pour une main. Une main d'enfant.

Voilà. C'est une main d'enfant.

Je ne sursaute pas. Un froid de glace m'envahit, mon dos se hérisse, la panique hurle dans ma tête. J'ai dû avoir un geste brusque. Elle s'est détachée de moi, s'est assise sur les talons, le visage caché derrière ses mains. J'espérais... Je ne sais pas ce que j'espérais, son attitude de petite fille coupable m'interdit tout espoir.

Que dire ? Une stupidité. Je la dis :

— Tu es cannibale ?

Silence. Je veux voir ses yeux. J'essaie d'écarter ses mains. D'un saut, elle recule hors de portée. Je répète, aussi doucement qu'il m'est possible :

— Toi, cannibale ?

De derrière les mains closes flûte une voix pleurnicheuse :

— Le felai plus.

Elle ne mesure pas la gravité de la chose. Moi, je veux simplement comprendre. Je demande :

— Toi aimer manger petits enfants ?

— Bon !

La voix, cette fois, n'a pu celer un rien de plaisir.

Et, il y a une heure à peine, nous faisions l'amour... Ce n'est pas le moment de vomir. Je veux en avoir le cœur net. Je la prends aux épaules, la secoue :

— Tu es pourtant d'Hispaniola, or les gens de là-bas ne sont pas cannibales. Pas du tout. Au contraire, ce sont les brigands caraïbes qui viennent pour leur donner la chasse et les dévorer.

Dans mon impatience, je me suis oublié à parler trop vite. Elle ne peut pas avoir compris. Je recommence en version simplifiée :

— Toi dans île pas cannibales. Caraïbes, cannibales. Toi pas Caraïbe.

Cette fois, une réponse arrive, assez étonnante :

— Toi pas savoil. Lien savoil. Moi Calaïbe. Plisonnièle dans île que toi dile. Moi venil dans île avec guelliers calaïbes poul manger hommes, femmes, petits enfants. Femmes meilleules. Petits enfants encole meilleuls. Gens dans île plus beaucoup que nous. Tuent guelliers calaïbes. Pas tuent belles femmes calaïbes. Galdent poul l'amoul. Moi femme plus belle. Moi aimer beaucoup l'amoul. Aussi aimer beaucoup bon manger [1].

Quel discours ! Elle n'en a jamais autant dit. Elle a balancé ça fièrement, ma foi. Elle en a oublié de maintenir ses mains devant son visage. Ce n'est pas une expression contrite qui s'y lit. Voyant mon sourcil froncé, elle se rappelle qu'elle est en faute, se jette à mes pieds, m'enlace les jambes de ses bras – ses beaux bras ronds – et pleurniche :

– Le felai plus !

Une question me tourmente. Je demande :

– Qui donne à toi cette... heu... viande ?

– Camalade.

– Un camarade ? Mais comment peut-il... ?

Elle m'explique, avec une grande patience :

– Moi, cacher ol sul moi quand quitter île avec Blancs sul gland bateau. Petit peu ol, ici, achète beaucoup choses. Camalade donner ol à homme qui fait tlous dans telle poul mettle dedans molts. Homme plend blas, jambe, foie et vend à camalade de moi.

Donc un croque-mort est dans la combine. Je demande :

– Toi seulement manger ça, ou bien autres aussi ?

– Moi seulement. Calaïbe moi seulement.

C'est bien ma veine ! Après l'inaccessible, l'anthro-

---

[1]. Le parler caraïbe est assez déroutant, ces gens ne pouvant prononcer les r. Remplacez les l par des r, vous comprendrez tout.

pophage. Je devrais la livrer aux sbires royaux. Non, ça, je ne pourrai pas. Je lui dis :

– Ça que toi faire, très mal. Très, très mal. Si Amiral sait, toi brûler vive sur le bûcher.

Elle s'épouvante :

– Le felai plus ! Pas dile Amilal ! Le felai plus !

– Tu y as intérêt. N'y touche plus jamais.

J'avise la marmite.

– Débarrasse-toi de ça en vitesse ! Si jamais quelqu'un voit ce qu'il y a là-dedans...

Elle a un grand rire gourmand :

– Moi déballasser vitesse.

À deux mains elle empoigne la petite marmite, renverse la tête en arrière et vide le contenu dans sa bouche large ouverte. Deux coups de mâchoires, un broiement de petits os, terminé.

La voilà rassérénée. Elle se pend à mon bras, se frotte à moi, les yeux humides d'adoration. Elle propose :

– Faile l'amoul ?

Nous faisons route vers Gênes par une claire matinée. La Méditerranée clapote gentiment aux flancs du boutre ou quel que soit le nom que les gens de par ici donnent à ce genre de rafiot. Nous ne perdons jamais la côte de vue, ce qui rallonge d'autant le parcours, mais ces marins d'eau douce ont une sainte trouille de la haute mer. Ils ne poursuivent pas les pirates barbaresques qui ravagent leurs côtes et puis gagnent le large, emportant en leurs flancs pleines cargaisons d'objets précieux volés dans les églises et de fillettes en fleur pour les harems des favoris du sultan.

L'Amiral a tenu à ce que je partage son petit déjeuner : un pâté de lièvre en croûte arrosé de vin blanc d'Alicante. Nous devisons nonchalamment de choses et d'autres. Je demande à l'Amiral, à titre de curiosité et comme si je n'y attachais pas autrement d'importance :

– Señor Amiral, il me revient en mémoire que, dans notre grand voyage, nous trouvâmes maintes populations adonnées au cannibalisme, qui est un fort grand péché. Savez-vous s'il est possible de guérir les gens de cette vilaine coutume ?

Le grand homme prend le temps de bien peser la chose. Il se caresse le menton, signe, chez lui, de concentration extrême, et il rend cet oracle :

– Voyez-vous, señor Konogan, ces sauvages n'ont pas été éclairés des saintes lumières et cependant, du fond de leurs noires ténèbres, ils en ont la vague prescience. Je ne voudrais pas poser au théologien. Je vous dirai seulement ceci. En quoi consiste l'essentiel de notre sainte foi chrétienne ? En l'eucharistie, qui est certes un grand mystère. Que faisons-nous, en ce moment de la sainte messe qu'on nomme l'eucharistie ? Nous mangeons le corps, nous buvons le sang sacré de Notre Seigneur le Christ Jésus, selon qu'Il nous a Lui-même ordonné de le faire pour l'amour de Lui. Eh bien, ces sauvages sentent obscurément qu'il y a quelqu'un à manger, ils ne savent pas qui, mais ce ne peut être qu'un dieu. Or Dieu n'a-t-Il pas fait l'homme à Son image ? Mangeant de l'homme, ils se nourrissent de l'image de Dieu, comme nous faisons en mangeant la sainte hostie.

L'Amiral a l'air assez content de lui. Il continue sur sa lancée :

– Il est clair que lorsque nos missionnaires auront instruit ces braves gens dans la foi chrétienne, leur erreur leur apparaîtra, l'hostie comblera leur appétit et ils cesseront leurs laides pratiques.

Je me retiens de dire « Ainsi soit-il » !

Ainsi passons-nous le temps à bord de la caraque[1] qui nous transporte, taillant sa route sur cette Méditerranée trop bleue, indolente comme un grand lac paisible, bien que, m'apprend l'Amiral, les tempêtes y soient soudaines et tout à fait effrayantes. Pour l'instant, la brise favorable qui nous pousse gentiment semble bien établie. Il y a peu à manœuvrer, les matelots en profitent pour laisser traîner des lignes appâtées qu'ils viennent relever de temps à autre avec force jurons très sales quand elles sont vides de poisson et force jurons non moins sales mais jubilatoires quand quelque pièce d'importance s'y est laissé prendre.

La douceur de l'instant porte aux confidences. Je ne savais pas l'Amiral aussi disert. L'approche de la terre natale, sans doute... Je suis, de mon côté, assez curieux de ces choses intimes. Comme je lui demande de quelle nation il est, car il court là-dessus maintes versions contradictoires, surtout depuis qu'il est devenu un personnage important, il me fait cette réponse :

---

1. À moins que ce ne soit un boutre.

— Je suis, ainsi que je vous l'ai déjà dit, citoyen de la noble cité de Gênes, bien que n'y étant pas né, à proprement parler. Mon père s'y est fixé après avoir vécu un certain temps aux confins de la Ligurie, qui est la campagne autour de Gênes, et de l'Émilie, en un village nommé Bettola. Il y exerçait le métier de carder la laine des moutons qu'on élève dans ces montagnes. Il est venu s'installer à Gênes, près des remparts, et moi je courais les ruelles avec des galopins de mon âge. J'étais curieux de tout, avide d'apprendre. Surtout, la mer m'attirait. J'étouffais dans l'atelier de mon père. Je préférais aller sur le port et aider au déchargement des bateaux pour quelques sous. Au grand déplaisir de mon père, qui aurait voulu que je m'intéresse à l'entreprise familiale, je commençai à m'embarquer comme mousse pour de petits voyages de cabotage.

— Monsieur votre père est-il toujours en vie ?

— Il doit l'être. À tout le moins n'ai-je pas reçu d'avis qu'il ne le fût plus.

Voilà une éventualité dont la pensée ne semble guère affecter l'Amiral. Anticipant ma question suivante, il ajoute :

— Ma mère est morte. J'ai cinq frères et une sœur.

Je n'ose lui demander ce qu'ils sont devenus. Il ne m'en dit d'ailleurs pas davantage.

Encore une nuit, encore un jour. L'Amiral est en verve. Il me confie, l'œil allumé :

— Savez-vous ce que signifient les noms des trois caravelles du grand voyage ?

Je dis :

– Il n'y a pas mystère. La *Pinta*, c'est la peinte, c'est-à-dire celle qui a de belles couleurs. La *Niña*, c'est la plus petite, c'est-à-dire l'enfant. Quant à la *Santa María*, sur laquelle nous étions, son nom n'a pas besoin d'explication.

Il rit. Et m'explique :

– La *Pinta*, c'est la peinte, oui, mais dans le sens de la très maquillée, si vous voyez. La *Niña*, c'est la petite courageuse qui n'a pas peur des grosses feignasses, sur le trottoir, s'entend. La *Santa María* avait pour nom, quand je l'ai acquise, *María Galanta*, autrement dit *Marie couche-toi là* ! Je l'ai fait changer, celui-là, Leurs Majestés Catholiques risquaient de comprendre. Rien que des noms de putains ! Les matelots aiment que leurs bateaux portent des noms de femmes de bordel, de ces femmes qui sont pour eux le seul petit bonheur sur terre, le seul refuge. Ils les honorent au nez et à la barbe de leurs armateurs et des autorités. Je vous choque ?

Il en faudrait davantage ! Je suis heureux d'apprendre que j'ai vécu la grande aventure à bord de la *Marie couche-toi là*. Si l'évêque, avant le départ, avait su ce qu'il bénissait !

Nous arrivons sans encombre à Gênes, le grand port par lequel l'Orient et l'Occident se pénètrent, la puissante république qui tient tête au roi de France. Nous n'avions prévenu personne de notre venue, pourtant, à peine avons-nous doublé la jetée qui garde le port qu'une flottille de barques mâtées ou non fait force de voiles ou de rames vers notre caraque, brandissant des oriflammes et hurlant : « Evviva l'Amirale ! », « Evviva Colombo ! », « Evviva il nostro Cristoforo ! »

C'est le retour de l'enfant prodigue, d'un enfant prodigue chargé d'une gloire qui rejaillit sur chacun des sujets de sa patrie.

Les barques enthousiastes s'écartent pour laisser passer une embarcation massive, une galère aux ors somptueux qu'activent deux rangées d'avirons s'élevant et s'abaissant comme des ailes nonchalantes au son rythmé du tambour. L'Amiral me presse le bras.

– Nous voilà bien ! C'est la galère particulière du podestat.

– Du podestat ?

– On donne le nom de podestat, dans la Sérénissime République, au magistrat suprême de la cité, une sorte de dictateur élu avec pleins pouvoirs[1]. Moi qui voulais passer inaperçu !

En une élégante évolution la galère vient se ranger à notre flanc et s'y amarre. Un fringant officier enjambe notre bastingage, marche droit à l'Amiral, se campe à trois pas de lui et le salue profondément par trois fois, balayant le plancher de la plume de sa toque.

Si l'Amiral est contrarié, il n'en laisse rien voir. Il rend le salut d'un geste désinvolte de la main. L'officier lui dit quelque chose, en italien, je suppose, langue que je ne comprends pas. J'en devine cependant assez pour déduire que l'officier prie l'Amiral de lui faire le grand honneur de monter à son bord.

Ainsi faisons-nous notre entrée dans la libre cité de

---

[1]. En période de crise, le pouvoir du podestat dépassait celui du doge.

Gênes, précédés en procession des marins de pont de la galère potentate, dont l'un porte haut une bannière aux armes de la ville, un autre les couleurs du potentat, un troisième le blason particulier de l'Amiral, chose surprenante.

– Enfin, dit l'Amiral, tout étonné, j'ai dessiné moi-même ces armoiries à notre retour, à savoir : « En chef, sur champ de gueules, le castel de Castille, en hommage à la reine Isabelle, accolé au lion de León de gueules sur champ d'or. En pied, mi-parti entre les cinq ancres de gueules qui sont les insignes de Grand Amiral et, au canton senestre, un semis d'îles sur l'étendue océane. » Comment peuvent-elles être déjà connues ici ?

Je ne crois pas outrecuidant de lui répondre ceci :

– Señor Amiral, ne cherchez pas à comprendre. Contentez-vous de vous rappeler que les trompettes de la renommée précèdent le héros.

Nous montons des chevaux de parade richement caparaçonnés, avec des plumets sur la tête. Je ne me sens pas à l'aise, surtout du fait que, chevauchant, de par la volonté expresse de l'Amiral, au botte à botte, les badauds ne distinguent pas au premier abord qui est l'Amiral, qui le discret comparse, et bien des vivats se perdent à mon adresse, bien des bouquets me prennent pour cible.

Le seigneur podestat nous reçoit en son palais. Je passe les détails, quand on a vu une réception officielle on les a toutes vues. Celle-ci, cependant, présente cette circonstance particulière qu'un homme à l'abondante chevelure éclatante de blancheur et à la barbe tout aussi lumineuse, vêtu en bourgeois huppé ayant mis ses vêtements de fête, se tient près du trône. Je ne sais si « trône » est approprié s'agissant du siège où se posent des fesses podestates – enfin, près de la chaise ou de quoi que ce puisse être, se tient, bombant le torse et portant haut le front, cet homme qui toise l'Amiral.

L'Amiral, absorbé par d'autres soucis, ne prend tout d'abord pas garde à l'arrogant bourgeois. Il est tout à son problème du moment : comment doser la profondeur de ses saluts, chose extrêmement délicate. Un Grand Amiral de la reine d'Espagne, auréolé de surcroît de la gloire éclatante du découvreur de mondes, est-il, sur l'échelle des hiérarchies et préséances, situé plus haut ou moins haut qu'un podestat élu de la Sérénissime République de Gênes ?

Mais voici que, les salamalecs rituels accomplis de part et d'autre, le podestat se lève, quitte son siège et vient à l'Amiral, qu'il prend dans ses bras pour une franche accolade. La foule crie : « Evviva ! » Le podestat maintenant prend l'Amiral par la main et le conduit jusqu'au vieillard qui, lui, n'a pas crié avec la foule. Alors on voit l'Amiral mettre un genou en terre devant cet homme toujours muet, lui prendre la main, la baiser et puis dire : « Je vous salue, mon père. »

La foule se tait, émue par la grandeur de l'instant. Le vieillard esquisse au-dessus de la tête de l'Amiral le geste biblique de la bénédiction. L'Amiral se relève, le vieillard ouvre les bras, les referme sur son fils retrouvé. C'est très touchant, en vérité.

À vrai dire, si une larme perle sur la joue ridée du père, il ne me semble pas, à moi qui le connais bien, que le fils ait de gros efforts à faire pour retenir les siennes.

Heureusement, il n'est pas prévu de repas officiel chez le podestat. Ayant pris congé de Sa Grandeur, l'Amiral, son père, moi-même et nos deux valets gagnons, à pied – les deux chevaux de parade, ayant rempli leur office, ont été discrètement reconduits aux écuries podestates –, la maison familiale du cardeur de laine, accompagnés tout du long par une bruyante chienlit de galopins en loques, de femmes en cheveux et d'un tas de curieux n'ayant apparemment rien de mieux à faire dans la vie.

La maison des Colombo est située dans le faubourg. C'est une bâtisse solide, longue et basse, à un étage, adossée à l'ancien rempart. Un jardin potager bien tenu la précède. La plus grande partie du bâtiment consiste en un vaste hangar servant d'atelier où l'on carde la laine. Comme nous approchons, un chant se fait entendre, de plus en plus fort, un chant tout à la fois sauvage et merveilleusement discipliné, puissant quoique chargé de sensualité, poussé par des voix de femmes attachées à la parfaite beauté de leur accord.

Ces voix célestes sont celles des ouvrières qui s'activent aux cardeuses, espèces de machines rudimentaires consistant en une balançoire munie de clous qui séparent rudement les catons de laine brute et les peignent avant filage.

Voyant mon intérêt pour ces femmes si bien chantantes, l'Amiral commence la visite par l'atelier.

Ça sent fort, là-dedans. Le suint de mouton et la sueur d'honnête femme se mêlent en une puissante et troublante émanation. À notre entrée, le chant tombe net, comme un oiseau frappé d'une pierre en plein vol.

On n'entend plus que le frottement rageur des clous contre les clous. Colombo père frappe dans ses mains et lance, jovial :

– Pourquoi donc cessez-vous de chanter quand j'arrive ? Comme si vous ne saviez pas que vos chants me font plaisir. Chanter stimule la travailleuse et entraîne la feignante. Allons, petites, chantez[1] !

Elles rient, confuses, derrière leur main, cardant à tour de bras. Et puis une toute jeunette se lance :

– Quell'mazzolin' di fiori...

Et toutes les autres, d'une seule voix :

– Chi vien' dalla montagna...

Bon Dieu que c'est beau ! J'en ai des frissons. Elles se donnent à leur chant de toute leur âme. Effectivement, elles n'en travaillent qu'avec plus d'ardeur. Et moi, j'ai le cœur qui cogne de trop de bonheur.

La porte de l'habitation proprement dite est, comme cela semble être de règle en Italie, ombragée par une vigne vénérable. Le seuil passé, il y fait frais. Un homme dans la force de l'âge nous accueille. Le père annonce :

– Domenico. Mon fils cadet.

C'est un géant taciturne. Timide, peut-être. Il s'est mis en frais pour l'événement, son pourpoint de velours grenat flambant neuf et ses souliers à boucles d'argent le disent assez. Nous nous saluons. L'Amiral le serre dans ses bras, le baise sur l'une et l'autre joue.

---

1. Il est bien évident que, ne connaissant pas l'italien à cette époque, Konogan Kavanagh transcrit de mémoire ce qu'il lui a semblé comprendre alors.

Domenico se laisse faire, visiblement pétrifié par ce frère soudain devenu le familier des rois.

L'Amiral s'étonne de ne pas apercevoir sa sœur ni ses autres frères. Le père alors lui apprend, à ce qu'il me semble, du moins – cette langue italienne, après tout, a de grandes ressemblances avec l'espagnole –, que ses autres enfants résident à Savona, une ville du littoral ligure située à une douzaine de lieues à l'occident de Gênes, où ils s'occupent de l'autre branche de l'industrie familiale. L'Amiral daigne m'expliquer que, à la suite de grands troubles politiques et de guerres qui, un temps, avaient ravagé Gênes, sa famille s'était réfugiée à Savona, puis était revenue à Gênes, conservant un atelier à Savona.

Mais on nous appelle pour passer à table. Après les divers *antipasti*, petits pâtés fourrés de feuilles de bette et d'épinard, ou de fromage de brebis, ou d'une marmelade d'olives noires, le tout arrosé d'un vin un peu trop doux à mon goût, apparaît sur la table une vaste soupière débordant d'un compact emmêlement de longs vers flasques et blêmes de teint dont le seul aspect me lève le cœur. Je crois voir remuer mollement le répugnant amas. Les Italiens se nourrissent-ils donc d'asticots géants ? L'Amiral semble tout aussi étonné que moi, et non moins suspicieux. Je lui demande, en espagnol :

– Señor Amiral, nous faudra-t-il vraiment manger ces bestioles ?

L'hôte a noté notre embarras. Il rit, adresse à l'Amiral quelques phrases rapides. L'Amiral se rassérène, rit à son tour, traduit à mon intention :

– Ce n'est point là vile vermine, ami Konogan, mais bien une façon nouvelle d'accommoder la farine de froment. Cette façon nous vient de la Chine, apportée, dit-on, à Venise par Marco Polo au retour de son fameux voyage, il y a déjà longtemps de cela. Mais, ainsi vont les mœurs, il fallut de longues années avant que la mode ne s'en répande par l'Italie jusqu'à Gênes. Il s'agit tout simplement d'une pâte de farine et d'eau, sans levain, aplatie au rouleau et découpée en fines lanières sur le bord de la table, puis mise à sécher. Il suffit de plonger ces lanières dans l'eau et de les mettre à bouillir, elles gonflent et deviennent ces longs filaments souples qu'on assaisonne comme on veut. On appelle cela « la pasta ».

Déjà le père, debout, a plongé dans la masse de la « pasta » deux instruments inconnus de moi, espèces de petites fourches aux dents courbes bien pratiques, ma foi, pour cet usage, il élève haut en l'air une portion ruisselante avec la majesté d'un grand prêtre procédant au rituel de quelque culte auguste et dépose le tout dans l'écuelle qui se trouve devant moi. Cela sent bon : une bouffée de vapeur charme mes narines d'un parfum mêlé de basilic, de thym et de quelque chose d'autre encore. Je remarque en passant que ce genre de nourriture ne saurait se servir avec les doigts, posée sur une tranche de pain à même la nappe ou le bois de la table, ainsi qu'il est d'usage. Mais pour consommer, de l'écuelle à ma bouche, je n'ai que mes doigts.

Je goûte. Vive Marco Polo ! C'est délectable. Le jus de l'agneau que nous allons manger ensuite imprègne la « pasta », qui glisse sans façon dans mon gosier. Je dis à l'Amiral :

— À mon avis, il y manque un petit quelque chose. Un peu de couleur, peut-être. C'est cette pâleur, voyez-vous, qui m'a tout d'abord fait prendre la « pasta » pour de gros vers blêmes. Vous souvenez-vous, señor Amiral, de ce fruit bizarre que nous connûmes, « là-bas » ? Une sorte de pomme très molle, très parfumée, d'où sortait un jus très rouge ? Les indigènes l'appelaient « tomatl », s'il m'en souvient bien. Je ne puis m'empêcher d'imaginer cette « tomatl », réduite en purée, mêlée à cette succulente mais trop pâle « pasta ».

L'Amiral sourit :

— L'eau m'en vient à la bouche. Savez-vous que j'ai moi-même imaginé un perfectionnement à la « pasta » ? Figurez-vous que, plus au nord, dans le pays où je vais vous emmener dès demain, on fait un certain fromage qu'on ne trouve nulle part ailleurs. Il est fort compact et se tient bien sous la râpe. Comme il est né dans la campagne autour de la cité de Parme, on l'appelle « parmesan ». Râpé au-dessus de la « pasta » toute chaude, il répandra – j'y suis déjà ! – un parfum prodigieux.

L'Amiral fait part de son idée à son père, qui envoie chercher un morceau de ce fromage d'exception, lequel se présente comme un bloc rocheux qui a la couleur d'un marbre ivoirin et, sans doute, la dureté. À l'aide de la râpe à noix de muscade il fait pleuvoir une poussière de parmesan sur ma portion. L'odeur, aussitôt, bondit à mon nez. Odeur délectable !

– Je crois, dit l'Amiral, que nous avons fait faire un grand pas à la civilisation.

Le souper est plus léger. Encore la « pasta », mais cette fois en potage, dans un bouillon de poule qui me rappelle mon enfance sans poule et sans bouillon. L'assistance est plus détendue. L'Amiral raconte, plutôt que ses voyages, ses heurts avec les courtisans. Il en vient à l'épisode de l'œuf, qui ne manque jamais de faire effet : « Savez-vous ce que je lui ai répondu ? Non ? Eh bien, j'ai dit : "Voyez-vous cet œuf ?"... » À cet endroit, l'Amiral se tourne vers moi :

– Avez-vous un œuf ?

Aïe ! Non, je n'ai pas d'œuf. J'aurais dû prévoir. Je prive l'Amiral de son plus beau triomphe. Piteux, je dois admettre que je n'ai pas d'œuf sur moi.

L'Amiral fronce le sourcil. Une gêne s'installe. C'est alors qu'une petite voix sort de sous la table. Une petite fille en jaillit. Elle a huit ou neuf ans, ses yeux sont de pur azur, sa chevelure de la couleur de la châtaigne fraîche éclose, ses joues pleines de sourires. Elle dit quelque chose, en italien, naturellement. Il y est question d'« uovo », de « piccola gallina nera », d'où je crois pouvoir hardiment déduire, en rapprochant « uovo » (œuf) et « piccola gallina nera » (petite poule noire) que l'enfant connaît l'endroit où certaine petite poule noire indocile pond ses œufs en cachette. Je me sens confirmé dans mes déductions quand je vois la fillette revenir, brandissant victorieusement un œuf.

L'Amiral sourit. Il donne un baiser à la petite fille,

s'éclaircit la voix et reprend l'anecdote à son début. Il en arrive au fatidique : « Voyez-vous cet œuf ? » Il présente l'œuf à l'honorable assistance. Tous se penchent, attentifs. « Sauriez-vous le faire tenir debout ? » Le père dit : « Personne ne pourrait. » Tous hochent la tête. D'un geste brusque, l'Amiral écrase la pointe de l'œuf sur la table. Du jaune d'œuf vole, s'écrase sur la blanche barbe paternelle. « Eh oui, c'est très simple ! Il suffisait d'y penser ! » conclut l'Amiral, triomphant. Les assistants s'entre-regardent. Le père dit :

– Ah, bien sûr ! Comme ça...
Et il s'empare d'un torchon pour s'essuyer la barbe.
Le frère cadet dit :
– Ça serait pas comme qui dirait de la triche, ça ?
La petite fille rit, tape des mains et dit :
– Encore !
Ce n'est pas vraiment un succès.

XIX

Nous chevauchons des mules au pas menu, l'Amiral et moi. Nos deux valets vont derrière, à pied. Ils peuvent toutefois s'appuyer à la croupe avantageuse de l'âne chargé des bagages et des provisions de bouche, ou bien le tenir par la queue quand la montée se fait trop rude. Ces valets sont des matelots de la *Santa María*, autrement dite *Marie couche-toi là*, gueules de gouapes mais fidélité de caniches à l'endroit de l'Amiral qui les a menés au triomphe et a rempli – pour peu de temps, il est vrai – leurs escarcelles. À mon endroit, je ne jurerais de rien. Ils portent, à l'espagnole, les cheveux serrés dans un foulard de couleur vive noué sur la nuque en faisant deux cornes qui leur pendent dans le dos. À la ceinture, une navaja, ce couteau espagnol plutôt fait pour éventrer des chrétiens que pour couper du fromage.

Nous avons quitté Gênes avant le jour afin d'échapper aux importunités des voisins et de la foule enthousiaste qui se masse tout le jour devant la maison Colombo pour acclamer le héros et soumettre mainte supplique à l'homme bien en cour. Nous avons laissé les derniers faubourgs de Gênes au sud, avons, par des routes tout juste acceptables, franchi les croupes modérées de l'Apennin ligure, puis avons gagné la vallée très encaissée d'un torrent – la Trebbia, m'expliqua l'Amiral – qui serpente droit au nord.

Nous sommes suspendus entre ciel et gouffre, cramponnés du pied de nos mules à un sentier à flanc de paroi, un sentier sur lequel, justement, seul le pied d'une mule connaissant son métier de mule peut oser se risquer – et aussi le pied d'un valet, à la rigueur. À notre gauche bée la gueule de l'abîme. Je n'ose même l'effleurer du regard. À notre droite, la roche se dresse, verticale, et nous érafle l'épaule. Montant de très loin j'entends le fracas du torrent, nous sommes au seul mois où il déborde et casse tout, le reste de l'année il est à sec. Les mules posent avec précaution leurs petits pieds finement sabotés sur le chemin rocailleux, n'en risquant un que lorsque l'autre est dûment assuré. Des pierres roulent et rebondissent jusqu'au « floc » terminal dans une eau que je suppose cristalline. Comment se débrouillent les valets, je n'ose tourner la tête pour m'en assurer. Si j'en juge à l'ouïe, ils sont vivants, une telle floraison de jurons ne saurait provenir de valets morts. Je suppose que l'un se cramponne à la queue de l'âne et que l'autre se cramponne à la ceinture du premier.

On aurait pu s'adjoindre les services d'un guide. L'Amiral n'a pas voulu. Il assure que, depuis sa tendre enfance, il connaît ce chemin aussi bien qu'il connaît son bateau. De loin en loin, se détachant à peine du roc, simple boursouflure de la montagne, un village gris et ocre, couleur de pierre et de lichen, surplombe vertigineusement le vide. Nous traversons ces villages, pauvres agglomérations de masures de pierres sèches assemblées sans mortier qu'entourent quelques cultures en terrasses durement conquises sur le roc aride, ainsi que des pâturages à flanc de montagne. Des femmes en fichu noir, aux hanches anguleuses, aux joues tannées, y battent du linge, agenouillées dans le lavoir public, des gamins effarés courent se blottir sous leurs jupes, un vieillard chauffe ses douleurs au soleil. Pas d'hommes, ils sont aux champs. Tout ce monde va nu-pieds, les femmes haut troussées, les enfants nus. L'opulence ne règne pas ici.

Nul n'accourt en criant « Evviva ! », nul ne se jette aux genoux de l'Amiral en implorant sa bénédiction. Le fracas du monde ne pénètre pas jusqu'à ces lieux perdus.

Il arrive que le sentier descende jusqu'au niveau du torrent. C'est que là se trouve un moulin, posé sur un bief de dérivation. La grande roue de bois à palettes moud son tic-tac monotone. Je demande à l'Amiral :

– Vous m'avez appris que, la plupart du temps, le torrent est à sec. Comment font alors les gens d'ici pour avoir de la farine et pétrir leur pain ?

– C'est fort simple. Ils apportent leur grain au moulin dès qu'il y a assez d'eau pour faire tourner la machine. On moud tout d'un coup pour l'année entière.

Il arrive, assez peu souvent, heureusement, que nous rencontrions un paysan cheminant sur sa mule en sens inverse de nous. La femme va derrière, tenant ferme la queue de la mule, un panier débordant de fruits en équilibre sur la tête. Il se peut aussi qu'à la place des fruits le panier contienne un bébé endormi. Si l'on ne s'est pas entr'aperçus assez tôt, on se trouve soudain nez à nez. Il faut donc que l'un des deux équipages se résigne à reculer jusqu'à l'un de ces espaces taillés dans le roc où le sentier s'élargit quelque peu en prévision de telles occurrences. L'allure et la vêture seigneuriales de l'Amiral incitent le manant à nous livrer le passage, ce dont nous profitons sans vergogne. L'Amiral commente :

– Ici, on respecte ce qui est respectable.

Je rectifie, pour moi seul : « Disons, ce qui en a l'air. »

L'Amiral, tout frétillant dans l'air natal, me fait le commentaire géographique :

– Ces montagnes ne sont pas très hautes, cependant elles sont fort escarpées, il est difficile de passer d'une vallée à l'autre. Par contre il est aisé de suivre le cours du torrent jusqu'au bout de la vallée, qui débouche dans la grande plaine du fleuve Pô. Les vallées sont parallèles comme les dents d'un peigne et, bien qu'elles soient fort proches l'une de l'autre à vol d'oiseau, elles sont pratiquement isolées. Si bien que les dialectes varient d'une vallée à l'autre et que les gens d'ici ne connaissent rien d'autre que la vallée où ils sont nés et où, selon toute probabilité, ils mourront.

Épousant les méandres du torrent au pas prudent de nos mules, nous n'avançons guère. Le crépuscule déjà s'annonce. L'Amiral est d'accord pour que nous fassions étape au prochain village. D'ailleurs, dit-il :

– C'est justement là que j'ai projeté de nous arrêter. Montebruno. Il y a une auberge. Nous pourrons y dormir.

Les valets applaudissent. Nous y sommes bientôt.

C'est un village semblable aux autres, un peu plus vaste, peut-être. Effectivement, il s'honore d'une auberge, annoncée par une botte de paille servant d'enseigne. Sous une treille, quelques paysans harassés vident, coudes écartés, sans parler, des pichets de vin bourru.

L'hôte ne s'empresse pas. C'est un paysan d'entre les paysans, il est trapu, non rasé, cuit et recuit par le soleil, il a trimé sur la glèbe depuis l'aube, il est tout aussi anéanti de fatigue que les autres. A-t-il une femme ? Elle ne s'empresse guère non plus, en tout cas. L'Amiral met les choses au point :

— Ne te mets pas en peine de fricot, bonhomme. Nous avons apporté tout ce qu'il nous faut. As-tu seulement de quoi nous donner à coucher ?

L'hôte a de quoi. Juste de quoi. C'est-à-dire de quoi pour une personne, une personne pas trop exigeante. Un lit et une chambre autour. Un seul lit, une seule chambre. L'Amiral demande à voir. La chambre est une soupente, il y pend des colliers d'oignons et des chauves-souris la tête en bas. Le lit est un immense truc de parade, un meuble de château avec colonnes, dais et personnages sculptés dont on se demande comment il a échoué là. Un coup de plumeau dans les toiles d'araignées, ça fera l'affaire. Le grand homme me dit :

— Vous dormirez avec moi, señor Konogan. J'espère que vous ne ruez ni ne ronflez. Les valets dormiront sur la paille, dans l'écurie. Y a-t-il seulement une écurie ?

Il y en a une. Les valets font la grimace. Moi aussi.

Je ne rue ni ne ronfle, mais qui me dit que l'Amiral ne le fait pas, lui ?

Nous nous attablons à l'écart, sur une porte que l'hôte a dégondée en notre honneur et posée sur deux tréteaux. L'Amiral eût aimé que les valets mangeassent à part, avec les mules. Le goût du décorum lui est venu avec les honneurs, à cet homme. Je proteste, au nom de la vieille fraternité des gens de mer. L'Amiral condescend. Les deux lascars me remercient d'une grimace qui se veut sourire.

Le lit est d'apparat, certes, mais il n'est pas tendre. Il dut être conçu pour un de ces nobles chevaliers durs à cuire que trop de mollesse eût perturbés. L'Amiral ronfle, c'était à prévoir. Je ne sais encore s'il rue, la nuit ne fait que commencer. Les chauves-souris se sont enfuies en grande panique, terrifiées par les puissants borborygmes. Quant à moi, les mains sous la nuque, je contemple les ténèbres et réfléchis un peu à tout ça.

Tout ça, c'est ce paquet de misère qui me pèse sur l'âme et que je transporte partout avec moi. Et je sais très bien ce que c'est : il me manque une bonne femme à qui penser. Voilà où j'en suis. Voilà ce que je suis devenu. Moi qui étais l'oiseau sur la branche, aujourd'hui ici, demain va savoir où, voilà ce que ce putain de voyage a fait de moi : il me faut quelqu'un à qui penser ! Quand je dis « quelqu'un », une femme, bien sûr. Felipa, que j'aime, s'est faite bonne sœur. Lina, qui m'aime, est anthropophage. Et je reçois dans les fesses un coup de pied de l'Amiral ! Finalement, il rue. Et il se mouche dans les draps. Je sais bien que ça se fait[1], et par moi tout le premier, mais c'est plus fort que moi, la seule idée de la morve d'autrui me révulse.

Je finis quand même par m'endormir, rêvant aux mules qui n'ont pas de ces vagues à l'âme, et, encore mieux, à l'âne : il est castré.

Loco, Gorreto, Ottone, Losso, Bobbio, autant de villages perchés dont l'Amiral nous lance fièrement les noms au passage, comme s'il s'agissait de merveilles d'architecture. Là comme partout, les femmes vont, portant haut la tête, sommées, comme une reine de sa couronne, des baquets de bois pleins de linge trempé, des paniers débordants de légumes ou, couchés par le travers, des sacs de fibres de chanvre bourrés de grain. À notre approche, elles lancent un appel riche en voyelles sonores qui font jaillir sur les seuils les vieilles édentées, les pucelles aux cils ombreux, les galopins au cul nu qui nous courent après. Certaines tiennent des poules par les pattes, tête en bas, qu'elles viennent tout juste d'attraper prestement et nous proposent d'égorger et de plumer pour quelque menue monnaie. Un curé qui prend le frais sous une treille nous bénit à tout hasard, sans quitter son banc ni son verre.

À Bobbio, qui est un bourg un peu plus considérable, les valets nous avisent que les mules ont l'air bien fatiguées, pauvres bêtes, manière de nous faire

---

[1]. C'est un fait, en ce temps-là le mouchoir de poche n'existait pas. On se mouchait, faute de mieux, dans ses doigts, ou dans la nappe si l'on était à table, ou dans les draps si l'on était au lit.

remarquer que eux, valets, le sont tout autant, et même davantage, à y bien regarder, vu qu'ils n'ont que deux jambes au lieu de quatre pour se partager la fatigue.

L'Amiral, réprimant son impatience d'arriver, consent à ce qu'on passe la nuit à Bobbio. L'endroit possède une auberge d'un peu meilleur aspect que celle de la nuit dernière. Nous y soupons de soupe de châtaignes, de lard salé et de pain gris, puis nous montons nous coucher, l'Amiral dans la chambre où, paraît-il, l'illustrissime Francesco Sforza, duc de Milan, dormit avant d'aller faire mordre la poussière aux armées du roi de France Louis, onzième du nom, moi dans la soupente attenante. Les valets et l'âne s'en vont coucher dans la paille avec les mules.

Quittant Bobbio, nous gagnons Perino. Là, nous explique l'Amiral, il nous faut abandonner la vallée où coule la Trebbia pour enjamber la montagne et redescendre de l'autre côté dans une vallée parallèle à celle que nous quittons, la vallée du torrent Nure. Passé la crête, une piste tortillante nous descendra jusqu'au mythique Bettola.

Le chemin se montre tout de suite fort peu accueillant. Le plus abrupt de la montée est, il est vrai, quelque peu atténué par les sinuosités du sentier, qui n'en demeure pas moins bien ardu. Des branches feuillues nous fouettent au visage. Nous finissons par mettre pied à terre et, nous cramponnant à la bride de nos mules, plaçant scrupuleusement nos pas dans les leurs, nous avançons avec des précautions de vieillards. Jusqu'à ce que l'Amiral s'avise de faire marcher les valets en tête afin qu'ils écartent de devant nos personnes les ronces, orties et autres déraisonnables produits de la nature sauvage, et aussi, me laissé-je aller à penser, afin d'essayer si le terrain se tient ferme sous le pied ou bien si le maraud va s'abîmer tout soudain dans quelque fosse traîtresse, mais peut-être suis-je un peu trop cynique.

L'Amiral hume avec délices l'air qui se fait plus léger à mesure que nous nous élevons. Il est vrai qu'il s'y mêle je ne sais quels parfums fugaces distillés par certaines fleurs montagnardes, petites mais aux vives couleurs, dont je serais bien embarrassé de citer le nom.

L'Amiral me confie :

— Voyez-vous, rien ici n'a changé. Tout est tel qu'en mes jeunes ans, quand je galopinais par ces sentiers perdus, quand je courais après un papillon, quand je dénichais les nids de merles, quand je cherchais à percer le bouleversant secret qui se cache sous les jupes des petites filles. Sentez-vous ces odeurs fugaces et poignantes qui s'évanouissent à peine les a-t-on décelées ? Ce sont les senteurs de l'enfance envolée, les pièges du souvenir.

J'ai des soucis d'un ordre moins élégiaque. Je demande :

— L'endroit me paraît tout à fait propice à l'embuscade. Ne serait-il pas hanté par quelque loqueteux malandrin qui prélèverait sa pitance sur tout voyageur obligé de passer par ces lieux désolés ?

L'Amiral rit de bon cœur :

— Comment avez-vous deviné ? Il existe en effet une famille, brigands de père en fils, c'est là leur état, qui vit quelque part dans ces bois et prend sur chaque passant une dîme proportionnée à l'état de fortune dudit passant. Toutefois, en ce qui me concerne, je n'ai rien à craindre d'eux. J'ai couru les bois avec les gamins de cette famille, qui doivent être aujourd'hui des quadragénaires à longue barbe, et j'ai bien souvent joué avec leurs sœurs à des jeux défendus dont je garde le souvenir charmé. J'ai même vécu un début d'idylle avec une Carlotta... J'ai failli me faire brigand, savez-vous ? Oui, bon...

J'inscris sur mon visage l'étonnement scandalisé que l'Amiral est en droit d'attendre. J'ouvre la bouche pour lui en donner une expression orale quand un de nos valets s'approche, le bonnet à la main, et, me coupant la parole, annonce :

— L'âne boite bas de l'arrière gauche. J'ai regardé. Il a perdu un fer. Il blesse du pied.

L'Amiral se frotte le menton comme pour en faire sortir une décision. Eh bien, ça marche ! La décision est telle :

— C'est fâcheux. C'est très fâcheux. Bettola est encore loin, le chemin devient pire après la crête, la descente est périlleuse. Nous ne sommes pas encore très éloignés de Perino. Tu vas décharger l'âne, Vasco, répartir sa charge sur les deux mules et redescendre sur Perino. Là, il y a un maréchal-ferrant. Tu fais ferrer l'âne et tu nous rejoins. Nous allons en profiter pour faire une petite halte.

Le dénommé Vasco n'a pas l'air d'accord :

— Señor Amiral, vous venez de dire en propres paroles qu'il y a des brigands, par ici. Peut-être ne nous ont-ils pas attaqués parce que vous avez joué à touche-pipi avec leurs petites sœurs, si j'ai bien compris, et peut-être aussi parce que nous sommes quatre solides gaillards, mais quand ils me verront, seul avec l'âne, ils me tomberont dessus, ça c'est sûr, ne serait-ce que pour voler l'âne.

L'Amiral frappe du pied.

– Et alors, poltron ? Tu discutes un ordre, je crois ?

Je juge bon d'intervenir :

– Señor Amiral, adjoignons-lui son compagnon. À deux, ils se conforteront l'un l'autre. Quant à nous, vous venez de le dire, nous ne craignons rien.

– Croyez-vous donc que deux poltrons feront un foudre de guerre ? Pour ma part, je pense que la peur se multiplie... Enfin, si c'est le seul moyen... Vasco, Juan, partez ensemble, et ne traînez pas en route. L'auberge est hélas proche du maréchal-ferrant.

Ainsi fait-on. Les deux compères s'éloignent, emmenant l'âne débâté et scrutant les buissons à droite et à gauche. Les mules secouent les oreilles, pas du tout contentes de l'humiliant chargement dont elles héritent. Ce sont nobles montures de prélats, pas vulgaires bêtes de somme. Un tronc d'arbre abattu achève de pourrir là. Nous nous y installons pour une petite pause rafraîchissante. Je tire d'une des sacoches à provisions une de ces bouteilles à la panse ronde douillettement emmaillottée de paille qu'affectionnent les Italiens. L'Amiral tend le gobelet d'argent ciselé qu'il garde dans un étui pendu à sa ceinture, comme tout voyageur averti. Et la bouteille me pète dans les mains.

La bouteille. Dans mes mains. En morceaux. Et tout

ce bon vin répandu sur moi. En même temps éclate un ordre, d'après le ton c'est un ordre :

— Mani in alto !

Il émane du type qui a lancé la pierre. Un bon viseur. Et une grande brute. Six pieds de haut, au moins, des épaules en proportion, de la barbe, l'air tout à fait débonnaire. C'était un ordre, pas une menace. Je me tourne vers l'Amiral. Il m'explique :

— Ça veut dire : « Mains en l'air ! »

Il ajoute :

— Il vaut mieux faire ce qu'il dit. On s'expliquera après.

Bon. Je lève les mains. Je promène mes regards alentour. Et je vois. Un peu en retrait, à bonne distance pour le tir, en fait, il y a un autre gars. Courbé, celui-là, derrière la fourche d'affût d'une arquebuse. Je m'y connais en arquebuses. Celle-ci est d'un très beau modèle, avec plein de zinzins en argent et un gros œil noir dont le regard de cyclope plein de méchanceté est braqué droit sur nous deux, l'Amiral et moi, qui formons une cible bien groupée. Une arquebuse comme celle-là, je n'en ai vu qu'à des princes du sang, à la rigueur à des Grands d'Espagne, et portées par deux servants, un pour l'arme, un pour la fourche d'affût et la baguette de nettoyage. Ces bandits italiens ne se privent de rien. Un Grand d'Espagne est-il donc venu à passer par ici ?

Celui qui a parlé le premier dit encore quelque chose. L'Amiral sourit, hoche la tête. Je demande :

— Qu'est-ce qu'il a dit ?

— Oh, le discours habituel. Que nous devons nous dévêtir et jeter nos habits sur l'herbe devant nous avec tout ce qu'ils contiennent. C'est un malentendu. Il ne m'a pas reconnu. C'est un jeunot. De mon temps, il n'était pas né. Je vais arranger ça.

L'Amiral arrange ça. Il parle vite, sur un ton plaisant, à grand renfort de sourires que je trouve un peu complaisants et de tourbillonnements frénétiques de ses mains dans l'air. Je remarque que, lorsqu'il parle italien, l'Amiral agite les mains comme un Italien. Évidemment, me dis-je tout de suite après, puisqu'il est né italien ! Enfin, là, il arrange ça si bien que le colosse fronce le sourcil, hausse le ton et prononce des paroles dont je n'ai pas besoin de comprendre le sens exact pour me rendre compte qu'elles débordent de mépris, d'ironie, de ricanements, de menaces et d'un tas d'autres choses désagréables. En même temps, ce mal élevé a plusieurs fois un geste du bras en direction de son collègue à l'arquebuse.

L'Amiral semble profondément mortifié. Ça m'ennuie de tourner le couteau dans la plaie, mais j'estime important pour moi de savoir à quoi m'en tenir. Je prie donc le grand homme de me dire de quoi il s'agit. Je ne puis transcrire l'amertume qu'il met dans sa réponse :

– Quand j'essayai de lui dire qui je suis, il m'a tout de suite coupé par ces mots : « Ne te fatigue pas, je sais tout cela. Tu es le fils Colombo, l'aîné du cardeur de laine à matelas de Bettola. Ta famille et toi avez quitté le pays pour faire fortune à Gênes. Te voilà donc revenu faire un tour au pays, de l'argent plein les poches, sur des mules d'archevêque, avec valets et tout ce qu'il faut. Tu as peut-être joué à papa-maman avec mes tantes, tu as peut-être baisé ma vénérable mère, je suis peut-être – pourquoi pas ? – ton fils... Et alors ? Pour l'instant, tu n'es qu'un balourd de richard sous l'œil de l'arquebuse. Je te signale qu'elle est chargée à mitraille, de grosses têtes de clous bien hargneuses, et que la charge se disperse selon un cône d'une bonne toise de diamètre à la distance où tu te trouves. »

Tandis que l'Amiral parle, le colosse approuve du menton, comme s'il comprenait l'espagnol. Après tout, peut-être le comprend-il ? L'Amiral s'étant tu, l'homme se tourne vers son complice et crie : « Oh, Tounion[1] ! » suivi d'une injonction qui doit concerner sa vigilance quant à la mèche allumée de l'arquebuse, car je constate que l'arquebusier se met à souffler doucement sur le bout incandescent de ladite mèche.

Que faire ? Se déshabiller, eh oui, tout en guettant l'occasion. S'arracher d'un bas-de-chausses collant à la peau n'est pas chose aisée. Tout en sautillant sur une jambe, puis sur l'autre, je m'efforce mine de rien d'échapper au cône fatal. Je donne un coup d'œil furtif à l'arquebuse, et je vois quelque chose. Je ne suis pas sûr d'avoir bien vu, c'est perdu dans la pénombre verte du feuillage, une vague tache plus pâle... Eh oui ! J'ai bien vu ! La tache pâle s'est brusquement portée en avant, jaillissant hors des frondaisons et devenant visage de valet, visage de Vasco, visage de Juan, va savoir, je n'arrive jamais à mettre le vrai nom sur le vrai valet, au-dessus du visage un gourdin de belle taille qui s'abat sur la tête crépue de l'arquebusier – s'il avait été en possession de la tenue complète, son crâne eût été protégé par ce casque nommé « salade », mais que voulez-vous... –, tandis qu'un second gour-

---

1. Antoine en dialecte.

din s'abat à cet instant précis sur la tête du colosse. À mon avis, les valets ont dû répéter avant d'agir.

Vasco et Juan, quel que soit l'un, quel que soit l'autre, partent ensemble d'un grand rire heureux. J'en fais autant, toute honte bue, car enfin je ne me suis pas montré particulièrement héroïque. L'Amiral suit, avec un temps de retard. Cuisante fut l'humiliation. Il ne s'en remettra pas de sitôt. Enfin, bon, nous sommes saufs, nos biens aussi, rhabillons-nous.

C'est alors qu'un des valets – Juan ? Vasco ? Appelons-le Juan et qu'on n'en parle plus ! –, que Juan, donc, prononce tranquillement cette syllabe décisive :

– Non.

Tout en agitant l'index de droite à gauche en confirmation, je m'étonne :

– Non ? Quoi, non ?
– Vous ne vous rhabillez pas.
– Nous ne nous rhabillons pas ?
– Et même, vous continuez le déshabillage.

Je regarde l'Amiral, qui me regarde. Juan – puisque décidément Juan il y a – daigne expliquer :

– Nous changeons de métier, Vasco et moi. Nous ne voulons plus être valets, nous ne voulons plus être marins. Nous voulons être brigands. Nous avons tué ces deux-là, nous prenons leur place. S'ils ne sont pas tout à fait morts, nous les achèverons. Vous êtes nos premiers clients. Alors, finissez gentiment de vous déshabiller, peut-être vous laisserons-nous la vie sauve. Allons, dépêchons ! Et n'oubliez pas : un cône d'une toise de diamètre.

Il pointe l'index vers son acolyte qui, posté derrière

l'arquebuse plantée sur sa fourche, souffle doucement sur le bout de la mèche.

On voit bien que l'Amiral a de la peine. Ses petits gars, ses trapus, ses loups de mer... Il supplie, il s'abaisse, même, et c'est là qu'on voit qu'il est vraiment grand.

– Mes braves, mes lurons, mes enfants à moi, vous ne pouvez pas me faire ça ! Songez à tout ce que nous avons vécu ensemble, à tout ce que nous avons souffert. Songez aux glorieux matins, à la mer immense, aux horizons tout neufs... Allons, ce n'est qu'un moment d'égarement. Il ne s'est rien passé. Rendez-moi ma culotte, je vais prendre froid.

Juan ricane – c'est toujours lui qui parle. Vasco aurait peut-être son mot à dire ? Enfin, bon... – et s'écrie :

– Nous songeons au pain moisi, au lard pourri, à l'eau boueuse, nous songeons au scorbut, aux coups de fouet, et nous n'en voulons plus. Nous avons bien réfléchi. Brigands en Italie, c'est le paradis. Nous allons éliminer tous ceux de la bande actuelle, sauf les femmes jeunes et belles, nous aurons la vie de rêve et nous engendrerons une nouvelle race de bandits. Voilà ce que nous allons faire.

Il nous faut bien, en fin de compte, nous résoudre à nous mettre en route. Je risque un optimiste « Heureusement, ça descend ! » qui me vaut en réponse un grincement de dents. L'Amiral s'était promis tant de joie de cette entrée dans son village natal ! Peut-être aurions-nous dû attendre les ténèbres charitables de la nuit, mais nous avions si froid ! Ces salauds-là ne nous avaient absolument rien laissé, pas même un lambeau de chiffon pour cacher l'essentiel.

Quittant le couvert des arbres, nous émergeons sur un flanc de colline où paissent, innombrables, des moutons. Une petite bergère, que nous n'avions pas vue, se sauve en poussant les hauts cris. Je dis :

– Elle va alerter le village. On va nous attendre, nous recevoir à coups de fourche.

L'Amiral desserre quelque peu les mâchoires :

– À coups de fourche, non. Ils ont l'habitude. Le scandale n'est pas dans notre nudité, mais bien en ce qu'un Colombo ait subi ce traitement. D'ordinaire, les brigands se contentent de prélever une espèce de droit de passage sur les gens du pays. Ils ne dépouillent et ne dénudent que les étrangers. S'en prendre à un Colombo ! Imaginez-vous ?

– Et quel Colombo !

– Un Colombo en vaut un autre. N'oubliez pas qu'ici nous sommes dans le trou du cul du monde, si vous me permettez l'expression. Ici, je ne suis qu'un des fils Colombo. Mes titre et qualité d'Amiral de la Mer Océane, titre d'ailleurs espagnol et non italien, ne sont pas connus ici, pas plus que la renommée du grand voyage. La fillette que nous avons effarouchée est allée en courant prévenir le village que des étrangers se sont fait prendre, spectacle rare, spectacle de choix qu'il ne faut surtout pas manquer.

– Nous pourrions tout au moins essayer de dissimuler le plus scabreux de nos anatomies en assemblant quelques feuillages, de figuier, par exemple, ainsi que firent Adam et Ève pour se présenter devant l'Éternel lorsqu'ils eurent pris conscience de leur nudité. Qu'en pensez-vous ?

— Vous faites comme bon vous semble. Pour ma part, je pense que ce serait frustrer ces braves gens du meilleur de la fête. Qu'ils rient un bon coup, cela les attendrira, et puis ils nous porteront en triomphe.

— Triomphe de dérision !

— Peu importe. Ne gâchez pas leur plaisir. Riez avec eux. Soyez bon perdant. On n'aime guère les faces de carême, par ici.

On entre à Bettola par un vénérable pont de pierre jeté sur le torrent Nure. Tout le village est en effet massé sur l'autre berge, attendant notre apparition. Certains ont apporté escabeaux et tabourets à traire les vaches et se sont installés commodément pour bien profiter du spectacle. Nous ne les décevons pas.

Notre survenue en haut de la crête est saluée par un formidable « Evviva ! » ponctué de quelques « Bravi ! » pour varier. Nous descendons la côte aussi dignement qu'il nous est possible de le faire et nous engageons de concert sur le pont. J'avais tout d'abord étendu mes mains sur mes organes intimes, ce qui me donnait une démarche contrainte, pour ainsi dire honteuse, et puis je fais comme l'Amiral, je me redresse, rejette mes bras sur les côtés pour scander mes pas et j'avance, tête haute, face arrogante, balançant mes attributs virils comme un éléphant sa trompe.

J'abrège le compte rendu des réjouissances. Nous sommes bien vite érigés, héros du jour, sur les épaules de solides gaillards et emmenés en cortège aux cris délirants de bonheur poussés par la foule, les femmes et les jeunes filles n'étant pas les moins ardentes. La clameur s'est précisée. Elle est devenue « Evviva Colombo ! », « Evviva il nostro Cristoforo ! », complétée par d'autres sentences que je ne comprends pas mais dont les mines de ceux et de celles qui les poussent me laissent deviner qu'il s'agit d'appréciations flatteuses concernant la belle santé de nos membres virils.

Toute cette procession, cela va de soi, s'achève au cabaret du lieu, où l'on hisse l'enfant du pays sur une table en le sommant de régaler l'honorable société d'un discours de circonstance. J'y suis hissé à mon tour, en ma qualité de fidèle compagnon dans les honneurs comme dans le malheur. L'Amiral s'exécute, sinon de bonne grâce, du moins avec l'élégance de qui fait à mauvaise fortune bonne figure. Quel orateur ! Il parvient à faire rire ses compatriotes, puis à les faire pleurer sur sa mésaventure, ce qui est fort. Je retrouve le harangueur intrépide qui, perché sur la dunette, savait par sa seule parole retourner un équipage mutiné et s'en faire acclamer.

À mon extrême confusion, je sens bientôt que certaine insistance de certains regards féminins à s'attarder sans vergogne aucune et même avec un attendrissement tout maternel sur mes organes exposés sans défense détermine chez lesdits organes un début de réponse que je ne pourrai pas longtemps tenir caché, pas plus que la foule aux mille yeux ne pourra l'ignorer. Déjà des pucelles, au premier rang, pouffent derrière leur main et se donnent des coups de coude, déjà des yeux de mères de famille vacillent et s'embuent, déjà des maris froncent le sourcil... J'ai bonne mine, moi, sur mon perchoir !

C'est d'une main innocente que me vient le salut. Une petite fille d'une douzaine d'années, dont la poitrine ne se soulève encore d'aucune promesse de relief, me tend, d'en bas, une loque qui me semble bien être un haut-de-chausses[1] très fatigué mais, bon, haut-de-chausses. Elle l'agite devant moi avec un sourire pas du tout moqueur. Je saute à bas de ma tribune improvisée, m'empare de la bienheureuse loque et me réfugie sous la table pour l'enfiler. C'est beaucoup trop large pour moi, le gars qui porte ça doit avoir un ventre comme un tonneau. La secourable enfant, imperturbable, me tend une ficelle. Eh bien, voilà, ça fera l'affaire.

Cependant l'Amiral conclut sa harangue par un vibrant « Evviva Bettola e tutti i Bettolesi ! » qui relance les acclamations. Il saute de la table, fringant comme un jeune homme, rien de tel que la popularité pour vous effacer les années en trop. Il devrait être blasé. Il ne s'en lasse pas.

La nudité bedonnante de l'Amiral ne semble pas émouvoir les personnes du sexe à l'égal de la mienne. Il importe quand même qu'il la vête. Justement, un homme s'avance, portant des vêtements. L'Amiral s'écrie, ouvrant larges les bras :

– O, fratello mio.

Ça, je connais. Ça veut dire « frère ». Ce frère de l'Amiral est encore jeune, large d'épaules, le crâne

---

1. Le haut-de-chausses est l'ancêtre de la culotte. Le bas-de-chausses couvre les jambes, le haut-de-chausses couvre les cuisses et le ventre.

dénudé tanné par le soleil, montrant un sourire timide sur une face affable. Il ouvre à son tour les bras, tient longuement son frère embrassé, lui tend un haut-de-chausses et une chemise puis se tourne pour faire écran de son corps tandis que l'Amiral s'habille.

La maison familiale des Colombo se trouve à quelque distance du bourg, en un hameau nommé Pradello. En route, donc, pour Pradello !

Ah, il y a un ennui. Averti par la rumeur de l'arrivée de l'Amiral à Bettola, le frère – il s'appelle Orlando – ne savait pas que Cristoforo avait un compagnon. Il ne s'est donc muni, en plus de la sienne, que d'une seule mule supplémentaire, qu'il a d'ailleurs dû emprunter. Il me propose de me céder sa propre monture, ce que je refuse tout net. Je ferai le parcours à pied, une demi-lieue ce n'est pas le diable.

On frappe doucement sur mon bras. C'est la fillette de tout à l'heure, celle au haut-de-chausses, oui, celle au sourire grave, aux yeux pensifs qui se plantent tout droit dans mes yeux. Bleus, au fait, ces yeux, lumineusement bleus. De son bras que prolonge un mignon petit fouet, elle désigne une minuscule carriole attelée à un âne minuscule.

N'osant comprendre, je pointe un de mes index vers ma poitrine, l'autre vers la carriole-joujou. Je dis : « Moi, là-dedans ? », comme si elle allait comprendre. Eh bien, elle comprend. Elle rit. Elle dit : « Sì ! Sì ! » et, de la tête, elle fait : « Sì ! Sì ! »

Je me dis que si elle me le propose c'est que son

âne est capable de le faire, et bon, je me hisse dans la carriole et je m'assieds. Elle prend place à mon côté, fait claquer son fouet et, ma foi, le courageux petit bourricot arrache tout le paquet d'un coup d'épaule. Nous voilà partis.

La voiture est exiguë, j'ai les oreilles entre les genoux. Le chemin n'est que fondrières, je suis projeté contre la petite et je n'arrive pas toujours à atténuer le choc. Elle sourit, brièvement, pour signifier « Ce n'est rien ». La courtoisie exige que je me présente. Je pointe derechef l'index vers ma personne et je dis, en articulant bien : « Konogan. » Elle me regarde, sourcils haut levés. Je répète : « Konogan. » Elle rit. Elle pointe à son tour l'index vers elle-même et dit : « Gisella. » Voilà. Elle s'appelle Gisella.

Sa voix est une musique. Pour l'entendre encore, j'essaie de relancer la conversation. J'ignore totalement l'italien, alors je prends un biais. Je désigne du doigt le petit âne et je dis « Caballo », tout en espérant qu'en espagnol, langue sœur, ou à tout le moins cousine de l'italien, le mot sera suffisamment proche de sa version italienne. Je sais bien qu'un âne n'est pas un cheval, mais justement... Elle rit, montre à son tour le bourricot, dit : « Cavallo ? O no ! Asino. Somaro. » Eh bien, voilà. « Âne » se dit : « asino ». Ou peut-être « somaro » ? Ou peut-être les deux ensemble ? Facile de s'en assurer. Je montre l'ânon, je dis : « Asino ? » Elle approuve vivement de la tête, toute contente. Je dis ensuite : « Somaro ? » Là, je vois l'admiration briller dans ses yeux. Il y a donc deux façons de dire « âne ». À moins que « somaro » ne soit le petit nom de cet âne-là.

Mais nous arrivons. L'Amiral et son frère ont sauté à bas de leurs mules devant une construction ronde, une tour, ma foi, une grosse tour trapue, isolée, faite de ces pierres grises qui dévalent des flancs de la montagne.

Une accorte commère saisit à pleins bras l'Amiral, sa belle-sœur, je suppose. Elle est vêtue de noir, comme la plupart des femmes d'ici, mais de façon moins misérable. L'Amiral s'arrache à la robuste étreinte, se tourne vers moi, me présente, ajoutant, si mon oreille ne m'abuse : « ... gli ho salvato la vita, sai[1] ? » Je crois avoir compris. Je m'étonne :

— Qu'est-ce donc que cette tour ?

— Ma maison natale. Là vivaient mes parents, alors. Une ancienne tour de guet d'où les soldats génois surveillaient les sentiers de la montagne, quand la frontière de la Sérénissime République passait un peu plus au nord qu'aujourd'hui. Contre les contrebandiers. Et aussi pour se garder de la rapacité des Milanais, des Autrichiens, des Français... Mon frère et sa famille vivent toujours là. Il carde la laine comme la carde notre père à Gênes. Il s'est adjoint une filature mais tire l'essentiel de ses ressources de ses champs et de ses bêtes. Les tisserands génois viennent jusqu'ici, par les chemins que vous connaissez, se procurer une laine aussi belle que celles d'Angleterre, bien plus belle, en tout cas, que les pauvres laines des pays arabes ou du sud de l'Italie.

La fillette à la carriole donne des baisers à son âne. Je demande :

— Cette enfant est-elle de votre famille ?

---

1. « Je lui ai sauvé la vie, sais-tu ? »

L'Amiral suit mon regard, ne répond pas tout de suite. C'est son frère qui le fait, comme s'il venait à son secours. Tiens, il comprend donc l'espagnol ? En tout cas, il le parle fort mal :

– Non, señor. Elle, fille la voisine.

Je dis :

– Elle est fort jolie. Et elle a de bien jolies manières. Pas du tout l'allure des enfants des paysans. Et cette carriole, cet âne... Il y a de l'argent, là-derrière, non ?

Je dois être bien indiscret. Je sens chez mes hôtes un certain embarras. Bon, bon, je touche à quelque chose, là. Je n'insiste pas. Je remarque seulement que la petite ne se mêle pas aux autres enfants du village, lesquels nous ont fait escorte jusqu'ici en gambadant et criaillant, pauvre escorte de haillons et de pieds nus, voire de culs nus pour les plus petits.

On visite la tour, on visite le potager, on jette un œil aux femmes occupées à la carderie, on s'assied à l'ombre de l'inévitable treille et l'on se restaure de minces tranches d'un jambon et d'un saucisson qui ont séché lentement dans une de ces chambres à claire-voie orientées selon le lit d'un vent parfumé de toutes les senteurs de la montagne, on grignote les olives, on laisse les figues fondre dans la bouche, on arrose tout ça d'un vin rouge léger qui frise sur la langue...

Ce pays me plaît. Sa pauvreté n'a rien de la désespérante misère de ma lande natale. Ces gens sont hâves, marqués par une terre aride à qui il faut arracher sa pitance du bec et des ongles mais, en fin de compte, pitance il y a. Un pays où mûrissent la vigne, les olives, les figues, les oranges, un pays où les gens ont le rire facile, et même le sourire... Mais, pour un fils de l'âpre Irlande, c'est le paradis ! Je n'ai pas, comme l'Amiral, l'âme bourlingueuse. Si j'étais né ici, je ne serais pas allé courir les mers.

XX

Dix jours ont passé. L'Amiral avait prévu de rester davantage, mais déjà son grand besoin de calme et d'oubli est assouvi. Il supporte avec impatience la vie immobile du village et la stabilité sans surprise du sol sous ses pieds. Le roulis lui manque, et le tangage, et les coups de boutoir de la vague capricieuse.

Je l'entraîne en des promenades par les sentiers abrupts, quêtant de lui des enseignements concernant la flore et la faune de ces montagnes. Il me répond du coin de la bouche, visiblement excédé, et bientôt se laisse aller à ses ruminations.

– Cette fois, Konogan, j'attaquerai le continent de la Chine beaucoup plus au sud. J'ai perdu trop de temps dans ces îles innombrables. Je serrerai au plus près la ligne des vents alizés qui, j'en suis certain, me feront gagner au moins une semaine de mer. Et puis j'aurai une véritable flotte, Leurs Majestés sont décidées à tout faire pour que les Portugais ne se jettent pas comme les vautours qu'ils sont sur ces routes que je viens d'ouvrir.

« Vous n'êtes pas sans savoir que Sa Sainteté le pape a d'avance partagé les terres qui se pourraient découvrir dans l'avenir entre l'Espagne et le Portugal suivant une ligne qui fait le tour de la Terre. Ce qui a eu pour effet immédiat de calmer les impatiences du roi Jean de Portugal et de retarder ses préparatifs : il avait déjà armé une flotte pour me prendre de vitesse.

« Or, Konogan, ce ne sera plus la plongée dans l'inconnu sur trois méchantes barcasses rafistolées, avec un équipage de rôdeurs des berges ! J'ai exigé – et obtenu – dix-sept navires en parfait état, choisis par moi, montés par douze cents vrais marins. On embarquera de l'artillerie, et des chevaux, des ânes, des vaches, des chèvres...

Histoire de dire quelque chose, je demande :

– Voulez-vous donc faire la conquête de la Chine et en faire cadeau à Leurs Majestés espagnoles ?

Il se tait, flairant la moquerie. Puis, à voix basse, comme pour lui seul :

– Qui sait ?

Il se fige sur place, se tourne vers moi, empoigne ma chemise :

– Vous en êtes, Konogan, cela va sans dire. Vous êtes mon ami très cher.

Eh oui, bien sûr, j'en suis. Puisqu'il me faut me vendre pour survivre, autant me vendre à l'Amiral, qui me traite mieux, beaucoup mieux, que je ne le serais dans une de ces formations de mercenaires crasseux tout juste bons à se faire trouer la paillasse, qu'on oublie de payer après la bataille et qui, alors, tournent bandits de grands chemins.

Le voyage sera moins hasardeux, certes, quoique je me demande comment fera l'Amiral sans une Felipa clandestine pour établir la route et veiller sur ce vieil enfant.

Felipa... Je n'en suis pas mort, donc je vivrai. Avec au flanc cette plaie ouverte. Chacun n'en a-t-il pas une, toujours saignante, et qu'il tait ? Je ne me serais pas cru capable d'aimer, je ne savais pas qu'aimer c'était cela... À mon extrême confusion, si le souvenir est toujours là, lancinant, il se trouve qu'au visage de l'aimée s'en superpose un autre, qui se fond en lui au point de n'en faire qu'un. Ce visage importun, c'est celui de Lina. Mais je n'aime pas cette sauvage ! Cette cannibale ! Je m'en défends bien ! Oui, mais voilà : Felipa et Lina se mêlent en mon souvenir, que je le veuille ou non. Celle que j'aime, celle qui m'aime. Me connaîtrais-je donc si mal ? Y a-t-il, quelque part dans mes tréfonds, quelqu'un qui en sait sur moi plus que je n'en sais moi-même ? Je croyais ne souffrir que par Felipa. Elles seraient donc deux, dont une qui a forcé ma porte ?

L'après-midi, l'Amiral fait sa sieste. Malgré la chaleur je n'éprouve pas le besoin de ce supplément de sommeil. J'erre de-ci, de-là au gré de ma fantaisie. Il m'arrive de pousser jusqu'au bourg, à Bettola proprement dit, où le curé, lui non plus, ne dort pas dans l'après-midi. Nous nous asseyons sous la treille du presbytère et nous vidons tranquillement une fiasque de ce vin « frizzante ».

Je conte à ce brave homme des épisodes piquants de ma vie d'aventure, dont il est friand. Je reste discret quant au fameux voyage avec l'Amiral, ce dernier tenant à n'être, ici, que le fils Colombo, modeste bourlingueur des mers venu faire une visite à sa famille restée au pays.

Le curé, à son tour, me parle du village, de ses ouailles, des bêtes et des plantes de la montagne. Il me montre un livre épais – il appelle cela un « herbier », je ne saurais le dire en espagnol, le savoir du curé en cette langue étant limité –, dans lequel il a fort proprement collé des échantillons de plantes fleuries avec, dessous, leur nom en latin bel et bon.

Ce prêtre de village est, c'est étonnant, assez érudit. Il a fait le pèlerinage de Compostelle – c'est alors, je pense, qu'il apprit l'espagnol – et a vu du pays. Je l'accable de questions. Ma curiosité l'étonne. Elle m'étonne tout le premier, je ne me connaissais pas ce besoin de savoir, et surtout de comprendre. Le curé m'a jugé digne d'être honoré de la contemplation de quelques-uns de ces ouvrages manuscrits qui ne sont plus écrits à la main depuis qu'un astucieux Allemand a inventé le moyen de les reproduire mécaniquement comme des portées de petits chats. Certains de ces manuscrits qui n'en sont pas portent des images bien curieuses – des « gravures sur bois », m'apprend mon hôte – où l'on voit, par exemple, des hommes sans tête avec un œil au milieu du ventre. Cela ressemble fort aux racontars dont s'épouvantent les gens de mer, êtres superstitieux s'il en est. Le curé me demande s'il m'est arrivé de rencontrer de telles gens. Je ne puis que lui répondre que non, et qu'à mon avis tout ceci n'est que billevesées et coquecigrues. Il ne se laisse pas convaincre puisque, précise-t-il, Pline et Hérodote affirment le contraire.

Je le questionne sur le fait que beaucoup des gens d'ici ont les yeux bleus, alors que, me suis-je laissé dire, la coutume chez les Italiens est les yeux noirs. Il est tout heureux que je lui aie posé cette question. Comme s'il l'attendait depuis longtemps et que le questionneur ait tardé à se présenter. C'est donc de fort bonne grâce qu'il satisfait ma curiosité :

– Signor Konogano – il a, d'autorité, italianisé mon prénom –, il est bien vrai que les anciens Romains étaient des hommes aux cheveux et aux yeux noirs. Ce pays où nous sommes, avant d'être conquis et soumis par ces Romains, avait pour nom « Gaule Cisalpine » parce qu'il était peuplé de Gaulois, ou Celtes, gens aux yeux bleus, à la chevelure châtain, voire blonde. Il ne fut conquis qu'assez tardivement, peu avant qu'ait été conquise la grande Gaule, que nous appelons aujourd'hui la France. Nous sommes des Celtes romanisés, c'est pourquoi il subsiste parmi nous tant d'yeux d'azur. Cela vous déplaît ?

– Nullement ! Au contraire ! À propos d'yeux bleus, j'ai fait la connaissance d'une fillette, charmante, ma foi, et fort décemment vêtue, pour ne pas dire coquettement. Elle m'intrigue. Qui est-elle ? Qui sont ses parents ?

Le curé hoche la tête. Il vide son verre, que je m'empresse de remplir. Il se pourlèche longuement, hoche de nouveau, semble hésiter. Mais il ne fait que prendre son élan. L'histoire promet d'être longue.

– Signor Konogano, il y eut ici, il n'y a pas tellement longtemps, de terribles guerres. Je vous en passe le détail. Sachez seulement qu'un jour, le duc de Milan, le grand Francesco Sforza, revenant d'une expédition dans le Sud, passa par Bettola[1]. Il décida de s'y arrêter pour la nuit, avec son armée.

« Les paysans durent loger les soldats du mieux qu'ils purent, c'est-à-dire dans leur propre lit, eux dormant sur la paille dans l'étable. On égorgea sous leurs yeux toute la volaille, ainsi que les cochons, les veaux et même les vaches, que les paysans durent mettre à rôtir sur de grands brasiers où se consuma leur provision de bois pour l'hiver. On pendit un ou deux manants pour donner le ton, ensuite tous s'empressèrent, sourire aux lèvres, car les soldats n'aiment pas les faces de carême. À la nuit tombée, la clique du régiment fit danser à la ronde, entendez les femmes et les filles, avec les soldats, les pères et les maris portant les flambeaux pour faire plus gai. Sa Seigneurie le duc Francesco ayant demandé davantage de lumière, on mit le feu à la maison d'une pauvre veuve – là, vous voyez, où il y a un carré noir par terre – puis à la veuve elle-même, dont les cris échauffaient les oreilles de Sa Seigneurie.

« Ce fut une belle fête. Elle se termina comme se terminent ces fêtes, dans l'ivrognerie et la luxure. L'ivrognerie se nourrit des réserves de vin du village, la luxure de ses femmes et de ses filles. Quelques manants trop malcontents pour pouvoir le cacher furent pendus ou écouillés, cette dernière façon présentant l'amusement supplémentaire que, si le manant

---

[1]. Les nouvelles ne vont guère vite, par ces montagnes. Le duc de Milan, à l'époque de ces faits, n'était plus Francesco mais bien Gian-Galeazzo Sforza, qui devait lui-même être dépossédé par son oncle, le grand Ludovico Sforza, dit « Il Moro », en français : « Le Maure ».

en guérissait, il ne pourrait plus pratiquer sur sa femme cet exercice qu'il ne supportait pas qu'un autre pratiquât.

Le curé se tait, boit un coup. Il est ému, cet homme, il a besoin d'une pause. En moi, soldat de fortune, « condottiere », comme disent ces Italiens, l'évocation de ces choses éveille des nostalgies, les franches lippées d'après la victoire, le joyeux sac des villes prises, les femmes prises cul à l'air sur les berceaux... Le soldat risque sa peau, il faut bien qu'il s'amuse.

Le curé reprend :

– Il y avait au village une jeune fille plus belle que les autres. Elle habitait chez sa mère, veuve, un peu en dehors. Elles vivaient du produit d'un petit bien que la veuve cultivait elle-même, et aussi du cardage de la laine. Autant dire qu'elles étaient pis que pauvres. Ce fameux soir-là, l'aide de camp du duc Sforza battait la campagne pour procurer à son maître un gibier sortant de l'ordinaire. Ayant d'un coup de pied repoussé la porte, il entra chez la veuve et fut saisi de la radieuse beauté de la fille, qui n'avait pas eu le temps de se cacher.

« Cris, ruades ni griffes n'y purent rien, il fallut en passer par la couche du duc, qui daigna apprécier, vida bien à fond ce qu'il y avait à vider, et puis, au matin, s'en alla, jetant noblement une bourse médiocrement garnie sur le drap où gisait l'élue, dans une flaque d'un sang qui n'était plus virginal.

« À quelques mois de là...

J'interromps, triomphant :

– Neuf, je parierais !

– Vous auriez perdu. Ne me coupez plus, s'il vous

plaît. À quelques mois de là, donc, il ne fut plus possible de dissimuler les glorieuses suites du passage de l'armée ducale. Bien des ventres s'arrondissaient ensemble au même diamètre exact. Bien des maris poussèrent les hauts cris. Ils ne les poussèrent pas longtemps. Toutes les commères, dont aucune n'avait échappé au féroce appétit des soudards, s'étaient entre-temps entretenues en secret. Aux premières clameurs des infortunés cocus, elles crièrent plus fort encore que si leurs tristes conjoints avaient eu un minimum de couilles au cul (coglioni nei calzoni), elles seraient peut-être veuves, mais pas déshonorées, et en tout cas pas futures mères de bâtards. Pas question, de toute façon, de faire la fine bouche devant la survenue des chers petits anges que, déjà, elles aimaient de tous leurs viscères de mères – et aussi, peut-être, un petit peu, du souvenir attendri de la seule nuit où, va savoir, elles avaient pris plaisir à la chose.

« La très belle, celle que le duc avait honorée de son caprice, n'échappa pas au sort commun. Seulement, elle mit, si j'ose dire, les bouchées doubles. Son ventre s'arrondissait deux fois plus vite que celui de ses compagnes d'infortune. Tant et si bien que six mois ne s'étaient pas écoulés depuis la nuit funeste qu'elle mettait au monde, à la surprise générale, une adorable petite fille en laquelle chacun reconnaissait avec vénération les traits augustes du duc.

« Le duc fut averti. Cela lui fit plaisir. Il semait les bâtards à la volée et ne s'en lassait point. Il donna l'ordre qu'on veillât à ce que la chair de sa chair ne manquât de rien. Cela fut fait avec la discrétion souhaitable. Le pays, tout en réprouvant la bâtardise, fut au fond fort honoré d'héberger le sang ducal. La jeune mère devint un bon parti, hélas aucun homme n'aurait eu l'outrecuidance de lui proposer le mariage. Elle appartenait au duc, le duc l'avait marquée, marquée à tout jamais.

« De même la fillette, l'enfant du péché, est tout à la fois objet d'opprobre et de vénération. Les autres enfants n'osent pas l'inviter à partager leurs jeux. D'ailleurs sa mère elle-même n'est pas en reste, elle se fait une haute idée de sa propre personne et élève son enfant en fille de duc. Mes exhortations à voir la réalité en face n'y font rien. Gisella est très isolée. Je la trouve rêveuse et quelque peu mélancolique, trop sérieuse pour son âge. Je lui apprends à lire et à jouer du luth, que je touche assez bien moi-même.

Quelque chose me tracasse. Je le dis :

– J'ai cru remarquer un certain embarras chez les Colombo quand je mettais le propos sur Gisella. Comment expliquez-vous cela ?

Ce « certain embarras », voilà que je le remarque aussi chez le curé. Il pose sa main sur la mienne et, les yeux dans les yeux, me dit :

– Tout ce que je pourrais vous répondre est scellé, pour moi, par le secret de la confession. C'est à d'autres qu'il faudra vous adresser.

Mais voyez un peu la coïncidence ! Quittant le curé, je tombe sur Gisella dans sa carriole à âne. Elle serre une chatte blanche sur son cœur. Elle arrête son attelage, me salue d'un « Buongiorno, signor Konogano ! » qu'un sourire accompagne, et aussi, ou bien je m'abuse, une subite rougeur. Je mets toute la grâce dont je suis capable dans mon « Buongiorno, signora ! » en retour. Elle me dit, sur un ton interrogatif, quelque chose où je distingue les syllabes « a casa ». « A casa », c'est « à la maison », j'ai appris ça. Donc elle me demande si je rentre à la maison, c'est-à-dire à la tour colombienne. C'est justement le cas. Je dis : « Sì, signora. » Elle me répond : « Niente signora. Signorina », et me fait signe de monter m'asseoir sur le siège auprès d'elle. Ce que je fais. Tout content. Plus content qu'on ne l'est à mon âge parce qu'on va faire une promenade dans une carriole à âne avec une gamine impubère... Il est vrai qu'un sang aristocratique coule dans ses veines.

Elle ne parle que l'italien, langue que je ne parle pas. La conversation n'est pas facile. Je la regarde à la dérobée, pour m'apercevoir qu'elle me regarde à la dérobée. Nous éclatons de rire bien ensemble, c'est ce qu'il y a de mieux à faire dans un tel cas. Il me vient enfin en tête un sujet qui peut s'exprimer sans paroles. Me souvenant de ce que m'a confié le curé, je mime un joueur de luth grattant son instrument, puis je la désigne de l'index. Elle comprend tout de suite. Elle se livre à son tour à la même mimique en disant : « Sì ! Sì ! » Et elle rit de son rire.

Cela a dérangé la chatte blanche, qui n'apprécie pas, et le dit. J'allonge la main pour la caresser. Je reçois un preste coup de griffe. La petite est bouleversée. J'essaie d'exprimer, rien qu'à l'aide des muscles du visage, qu'il n'y a vraiment pas de quoi, ce n'est rien du tout, à peine une égratignure. Elle n'en fait pas moins arrêter l'âne, pose les guides, s'empare de ma main, l'élève jusqu'à elle, sort un bout de langue rose et efface l'unique goutte de sang qui perle. Ça me fait tout drôle. On dirait je ne sais quel rituel initiatique. Comme, en même temps, elle me regarde, je grimace un sourire indécis. Elle ne sourit pas.

Elle arrête la carriole un peu avant la tour. Je ne puis me tenir d'apporter quelque cérémonie à mon salut, va savoir pourquoi. À l'unisson, elle esquisse une parodie de révérence, rit, sourit, agite la main, et fouette, cocher ! Drôle de petite bonne femme...

Quand je rejoins la tour, je trouve l'Amiral debout sur le pas de la porte, le front barré d'un pli que je qualifierais de soucieux. Il m'accueille à bras ouverts, selon son habitude. M'autorisant de la familiarité qui est de règle entre nous, je m'enquiers de son éventuel tourment. Tout à trac, il me questionne :

– Vous êtes, à ce qu'il me semble, fort en amitié avec cette enfant, n'est-ce pas ?

Inutile de demander de quelle enfant il s'agit. Je me contente de répondre :

– Disons que je la trouve souvent sur mon chemin. Il est vrai que je sillonne tous les lieux propices à la découverte et qu'elle-même, de son côté, se fait mener par son âne un peu partout.

Je juge bon d'ajouter :

– Elle est fort esseulée. Et donc se lie d'amitié facilement.

– Détrompez-vous. Elle fuit les rencontres, se complaît dans sa solitude. Sa mère... Mais vous connaissez son histoire, je suppose ?

– J'en sais ce qu'a bien voulu m'en dire le padre.

– Oui. C'est-à-dire ce que tout le monde en sait.

— Y aurait-il à cette histoire une suite non connue de tout le monde ?

Je me retiens d'ajouter « ... mais connue de vous ? ».

L'Amiral se renfrogne, puis, comme s'il se décidait soudain, me prend par le bras et m'entraîne à quelque distance de la tour où l'on ne sait jamais quelles oreilles traînent. Il s'assied enfin sur un tronc abattu, m'invite du geste à en faire autant et, après quelques hésitations encore, se lance :

— Rien ne vous a frappé dans le récit des tristes événements qui ont abouti à la naissance de Gisella ?

— Vous voulez dire la nuit d'orgie ? J'en dirais que, si l'on se place du point de vue des manants, elle fut atroce. Du point de vue des soldats du duc, c'était un épisode courant, de ceux qui laissent des souvenirs fameux à raconter plus tard entre copains.

— Vous n'avez donc rien remarqué d'agaçant pour le sens commun ? Je vais vous mettre sur la voie. Gisella est née trois mois avant les autres enfants, pourtant conçus dans la même nuit. On a interprété cela comme un effet de la puissance supérieure de la semence du duc, lequel, étant étonnamment fort dans ses membres, devait l'être tout autant dans sa faculté reproductrice.

— Or ?

— Or, la mère de Gisella, la pure jeune fille qu'on livra au duc pour qu'il lui fît l'honneur de la dépuceler, était déjà grosse à ce moment, bien que cela ne se vît pas encore.

— Oh, oh... Cependant, il me semble bien qu'on a mentionné certain drap ensanglanté...

– Il est facile à une mère venant au petit matin cueillir au saut du lit sa fille fraîchement déflorée d'apporter discrètement un linge rougi du sang de quelque poulet.

« Vous comprenez bien qu'à partir de ce moment il n'était plus possible de dire la vérité. Le duc se fût estimé grossièrement trompé, cela serait retombé sur les villageois. D'autre part, la jeune mère aurait perdu les avantages et la gloire liés à l'effet du bref passage de l'illustre membre du duc dans ses entrailles.

« Le véritable père ne pouvait plus se faire connaître. La jeune mère, de toute façon, n'était plus mariable, elle faisait désormais partie du domaine réservé du duc, était censée se tenir en permanence à sa disposition, même s'il ne devait plus jamais l'utiliser à cette fin. La fillette, pour des raisons analogues, se voyait vouée à la solitude : fille de duc, aucun paysan n'eût osé lever les yeux si haut, fille d'une vile croquante, aucun fils de famille n'eût abaissé les siens si bas.

Il me vient un soupçon :

– Comment savez-vous cela, qui est ignoré de tous, sauf peut-être du curé ?

L'Amiral approche sa bouche tout contre mon oreille.

– Eh, pardi. Vous ne devinez pas ? Le véritable père, c'est moi.

À vrai dire, je commençais à m'en douter. Je feins un étonnement légèrement scandalisé, c'est ce qu'il attend de moi :

– Vous, señor Amiral ?

– Moi, hélas, moi. Il y a une douzaine d'années, ma

Felipa étant supposée morte, j'ai fait un court séjour à Bettola pour me reposer et aussi me faire oublier après une expédition un tant soit peu pirate où j'avais reçu une blessure un peu longue à se refermer. J'étais alors sevré d'affection, j'ai connu celle qui devait devenir la mère de Gisella, et voilà, quoi.

Il soupire.

— Je ne puis même pas aller les voir, ni montrer à ma fille mon affection, pourtant bien vive. Le duc a des yeux et des oreilles partout. Et puis, la mère a entretenu la petite dans l'idée qu'elle est la fille du duc. Ai-je le droit de la désillusionner ?

— S'il est duc, vous êtes Grand Amiral de la Mer Océane. C'est bien autre chose.

Il se redresse. Soupire :

— Peut-être, mais pas ici.

Nous avons quitté ce pays charmant. J'en emporte avec moi la nostalgie. Aussi l'image d'une grande petite fille aux boucles châtain cascadant sur des épaules graciles. Une petite fille qui, lors du départ, debout sur sa carriole à âne, m'a lancé un bouquet de myosotis moins bleus que ses yeux. Une petite fille à qui, tout fier d'avoir appris le mot, j'ai crié « Addio ! », et qui m'a répondu : « Non addio ! Arrivederci ! »

La côte d'Espagne est en vue. La formidable flotte dont l'Amiral sera le chef nous attend. Et l'aventure.

SECONDE PARTIE

1506

XXI

L'Amiral n'est plus. Il nous a quittés au matin du mercredi 20 mai de cette année 1506, le jour de l'Ascension, dans sa maison de Valladolid, en Espagne.

Il est mort solitaire, abandonné, désespéré. Seuls, en dehors de moi-même, ses deux fils, Diego, l'enfant de Felipa, et Fernando, l'enfant du péché, ainsi que deux de ses frères et quelques fidèles étaient présents. Le Grand Amiral de la Mer Océane fut mené en terre dans le corbillard des pauvres, parmi l'indifférence générale.

La reine Isabelle était morte peu auparavant. Le roi Ferdinand ignorait même que l'Amiral fût souffrant.

J'ai été de tous ses voyages, de tous ses combats, de toutes ses victoires, de tous ses déboires. Dès la deuxième expédition, partie de Cadix en septembre 1493 sous les ovations de la foule et la bénédiction des souverains, la déconvenue fut cruelle. De la colonie laissée à Hispaniola dans un solide fortin de bois nous ne trouvâmes que cendres et cadavres. Nous sûmes que les Espagnols s'étaient exterminés entre eux pour des rivalités de possession des femmes indigènes et de partage de l'or. Leur prétention à réduire les habitants en esclavage avait suscité une révolte générale qui anéantit la colonie. Les pérégrinations dans les îles furent décevantes. Peu d'or, des indigènes agressifs, l'hostilité ouverte des fonctionnaires de la couronne que l'Amiral avait dû embarquer pour le surveiller et faire des rapports sur sa conduite. Le retour fut discret, pour ne pas dire piteux.

Cependant un troisième voyage fut décidé. L'Amiral en fut ramené enchaîné à fond de cale, ainsi que ses frères et moi-même. La jalousie, les intrigues de cour, l'avidité devant l'énormité de ce qui, de plus en plus, apparaissait comme un continent nouveau, une terre vierge à piller, et aussi certaines imprudences de l'Amiral, avaient permis cette infamie.

Les souverains ayant daigné se laisser fléchir, après une longue période d'inactivité forcée l'Amiral put reprendre la mer. Ce quatrième voyage fut le pire de tous. Naufrage, trahison des hidalgos pleins de morgue et de mépris pour l'étranger de basse extraction qui avait réussi ce qu'ils n'auraient pas même osé entreprendre, tel fut le lot du Découvreur.

Il n'est certes pas mort dans la misère. Les biens qu'il avait su acquérir en ses années fastes lui sont restés, mais son sens très aigu de la justice et, disons-le, son orgueil lui faisaient ressentir cruellement les infidélités de ses proches et l'ingratitude des souverains. Dans ses dernières années, il n'était plus qu'amertume et désespoir. Son humeur s'était aigrie à un point tel qu'il ne tolérait que ma seule présence, car moi seul supportais ses terribles sautes d'humeur, que ses frères et ses fils eux-mêmes redoutaient.

C'était mon ami. Malgré la différence d'âge, je ne le considérais pas comme un père de remplacement, ses insuffisances, ses puérilités m'étaient trop présentes. Malgré mon affection, il y avait en moi, à son égard, trop de condescendance amusée.

Me voilà donc, à trente-sept ans, libre comme l'air et sans trop de souci du lendemain, l'Amiral n'ayant pas manqué à me pourvoir.

Je pourrais me lancer dans quelque entreprise maritime où ma science nautique laborieusement acquise au fil des années de mer trouverait à s'employer, par exemple armer un bateau pirate[1] pour écumer les routes vers les terres nouvellement découvertes par nous sur lesquelles se ruent aujourd'hui les nefs pansues chargées de denrées de prix. Je pourrais... J'y ai d'ailleurs songé, au long des heures de quart. Mais je ne sais quelle satiété d'aventure m'alanguit. Et aussi une envie de soleil caressant des toits de tuiles ocre, de sentiers fleurant le thym et le basilic, de treille ombreuse et de figuiers croulant sous les fruits trop mûrs dans un vrombissement d'abeilles.

J'ai donc décidé de m'accorder un temps de réflexion et, en attendant, de céder à cette grosse envie de treilles et de figuiers qui me tient tant à cœur. Un tel paradis existe, je le connais, je n'ai fait que l'effleurer mais j'en garde l'empreinte profonde. Il a pour nom Bettola.

C'est donc vers Bettola que m'emporte la nef.

---

1. La piraterie était alors un métier, réprouvé, certes, et dangereux, mais pas déshonorant. Tout navire marchand était un tantinet pirate pour peu que l'occasion se présentât.

Tout est resté semblable. Après le parcours à dos de mule le long du lit du torrent, puis le passage du col d'une vallée à l'autre, je m'attends, puisque rien n'a changé, à l'embuscade obligatoire des brigands. Ils seront déçus, je voyage seul sur ma mule, mon bagage roulé derrière moi dans une couverture, et que ferais-je d'un valet ? J'ai sur moi un peu d'or, c'est vrai, pour les menus frais de la route, mais l'essentiel de mon avoir est à Gênes, je l'ai laissé chez des banquiers de confiance connus de l'Amiral.

Ils sont là, fidèles au poste, comme des gabelous à une guérite de l'octroi. Je ne reconnais pas celui qui, émergeant tranquillement d'un épais bouquet de noisetiers, porte une main sans violence à la bride de la mule tandis que son autre main, arrondie en conque, se tend vers moi comme l'aumônière d'un bedeau faisant la quête après la messe. Cet homme est gras à lard, ventru avec excès et mâche une de ces brindilles de buis qu'on utilise couramment par ici en guise de cure-dents. Il agite la main et annonce, sans passion comme sans faiblesse :

– O la borsa, o la vita.

Il a dit cela avec un terrible accent d'Estrémadure et d'une voix que je reconnais soudain :

– Juan !

Lui ne me reconnaît pas tout de suite. À cause de ma barbe, je suppose. Une belle barbe bouclée. Enfin il me remet :

– Señor chef !

Je reconnais aussi le pourpoint du sire. Il est fort mal en point et on l'a crevé par-devant du haut au bas afin que puisse s'épanouir la bedaine, mais c'est bien mon pourpoint. L'arsouille crie, tout joyeux, en espagnol, cette fois :

– Vasco ! Viens un peu voir qui est là !

Du sous-bois s'élève une voix pleurnicharde :

– Eh ! Tu sais bien que, venir, je ne peux pas. Je braque l'arquebuse.

– Laisse l'arquebuse ! Nous avons de la visite.

Vasco se montre. Il tient à la main la mèche allumée de l'arquebuse, dont le bout rougeoyant se consume lentement.

– Señor chef ! Vous nous apportez des habits ? C'est bien, ceux de l'autre fois commencent à être vraiment fatigués.

Tous deux rient en chœur à cette fine plaisanterie. Ils sont sales, ils sont hirsutes, ils sont dépenaillés, mais sur leurs trognes fleurit autre chose que la misère. Je constate :

– Vous vous êtes donc installés à plein temps ?

C'est Juan qui répond, d'un air fort satisfait de soi :

– Comme vous dites. La place est bonne. Nous avons une fois pour toutes expliqué aux gens d'ici que nous les protégeons contre des salopards qui seraient bien pires que nous. Les paysans ne peuvent passer que par ce chemin. Les Génois qui viennent acheter la laine ou l'huile et vendre le grain et le sel également. Chacun paie, raisonnablement. Bien sûr, les premiers temps, il fallut en pendre quelques-uns, brûler quelques orteils, faire tonner l'arquebuse, il faut ce qu'il faut. Il fut question de nous envoyer des soldats, et puis, réflexion faite, les soldats vivraient sur le croquant et coûteraient beaucoup plus cher que nous, sans compter les bâtards à foison.

Désireux de m'instruire, je demande :

— À propos de bâtards, comment faites-vous pour satisfaire l'un des besoins les plus impérieux de la condition humaine, tout de suite après le boire et le manger ?

— Ah, vous voulez dire pour la chose du sentiment ?

Juan regarde Vasco, qui regarde Juan. Entre eux passe ce qu'il me faut bien appeler une tendresse. Juan, qui semble décidément être le porte-parole de l'association, explique :

— Señor chef, nous avons résolu ce problème. Nous nous étions tout d'abord procuré des femmes, par séduction ou par persuasion. Chacun la sienne. Elles ont très vite semé entre nous les germes de la discorde. Si bien qu'un jour – jour funeste ! – nous nous sommes empoignés l'un l'autre avec l'intention de tuer. Dans l'ardeur du combat, nous eûmes soudain – tous deux en même temps, notez bien cela – une révélation. Cette révélation fut comme je vais vous dire. Nous sentîmes que le contact viril de nos corps jeunes et bien faits, que l'odeur puissante de nos sueurs et de je ne sais quelles autres sécrétions intimes, que tout cela éveillait chez chacun de nous un émoi sur la nature duquel il était impossible de se tromper, un émoi tel qu'aucune présence féminine n'avait jamais pu le provoquer avec une telle intensité. C'était l'amour, puisqu'il faut appeler les choses par leur nom, un amour qui atteignit sur-le-champ les splendeurs de la passion. Nos coups se changèrent en caresses, nos bouches délaissèrent l'injure et s'unirent en baisers profonds, nos langues se mêlèrent en d'ingénieuses arabesques. Bref, nous nous aimâmes, et nous continuons.

« Mais que ce rapide éclairage braqué sur nos us et coutumes ne nous éloigne pas de la circonstance première qui est à l'origine de notre rencontre, à savoir ce que j'ai résumé dès l'abord par cette phrase d'une brièveté spartiate mais à laquelle rien ne manque et que je répète maintenant : "La bourse ou la vie." »

Se tournant vers son acolyte, Juan ordonne :

– Vasco, à l'arquebuse !

Vasco plonge dans le fourré. Juan derechef tend la main. Je dis :

– Je pourrais vous tuer. Vous croyez tout savoir sur l'art d'occire son prochain à coups d'arquebuse. Vous ne savez que ce qu'il était utile que vous sachiez face aux indigènes tout nus. Mais vous m'amusez. Je vais, non pas vous donner ma bourse, mais la partager avec vous. De mon plein gré, notez-le bien, et non contraint. Maintenant, en ce qui concerne mes vêtements, au nom de la vieille camaraderie des gens de mer vous me les laissez. Je ne tiens pas à faire de nouveau une entrée solennelle en offrant mes bijoux de famille à l'admiration des foules.

Juan a un sourire de biais.

– Vous croyez ça ?

Il a un claquement de langue. C'est un signal. J'entends l'autre qui souffle sur sa mèche. L'arquebuse est une arme puissante, mais peu rapide. Je talonne violemment la mule, qui n'est pas habituée à de telles brutalités. Elle fonce droit devant elle, les sabots haut levés, renverse Juan et m'emporte, couché sur la crinière. Le tonnerre éclate dans mon dos, une seconde trop tard. La mule, du coup, prend le mors aux dents. Je la maîtrise, la ramène, saute à terre et fais son affaire d'un maître coup sur la nuque à l'amoureux Vasco qui s'empresse en pleurant sur son bien-aimé à qui les sabots de la mule ont dû briser deux ou trois côtes.

C'est ainsi que je fais au village de mes rêves une entrée semblable à celle de Notre Seigneur à Jérusalem ainsi que l'atteste l'Écriture sainte, moi droit sur ma mule comme Lui sur son ânon, moi flanqué, non des disciples et des saintes femmes, mais bien des deux brigands, l'un à ma droite, se tenant les côtes et grimaçant de douleur, l'autre à ma gauche, l'œil farouche, portant fièrement l'arquebuse sur l'épaule.

Les deux lascars m'avaient courtoisement prié de leur permettre de me faire escorte car, disaient-ils, si l'on me voyait apparaître dûment vêtu et non dévalisé, leur réputation en serait ruinée, les paysans ne les redouteraient plus et peut-être même oseraient organiser une battue pour les massacrer, alors que s'ils me faisaient une escorte d'honneur, mon prestige en sortirait éclatant et le leur n'y perdrait rien. Ce à quoi j'acquiesçai, n'ayant pas vocation de nuire à l'artisanat local.

C'est donc auréolé d'une gloire éclatante que j'apparais à l'entrée du pont, tandis que le village s'amasse à l'autre bout. Les deux amants m'adressent de rapides adieux et, faisant volte-face, rejoignent leur nid d'amour. Les Bettoleses poussent à tout hasard quelques « Evviva ! » et autres « Bravo ! », sensibles qu'ils sont à la haute signification symbolique de l'instant sans très bien la comprendre, tandis que je passe le pont au pas mesuré de ma mule et me dirige vers Pradello et la tour colombine.

Je retrouve avec émotion la famille, sur qui treize années ont laissé leurs traces. Je leur parle de l'Amiral, ils ont appris entre-temps quel personnage c'était et sont avides de tout ce qui le touche. Je suis un piètre conteur, ressasser le passé m'ennuie, je crains bien d'avoir laissé ces braves gens sur leur faim.

Je me suis enquis d'une maison. On m'en a montré une, bâtisse trapue aux épais murs de pierres sèches calfatées à la terre argileuse, couverte – c'est ici un luxe – de tuiles romaines semi-rondes un peu bousculées, prolongée par une prairie plantée d'oliviers, de figuiers et d'orangers qui descend jusqu'au bord du torrent, lequel, vienne la saison des grandes crues, emporte chaque année un morceau de pays d'une bonne demi-toise de large.

Il y a beaucoup à faire. Justement, il m'est venu une soudaine ardeur. Je n'ai jamais construit, né sans toit, toujours errant. Je vais m'ancrer à la terre ferme. Pour toujours ? Je ne sais. Mais je vais faire comme si. M'occuper d'une maison à moi ! C'est exaltant.

Je ne sais par l'effet de quel respect humain, de quelle timidité, je n'ai pas osé demander ce qu'il est advenu de Gisella, la « fille » du duc. Tandis que j'arpente les chemins des environs, je m'attends à tomber nez à nez avec le petit âne à la carriole, mais jusqu'ici je n'ai rencontré nul âne, nulle carriole, nulle fillette aux yeux sagaces.

Ce matin, poussé par la curiosité, je risque mes pas,

ceux de la mule, plutôt, jusqu'au lieu où se trouve la maison de la fille violée de si aristocratique façon, de la mère de Gisella, donc. J'en fais le tour. Derrière la bâtisse, s'activant dans un potager bien tenu, une femme qu'à la silhouette j'estime jeune encore est courbée au-dessus d'une rangée de je ne sais lequel de ces légumes qui poussent dans la terre et donnent mal aux reins. Je pense : « La mère. » Je lance un cordial « Buongiorno ! ». La créature se redresse, me dévisage, plisse le front, écarquille les yeux – d'admirables yeux, d'un bleu inoubliable –, laisse tomber son outil et, les bras le long du corps, droite et muette, se met à pleurer. Non : à laisser couler ses larmes. Sans bruit. Sans un mot. Sans un geste. Et voilà, j'y suis ! C'est Gisella. Imbécile qui cherchais une fillette ! Elle a grandi. Treize années ont passé, ici comme ailleurs. Je dis – et ma voix tremble :

— Gisella.

Plus tard, assis sous la treille, nous nous racontons. Comme prévu, l'ombre du tout-puissant duc, si elle les a protégées, elle et sa mère, les a aussi isolées, éloignant d'elles toute convoitise comme tout désir. À vingt-quatre ans, Gisella n'a vu s'approcher d'elle aucun prétendant, n'envisage aucun avenir autre que vieillir auprès de sa mère. Les villageois, par dérision autant que par respect, appellent la violée « la duchessa[1] », surnom qui s'étend à sa fille.

Je me demande si je vais lui dire la vérité, à savoir que son père n'est pas le duc mais qu'elle ne perd pas

---

1. Prononcer « doukessa ».

au change. Et puis je me dis : « À quoi bon ? Il sera toujours temps. »

Pour l'instant, je plonge dans les yeux d'eau bleue, je me grise de cet amour d'enfant, amour naïf, amour total, amour immérité qui perdura pendant toutes ces années, comme ça, parce que c'était moi, parce que c'était elle, ainsi qu'elle me l'avoua sans ciller ni rougir. Un cynique pourrait dire, de façon triviale, qu'elle me gardait son cœur au chaud pendant que je courais le monde. Qu'il dise !

Tout Bettola sait. Tout Bettola guette. Et fait des paris. Osera, n'osera pas. Je veux Gisella. Ce que nul n'a eu l'audace de faire, je le ferai. J'affronterai le duc. Il réside à Milan. J'irai à Milan.

J'ai parcouru, à cheval, le trajet jusqu'à Milan. Le palais Sforza domine la place de sa masse écrasante. À la sentinelle en armes qui garde la grand'porte j'explique que je dois voir le secrétaire du duc. Si j'avais dit que je voulais voir le duc, j'aurais été éconduit et, peut-être, jeté au cachot. On m'amène au secrétaire, un moine soupçonneux. À qui je raconte ma petite histoire : je suis l'ami très proche du défunt Grand Amiral Cristoforo Colombo – le secrétaire dresse l'oreille –, j'ai de quoi le prouver et j'ai aussi, en lieu sûr, certains papiers excessivement précieux, de la main même de l'Amiral, que j'aimerais soumettre à Sa Hautesse le duc en personne.

Si, à la cour de Leurs Très Ingrates Majestés Espagnoles, le nom de Colón est aujourd'hui déprécié, par contre, dans le monde, et surtout ici, en Italie où le grand homme vit le jour, il rayonne d'un éclat prodigieux. Au vu d'une lettre de l'Amiral à moi adressée, les portes s'ouvrent et, précédé du secrétaire et encadré par quatre soldats en armes, je suis amené en la présence de Ludovico Sforza, dit le Maure, duc de Milan, seigneur de Gênes et Novare et protégé du roi de France.

Je remets à Sa Hautesse les documents que j'ai apportés, des portulans abondamment annotés de la main même de l'Amiral, ainsi qu'un colifichet d'or assez joliment travaillé. Il daigne apprécier. Tous ces condottieri aux mains sanglantes sont des amateurs d'art avisés, et aussi des collectionneurs d'objets rares.

J'en viens enfin à mon affaire. J'expose le cas. Le Maure m'écoute, n'en laisse rien perdre. Quand j'en ai terminé, il éclate de rire, s'essuie la bouche d'un mouchoir bordé de dentelle que lui tend le secrétaire, parle enfin :

– Ceci concerne mon prédécesseur, peut-être même celui d'avant lui, je peux faire faire des recherches. Je n'y suis donc pour rien. Cependant, puisque c'est la puissance ducale dans son principe qui est ici en cause, ainsi que le prestige du souverain auprès de ses sujets, je ne puis me dérober. Cette jeune personne, tout auréolée de la grâce attachée à ce qui vient d'en haut, ne saurait se mésallier sans que l'autorité ducale en souffre. Je maintiens donc les choses en l'état. Vous êtes encore jeune, vous avez visage avenant et, m'avez-vous dit, quelque répondant chez les banquiers. Vous trouverez bien vite une fiancée aussi satisfaisante que votre « duchessa », et même davantage.

Le duc se lève.

Tout est perdu. Je m'incline en un profond salut, selon le protocole. C'est là que l'idée me vient. Foin du protocole et de l'étiquette, je me redresse, j'interpelle le duc :

— Monseigneur, vous êtes joueur, je le sais. Je vous propose un jeu. Une fortune à gagner, rien à perdre.

Je sais aussi que le duc, qui soutient d'incessantes guerres, est harcelé par le besoin d'argent. Il s'arrête, attend la suite. J'enchaîne, bien vite :

— Qu'on m'apporte un œuf. Un œuf frais, cru.

Le duc, du menton, confirme. L'œuf est apporté. Je dis :

— Votre Seigneurie est-elle capable de faire tenir cet œuf debout sur sa base ? Si oui, elle gagne tout ce que j'ai à la banque, qui n'est pas mince. Sinon, elle ne perdra que la levée de l'interdiction de m'unir à la « duchessa ».

Est-il bien utile que je retrace le déroulement du pari ? Sa Hautesse fut quinaude, comme il fallait s'y attendre. Elle fit la grimace, émit un grognement qui ressemblait à « triche », mais s'exécuta de bonne grâce en se promettant de refaire le coup de l'œuf au roi de France qui fait tant le fier. Et moi, je repartis pour Bettola chargé de lettres patentes belles et bonnes qui faisaient de Gisella une fille à marier comme les autres... à mon seul profit, bien entendu.

Si, ainsi que l'a proféré je ne sais plus qui, un peuple heureux n'a pas d'histoire, un couple heureux n'en a pas davantage. Il serait donc sans intérêt que je poursuive la relation au quotidien de ma – de notre – vie en ces lieux enchanteurs.

Mon argent, judicieusement placé, me rapporte de quoi faire vivre le ménage, sinon dans l'opulence, du moins dans une aimable aisance, y compris le futur entretien des enfants qui, comme il se dit, ne manqueront pas de bénir notre union.

C'est donc par pur dilettantisme que je m'occupe, avec plus ou moins de bonheur, à acclimater sous ces latitudes certaines plantes de « là-bas » dont j'ai rapporté les graines. La « tomatl », en particulier, se plaît fort ici. Je distribue à mes voisins ces splendides fruits écarlates à la saveur délicatement acidulée, au parfum si caractéristique. Tout d'abord réticents devant ces « légumes du diable » trop beaux pour être honnêtes, ils y prennent goût peu à peu malgré les furieux prêches du curé qui soutient que nos pères Adam et Ève n'ont pas connu cela, et que tout ce qui n'est pas dans la Bible est œuvre du démon. Je leur ai appris à en décorer et à en parfumer le plat de « pasta » venu de Chine et, ma foi, les deux denrées sont vraiment faites l'une pour l'autre. La merveilleuse « tomatl » est digne de devenir le légume national de l'Italie.

J'ai aussi des projets concernant la « patate », cette racine nourrissante qui pourrait tenir lieu de blé en période de disette, mais les résultats sont médiocres, le sol, ici, n'est pas favorable.

J'ai planté du « tabaque ». Il est bien venu. J'ai fait sécher ses feuilles si belles et les ai roulées sur ma cuisse comme je l'ai vu faire, « là-bas », aux femmes de la tribu. Je l'ai fumé. C'est pas mal, mais il y manque je ne sais quoi. Peut-être la puissante odeur de l'intimité des rouleuses ?

Pour faire bref, je passe des journées laborieuses dans mon potager, des soirées amicales sous la treille du cabaret, des nuits exaltantes entre les bras de Gisella. Aucune envie de reprendre sur l'épaule le sac du marin ou l'arquebuse du fantassin ne me tourmente. Pour l'instant...

Le paradis, donc ? Bof... Le paradis, on l'a en soi. Il faut croire que, sous ce rapport, je ne suis pas doué. Pas un jour ne se passe, pas une nuit, sans que ne me morde aux entrailles le manque de Felipa. J'aime Gisella d'amour ardent, aussi fort, crois-je, que l'on peut aimer, pour rien au monde je ne renoncerais à elle, l'envisager seulement déclenche la grande panique, et voilà : je ne suis pas purgé de l'Autre. Rien ne paraît, j'espère, de mon tourment, bien qu'il me semble avoir surpris sur le front de Gisella certains plis d'inquiétude quand elle me regarde sans se douter que je la vois me regardant... Et Lina la sauvageonne, la dévoreuse de chair humaine aux dents acérées ? Eh bien, oui, elle aussi ! J'ai honte de me l'avouer.

Que sont-elles devenues, mes belles aimées ? Dans quel noir couvent ma Felipa vit-elle sa mort différée, expiant on ne sait quoi – le sait-elle elle-même ? Dans quel épouvantable bordel à matelots, sous les coups de quel immonde maquereau Lina laisse-t-elle avilir son corps splendide ?

Et Pedrito le révolté ? Bat-il la campagne à la tête de sa bande de ravageurs ou bien rame-t-il sur le banc de nage d'une galère ? Peut-être aussi se balance-t-il, pendu par le cou à la grand'vergue d'une nef royale ?

Les années passent...

Il est pour le moins curieux qu'il m'ait fallu aussi longtemps pour m'aviser d'une circonstance pourtant évidente. Cette circonstance est telle : puisque ma Gisella, en fin de compte, n'est nullement la fille du duc Sforza, mais bien celle de l'Amiral, il s'ensuit que les enfants qui naîtront de notre couple seront des descendants directs de l'Amiral. Le sang des Colombo coulera dans les veines des Kavanagh !

L'Amiral, jusqu'au bout, est resté persuadé qu'il avait ouvert une route nouvelle vers la Chine. On sait maintenant que la Chine se trouve encore beaucoup plus à l'ouest et qu'un autre océan nous en sépare. L'Amiral, sans s'en douter, a fait beaucoup mieux. Il a découvert un continent ignoré, un nouveau monde qu'on devine immense, peut-être aussi étendu que l'Asie.

Ce continent, en toute justice, aurait dû recevoir le nom de « Colombie ». Hélas, l'intrigue et l'ingratitude ont amené les hommes à lui attribuer le nom d'un comparse, d'un « découvreur » de seconde main, Amerigo Vespucci. *Sic transit gloria mundi*, aurait dit l'Amiral, non sans une secrète amertume. Il vaut mieux qu'il ne l'ait pas su.

N'empêche que l'Amérique, c'est moi, Konogan Kavanagh, qui l'ai vue le premier !

Épilogue

Nous sommes en l'an 1902. L'Italie, pour la première fois depuis la fin de l'Empire romain, est redevenue un État cohérent et souverain. Souverain mais fort pauvre. Son sol hérissé ne parvient pas à nourrir une population prolifique, trop rapidement croissante. Alentour, le monde évolue à grande allure. La révolution industrielle fait trépider l'Angleterre, l'Allemagne, la France au rythme des marteaux-pilons et des locomotives. L'usine est une dévoreuse d'hommes. Les jeunes Italiens s'expatrient en masse pour les pays où le travail appelle.

Bettola dort d'un sommeil qui prélude à la mort. Là comme ailleurs, les jeunes gars partent « faire le maçon » à Paris. Maçons, ils ne le sont pas plus qu'ils ne sont mineurs de fond, ces montagnards. Pourtant ils deviendront l'un et l'autre, et y excelleront.

Bettola dort, lové autour de sa place immense, la Piazza Colombo, au beau milieu de laquelle une orgueilleuse statue rappelle au monde que le Découvreur naquit ici. La tour familiale est toujours debout, mais il n'y a plus un Colombo au pays. Le nom s'est éteint.

Un garçon d'une vingtaine d'années, petit mais trapu, écarquille des yeux effarés d'un bleu lumineux sur le quai de la gare de Piacenza, c'est là qu'on prend le train pour la France. C'est la première fois qu'il quitte ses montagnes, la première fois qu'il vient en ville. Il est descendu de Bettola, à pied, ses affaires tassées dans un sac qui lui pend à l'épaule. Sous le bras, dans un torchon propre, il porte des provisions pour manger dans le train : un gros morceau de polenta de maïs (la « poulainte » locale) accompagné d'un petit fromage très sec. Il se serre contre son compagnon de voyage, le Tounion, tant il a peur de se perdre dans cette foule bruyante, affairée, si à l'aise. Il a mal aux pieds, les godillots qu'il vient d'acheter d'occasion – ses premières chaussures ! – lui scient la peau, c'est un de ces vendeurs à la sauvette qui les lui a refilés, en le persuadant que prendre le train pieds nus ne serait pas convenable, qu'on le refoulerait à la frontière.

Ce jeune gars s'appelle Luigi – Luigi Cavanna (Vidgeon en dialecte). Il ne sait pas que son ancêtre, celui qui fonda la lignée, avait pour nom Kavanagh, qu'il venait d'une île embrumée nommée Irlande et qu'il avait découvert l'Amérique au côté du grand Cristoforo. Il ne sait pas non plus qu'il est un descendant du Découvreur, et, à vrai dire, il s'en soucie peu. Il sait tout juste que le bonhomme de la statue de la grand'place est un certain Colombo, et pourquoi pas ? Il est illettré total et n'a pour l'instant qu'un souci : que quelqu'un lui lise les noms des gares par où il passera, afin de ne pas manquer Paris.

Ce jeune gars devait devenir mon père.

Table

Première partie : 1492 9
Seconde partie : 1506 355
Épilogue 373

Cavanna
dans Le Livre de Poche

Cœur d'artichaut n° 14262

À trente-cinq ans, apprenti écrivain sans grande conviction, Emmanuel Onéguine n'a qu'une passion : les femmes. Toutes, à commencer par la dame aux chats, un peu mûre, qu'on a expulsée d'un vieil immeuble parisien. Et puis cette enseignante rencontrée au café. Et puis ses provocantes élèves. Toutes...

Maria n° 6317

« Ce livre est le cinquième d'une série autobiographique qui commença avec *Les Ritals*... Le présent ouvrage est, entre autres choses, un essai d'autobiographie-fiction, le premier de tous les temps. L'histoire racontée dans les pages qui suivent est le récit d'événements non encore advenus dans la vie de celui qui les raconte. » Nous sommes en 1989.

LES MÉROVINGIENS

1. *Le Hun blond* n° 14915

Alors que la horde d'Attila submerge l'Europe, les Francs s'unissent au Romain Aetius pour sauver les restes de l'Empire. À Lutèce, les Parisii terrifiés se raccrochent aux prédictions de Geneviève, quand ils ne la traitent pas de sorcière... Dans ces temps troublés du ve siècle naît Loup, enfant d'une Franque et d'un guerrier hun. Élevé dans l'entourage du roi Childeric, ce Hun blond, enfant de deux races ennemies, aura pour mission de ramener d'exil le roi franc, père de Clovis.

3. *Le Dieu de Clotilde* n° 15249

Au jeune Clovis, roi des Francs, il reste à conquérir la Gaule entière, et même, pourquoi pas, tout ce qui fut l'Empire romain. Pour cela, il lui faut d'abord abjurer les dieux du Walhalla et adopter le dieu des chrétiens. Puissamment secondé par l'évêque Rémi, par sainte Geneviève et, surtout, par l'ambitieuse Clotilde, son épouse, Clovis s'achemine vers le baptême et le sacre, la hache au poing, la ruse en tête.

4. *Le Sang de Clovis* n° 15490

Aimer d'amour ardent la pire ennemie de son père, aimer à en mourir sa propre tante, ajouter l'inceste à la trahison, c'est, en ces temps implacables, mener une partie terrible, une partie dont les enjeux sont des empires quand les protagonistes se nomment Brunehaut et Frédégonde, deux magistrales figures de femmes.

5. *Les Reines rouges* n° 30160

Fin du vi^e siècle, le pouvoir, en Gaule, est divisé entre Frédégonde et Brunehaut. Frédégonde a su s'élever au rang de reine régente de Neustrie par l'assassinat de son mari Childéric. Brunehaut, reine régente d'Austrasie, devient peu à peu aussi retorse, aussi implacable que Frédégonde. Petit

Loup et la jolie Minnhild se trouvent plongés dans une intrigue mortelle quand meurt l'enfant roi, fils de Brunehaut et seul garant de ses droits à régner.

6. *L'Adieu aux reines* n° 30530

Le VIe siècle s'achève et deux reines – Frédégonde et Brunehaut –, animées par une inexpiable haine, s'apprêtent à mettre les Gaules et l'Europe à feu et à sang. C'est sur ce théâtre de la cruauté et de la violence que se joue le déclin de la lignée mérovingienne fondée par Clovis. Complots, sacrifices, trahisons et félonies se succèdent à une cadence accélérée, tandis que Cavanna, lui, s'en donne à cœur joie.

Les Ritals n° 5383

Les Ritals de Cavanna, ce sont les natifs d'au-delà des Alpes attirés par l'appât du travail et fixés en banlieue, à Nogent-sur-Marne, à une époque qui se situe entre 1930 et 1940, soit approximativement entre les six et les seize ans de l'auteur.

Les Russkoffs n° 5507

Le petit Rital de la rue Sainte-Anne a grandi. septembre 1939 : il vient d'avoir seize ans. Une année mémorable. Les six qui suivent sont pas mal non plus. Pour lui et pour beaucoup d'autres.

Du même auteur :

Aux Éditions Albin Michel

La Grande Encyclopédie bête et méchante
La Nouvelle Encyclopédie bête et méchante
Nos ancêtres les Gaulois
Le Temps des égorgeurs
Lettre ouverte aux culs-bénits
Les Ritals
Les Russkoffs
Les Écritures
Cœur d'artichaut
La Déesse mère
Le Hun blond
La Hache et la Croix
Le Dieu de Clotilde
Le Sang de Clovis
Les Reines rouges
L'Adieu aux reines
Mignonne, allons voir si la rose...
Plus je regarde les hommes, plus j'aime les femmes

Aux Éditions Hara-Kiri (repris par Archipel)

4, rue Choron

Chez Jean-Jacques Pauvert

Stop-grève
Droite-gauche, piège à cons

Chez Julliard

Cavanna (Collection « Humour secret »)

À L'École des loisirs
(Adapté en vers français par Cavanna)

Max et Moritz, de Wilhelm Busch
Crasse-Tignasse (Der Struwwelpeter)

Hors Collection (Presses de la Cité)

MAMAN, AU SECOURS !
LES GRANDS IMPOSTEURS
DIEU, MOZART, LE PEN...
TONTON, MESSALINE, JUDAS...

Aux éditions de L'Archipel

LA BELLE FILLE SUR LE TAS D'ORDURES
DE COLUCHE À MITTERRAND

Chez Belfond

BÊTE ET MÉCHANT
LES YEUX PLUS GRANDS QUE LE VENTRE
MARIA
L'ŒIL DU LAPIN
LOUISE LA PÉTROLEUSE (théâtre)
ET LE SINGE DEVINT CON (L'Aurore de l'humanité I)
LE CON SE SURPASSE (L'Aurore de l'humanité II)
LES FOSSES CAROLINES
LA COURONNE D'IRÈNE
LE SAVIEZ-VOUS ?
LES AVENTURES DE NAPOLÉON
COUPS DE SANG

Aux éditions Hoebeke

LES DOIGTS PLEINS D'ENCRE
LES ENFANTS DE GERMINAL (avec Robert Doisneau)
SUR LES MURS DE LA CLASSE
LES ANNÉES CHARLIE (Collectif)
JE L'AI PAS LU, JE L'AI PAS VU...

Aux Presses de la Cité

JE T'AIME (Avec Barbe)

Aux éditions Terre de brume

AU FOND DU JARDIN (avec Patricia Méaille)

 www.livredepoche.com

- le **catalogue** en ligne et les dernières parutions
- des **suggestions de lecture** par des libraires
- une **actualité éditoriale permanente** : interviews d'auteurs, extraits audio et vidéo, dépêches…
- **votre carnet de lecture** personnalisable
- des **espaces professionnels** dédiés aux journalistes, aux enseignants et aux documentalistes

Composition réalisée par NORD COMPO

Achevé d'imprimer en septembre 2008, en France sur Presse Offset par
Maury-Imprimeur - 45330 Malesherbes
N° d'imprimeur : 140720
Dépôt légal 1re publication : octobre 2008
LIBRAIRIE GÉNÉRALE FRANÇAISE - 31, rue de Fleurus - 75278 Paris Cedex 06

31/2394/0